ふたたびの、荒野

ブラディ・ドール⑩

北方謙三

ハルキ文庫

角川春樹事務所

BLOODY DOLL

KITAKATA KENZO

ふたたびの、荒野

北方謙三

ふたたびの、荒野
BLOODY DOLL
KITAKATA KENZO

目次

1　予兆

霧雨。

秋が、躰《からだ》にしみこんでくるようだった。私はトレンチを脱ぎ、車に乗りこんだ。陽《ひ》が落ちるのが早い季節だ。谷間《たにあい》の小さな村は、すでに夜の気配に包まれはじめている。

車を出した。時折、ワイパーでフロントスクリーンを拭《ぬぐ》えばいい程度の雨だった。私の、黒いポルシェ・カレラ4は、一万キロを超えてようやくエンジンが軽くなりはじめていた。スロットルの微妙なレスポンスで、それを感じる。

すぐに海沿いの道に出た。霧雨は相変らずだったが、いくらか明るくなった感じがする。私が海を好きだということも、多分に影響しているのかもしれない。あまり飛ばさなかった。飛ばしたいという心境ではない。それに、昼の光が消えていく、微妙な時間だ。

ホテル・キーラーゴの玄関に車を入れた。顔見知りのボーイに、車を任せる。以前は、他人に車を任せることなど、まず考えられないことだった。自分よりも運転がうまい連中が沢山いる。わかりきったことだが、ステアリングを握っていると、どこかにそれを認めたくない気持がある。そんなことが、どうでもいいと思える歳《とし》になったということか。私は、四十三歳だった。

レストランの隅の席でコーヒーを飲んでいると、秋山《あきやま》が現われた。私が来るのを待っていた、という感じの現われ方だ。

「やっぱり、誰か来ていたか、川中《かわなか》？」

腰を降ろすなり、秋山は言った。

「俺がなにをやるか、お見通しって言い方じゃないか」

「見通される、おまえの方が悪い」

秋山が煙草《たばこ》に火をつけ、私はコーヒーの残りを飲み干した。

「やはり、東京から買いに来たそうだ。売るはずないだろう、と村長は言ってたが、ほんとうに売る時は、俺に売ってくれるという約束を取りつけてきた」

「どうせ口約束だろう」

「無理だな、これ以上は」

私も、煙草に火をつけた。

この街で起きる大きなトラブルのほとんどが、土地の買収に絡んでいた。工場誘致政策で、市が大々的に郊外の土地を企業に売った。かなりの企業が進出してきて工場を建てたが、なにも建たず手付かずの土地も残っている。工場誘致政策は一段落したという感じだが、今度は外部の不動産業者を中心とする、土地の買収がはじまった。人口急増地域で、土地価格の上昇もかなりのものだった。

それも、一段落したはずだ。

しかしまた、郊外の農村地帯に、買収の手がのびてきていた。それも、同時的に何か所もだ。いまのところ、そういう土地にうま味が出てきそうな市の政策はない。

「いやな感じだな」

「紳士的な買収交渉だったらしい。その分だけ、確かにいやな感じはする」

「俺はきのう、峠《とうげ》のむこうの村に行ってきたよ。やっぱり同じだった」

「いまのところ、俺たちが手分けして、売る時は買うという約束を取りつけるしかなさそうだ」

私が言うと、秋山が頷《うなず》いた。買ったところで、私たちに新しい事業の計画があるわけではない。正体がわからない人間が買うことを、警戒しているだけなのだ。

新しい事業など、もう沢山だった。私の会社は、六軒の酒場と、二つのビジネスホテルと、イタリアンレストランと、ヨットハーバーを持っている。本格的なリゾートホテルを建設する計画もあったが、ホテルについては秋山が数段上だった。ホテル・キーラーゴと並ぶホテルなど、私にはできそうもない。

私が最初にこの街に流れてきたのは、開発がはじまったばかりのころだった。なにも、持ってはいなかった。なんとかダンプを一台買い、それで開発事業の仕事をした。それがうまくいくと、キャバレーを一軒買った。自分で客の註文《ちゅうもん》を運びながら、なんとか軌道に乗せた。この街に、キナ臭い匂《にお》いが漂いはじめたのは、そのころだった。

成功した、と人は見ているだろう。ほんとうのところ、二軒目の酒場を買ったころから、私の事業欲は失《う》せていた。成行で、私の事業は大きくなってきたようなものだ。

「今年は、まだ台風が来てないよな」

思い出したように、秋山が言った。

本格的な台風が来ると、海はかなり荒れる。私が気になるのは、それだ。事業をやるより、漁師でもやる方が、ほんとうは合っているのかもしれない。釣りをして、音楽を聴いて、時には海外に出かけていく。リタイアした男が望みそうな生活を、私はすでに時々思い描くようになっていた。

「防風林が、やっとのびてきた。もともとあった松を、できるだけ抜かないようにしたのがよかったようだ」

私の会社のヨットハーバーは、ホテル・キーラーゴとは道路を隔てただけのところにある。艇置場の周囲の松も、切らなかったのだ。それでもこのホテルの、三重になった防風林とは較《くら》べようもない。

「もう、沢山だ、川中」

「なにが？」

「この街の防風林みたいな真似《まね》をするのがさ。もっとのんびりやっていたい」

「俺もさ」

「言っても、仕方のないことか」

「言いはしないが、俺もよく考える」

私は腰をあげた。中年男が二人で、額をつき合わせて愚痴をこぼすのは、あまり恰好《かっこう》のいいものではないだろう。

秋山も、ちょっと片手をあげると、社長室の方へ戻っていった。

外は、もう暗くなっている。

ホテル・キーラーゴから街までは、ずっと海沿いの道だった。私は、この道が好きだった。ほとんど車がいない早朝、私はここでよく車を走らせた。アップダウンはあまりないが、コーナーは多い。それに窓を開けて走ると、いつも潮の匂いが車の中を満たしているのだ。それも好きだった。

秋になると、この道も車が少なくなる。海水浴客などが減るからだ。それでも、私がダンプで突っ走っていたころに較べると、ずいぶんと車は増えたのだ。

店の前で車を停《と》めた。駐車の見張りをしていた高岸《たかぎし》が、走ってくる。

「おはようございます」

この間まで高校生だった高岸の挨拶《あいさつ》は、もう完全に水商売のそれだ。私は高岸のボディに軽く一発打ちこみ、店へ入っていった。夕方の決まった時間、私はこの店へやってくる。

開店前で、客はひとりもいない。シェイクしたドライ・マティニーを飲《や》りながら、話をしなければならぬ連中がいるのだ。みんな、もう生きてはいない。それでも、私には連中の姿が見えるし、声も聞えた。

連中と言うほど、数も多くなった。

カウンターのスツールに腰を降ろすと、すでにきちっとボータイを締めた坂井《さかい》が、手早く酒を作った。

この店一軒があればいい。時々、そう思う。この店さえあれば、連中も怒らないだろう。カウンターの中には私がいて、それぞれ連中の好みだった酒を作ってやる。そして、端から私が飲んでいく。連中にはもう、飲むこともできないからだ。

煙草をくわえると、坂井がジッポの火を出してきた。そのジッポひとつをとっても、叫び出したくなるような思いがある。だから私は、自分に叫ぶことを禁じた。叫んで叫びきれるなら、私にはもっと楽な人生があるだろう。

高岸が駈《か》けこんできた。私は、ドライ・マティニーを飲み干した。ちょっとした喧嘩《けんか》ぐらいで、高岸は駈けこんできたりはしない。そういう教育は、坂井や下村《しもむら》がきちんとしているはずだ。

「カレラ4が、ぶっつけられました」

「おまえ、なんのために立ってた？」

私がなにか言う前に、坂井が言った。

「申し訳ありません。ただ、停る素ぶりも見せず、いきなりハンドルを切ってきたんです。どうにもなりませんでした」

「どんな車だった？」

「CR‐Xです。下村さんが来たところだったんで、追いかけて貰《もら》いました」

「つまり逃げたのか。社長が乗っている時だったら、どうする気だった？」

「よせ、坂井。高岸は、どうやら自分の躰でそのCR‐Xを停めようとしたらしいぞ。服が破れてるし、手に怪我《けが》もしてる」

「そうですか。まあ、車のために死ねとは言いませんが。だけど、なんでしょうね。いやな感じがするな」

「下村が追いかけたんなら、すぐにここへ連れてくるだろう」

「そうですね。だけどあのカレラ4、せっかく調子が出たところだったのにな」

「高《たか》が車だ」

「いいんですか、そんなこと言って。ほんとは、肚《はら》の中が煮えくり返ってるんじゃありませんか？」

「不思議だな。大して腹も立ってない。車のために躰を張った高岸を、むしろどやしたい気分だよ」

「それは、ほんとにおかしい。熱があるってわけでもないでしょう？」

坂井が、カウンターから出てきた。私の熱を計るのではなく、車の状態を見に行くつもりらしい。

「なぜ無茶をやった、高岸？」

坂井の姿が消えてから、私は言った。

「無茶ってほどのことじゃないです」

「無茶さ。人間が車とぶつかって勝てるわけないだろう。それでもやっちまったってのは、無茶じゃないか」

「申し訳ありません」

「叱《しか》ってるんじゃない。ほんとなら、礼を言うべきところさ。それでも、俺は礼を言う気はないぞ。もっと別のことで、躰を張れ」

「俺は、社長の車を守りたかったですよ。いや、社長の車だからってわけじゃなく、あそこに駐《と》めてある車を守りたかったです。それも、俺の仕事だし」

「なるほど」

「社長の車だっていう意識がなかったと言ったら、嘘《うそ》になりますけど」

「おまえが死んでたら、俺はたまらんぜ。今度から、そのことも考えてくれ」

高岸が頷いた。

入口で罵《ののし》るような声が聞え、しばらくして下村が若い男を担いで入ってきた。坂井も後ろから付いてくる。

「車、かなりひどいですよ。後輪からエンジンルームにかけて、やられてます。修理にかなりかかるだろうな。元通りになるかどうかも、わかりません」

「喜んでるのか、坂井？」

「なんで俺が？」

「嬉々《きき》として、報告するからさ」

「社長は、最近性格が悪いですよ。まあ、やったのがガキだったんで、ちょっとびっくりしましたが」

「入口で暴れたんで、当身《あてみ》を一発かましてあります」

下村が言った。確かに、二十歳そこそこに見える青年だった。

行っていい、と坂井が高岸に合図した。高岸は、頷いて外に出ていった。

「誰だか、わかりません。美竜会《みりゅうかい》にも、こんなチンピラはいませんよ」

「まあ、活でも入れて、眼《め》を醒《さま》させてやれ。本人に訊《き》くのが一番いいだろう」

「そろそろ、開店の時間ですから、物置でやります。しばらくしたら、様子を見に来てください」

下村が、また青年の躰を担ぎあげた。

「やつ、今日はブロンズでしてね。あれで当身を食らえば、誰だって参るな」

カウンターに入った坂井が、なに事もなかったような口調で言った。

下村の左手は義手で、木製のものとブロンズ製のものを、その日の気分で使い分けている。手術のやり方がよかったので、腕の筋肉の力はまったく落ちていない。

「おまえ、あのブロンズをお見舞いされたことがあるか？」

「沢山ですよ。勘弁してください。洒落《しゃれ》のつもりで社長はあれを作ってやったんでしょうけど、兇器《きょうき》ですよ。下村ですからね。気の荒い馬に、狼《おおかみ》の牙《きば》を与えたようなもんです」

「まったく、洒落を兇器にしたり、車を躰で停めようとしたり、なんてやつらが揃《そろ》ってるんだ、この店は。高岸の怪我は、おまえが面倒を看てやれ。ひどそうだったら、ドクのところへ連れていくんだ」

「わかってます」

坂井は、カウンターのグラスをとり、洗いはじめた。

2　姉弟

路地への出入口の脇《わき》に、物置のドアはあった。むかい側は従業員の控室ということになっているが、ボーイたちは入りたがらない。化粧の匂いで溢《あふ》れかえっているからだ。出勤してきた女の子たちは、路地から入り、控室で呼ばれるまで待っている。客が少ない時、女の子の姿だけがずらりと並んでいるのを、私は好きではなかった。

物置の戸を開けた。

天井に電球があるので、なんでも見てとれる。私は、ビールのケースに腰を降ろした。

「俺のことを、知ってるのか？」

じっと私を見つめてくる青年に、私は言った。私は、青年を見たことがない。一度会った相手は、大抵は憶《おぼ》えている方だった。

「小川弘樹《おがわひろき》というんですがね。無口なやつです。お喋《しゃべ》りになって貰いますか？」

下村が言った意味は、ちょっと締めあげようかということだった。

「会ったことは、ないよな？」

小川にむかって、私は言った。小川は、見あげるように私に険しい視線をむけている。

「言えよ、おい。黙りこんでたって、いずれは喋らされるぞ」

「あのポルシェ、おまえのか？」

「俺ので悪いか。ちゃんと、自分の財布で買ったものだぜ」

「自分がやったことを、反省する気はねえんだろうな。車に乗ってりゃ、あれぐらいで済まなかったぞ。殺してやったところだ」

「死ぬのはいいが、理由ぐらいは知っていたいな」

「こいつ、本気で殺す気だったかもしれませんよ。ナイフなんて持ってやがったし」

下村が、フォールディングナイフを、ポケットから出して見せた。登山用の、ありふれたものだ。使いこまれてさえいない。

「殺されるようなことをして、憶えてないタイプじゃないんだがな、俺は」

小川が、私にむかって唾《つば》を吐こうとした。その前に、下村が顔を蹴《け》りつけた。

「とにかく、喋った方がいい。誰かに雇われたって感じもないしな。ちゃんと喋らなきゃ、警察へ行って貰うことになるぞ」

「てめえが、警察だと。笑わせるな」

「つまり、俺は警察にも行けないようなことを、やったというのか？」

「あんなことをする野郎ってのは、やっぱり人間じゃねえな。やったあと、平気な顔《ツラ》をしてやがる」

「なにか誤解されてると思うんだがな、俺は。俺がなにをやったか、一度言ってみてくれないか。もしかすると、思い出せるかもしれんし」

小川の怒りは、嘘とは思えなかった。しかし、やはり私は小川を思い出せない。

「どこか峠道かなにかで、俺がおまえのCR‐Xをぶっちぎっちまったかな。どうも、車のことらしいし。だけど、CR‐Xとはもともとの性能が違うんだぜ」

「いいよ、俺を殺したけりゃ、殺せ」

「わかった。じゃ、死ね。おまえは、自分のナイフで、刺し殺されるんだ」

下村が言い、歯でナイフを開いた。小川のそばに屈《かが》みこむ。下村が、じっと見据えると、まともに眼を合わせていられる人間は少ない。小川が恐怖に駆られたのは、見ていてすぐにわかった。

「強姦《ごうかん》だけじゃ足りなくて、人殺しまでやるのかよ、てめえら。殺せ。死んでやらあ。殺されたって、化けて出てやるからな」

小川の眼から、落ち着きが消えていた。私と下村は、顔を見合わせた。

「社長、強姦だって言いましたよ、こいつ」

「確かに、そう言ったな」

「もしかすると社長、どこかで魔がさしてやったんじゃありませんか。それが、こいつの彼女だったりして。それなら、こいつが怒るのもわかるな」

「誰かが、強姦された。それは確かなんだろう。そしてそいつは、黒いポルシェに乗ってた。そんなとこじゃないかな」

下村の殺気が消えると、小川は落ち着きを取り戻した。

「おい、ポルシェに乗ってた男が、おまえの彼女を強姦したのか?」

「俺の彼女なもんか、ばかやろう。姉貴だよ。ありゃ、俺の姉貴なんだ。結婚することになってたんだぜ。来年のはじめにゃ、結婚することになってた」

小川が、しゃくりあげはじめた。

婚約者のいる女が強姦された。これで相手を捜しているのが婚約者だとしたら、テレビドラマにでもなりそうな話だ。

「ポルシェに乗ってたってだけで、俺が犯人と決めつけてるのか。ほかにもポルシェに乗ってるやつがいるだろう」

「カレラ4を見たのは、さっきがはじめてだ。黒いカレラ4なんて、同じものがこの街に二台もいると思うかよ」

「なるほどな」

カレラ4を見て、いきなり頭に血が昇った。なんとなく、わかる気がする。私は、小川のそばに屈みこんだ。

「俺は、川中って者だ。このクラブをやってる。ほかにも、いくつか店がある。そして黒いカレラ4にも乗ってる。しかし、おまえの姉貴に手を出したのは、俺じゃない。誓って言うが、俺じゃない」

「おとといの夜中の十一時ごろ、あんたどこにいた？」

小川の口調は、いくらか冷静なものになっている。私は煙草に火をつけた。

「車を、転がしてたな。峠道の方だ」

「姉貴も、峠道へ行く途中のマンションに住んでる。おかしな言い逃れはやめとけよ」

「おまえの姉貴は、相手の顔をはっきり見てるんだな？」

「ああ。だから姉貴を殺そうなんて思うな。いまは、部屋にいねえよ」

「婚約者のとこか？」

「あんな野郎」

「カレラ4を見たのは、おまえか？」

「ああ、ナンバーまで、確かめられなかった。二人いたぜ。おまえらだって、二人だ」

「こいつ、ついでに俺まで強姦犯にしちまいやがった」

下村が苦笑した。私は、小川の頰《ほお》を濡《ぬ》らしている涙を見ていた。

「よし、俺を、おまえの姉に会わせろ。それからこの下村は、『ブラディ・ドール』のマネージャーで、おととい の十一時は、店を離れることはできなかった。それでいいな」

「あんた、姉貴に会って、口を塞《ふさ》ごうなんて思ってねえだろうな」

「おまえ、俺を強姦犯だと言ったんだ。俺は違うと言ってる。証明するのが姉しかいないんなら、会わせて貰わなきゃ俺の立つ瀬はない」

気の小さな男だ。黒いカレラ4を見て、とっさにぶっつけた。誰も乗っていなかったから、そうできたのかもしれない。

「いいな、小川」

「あんたがやったって姉貴が言ったら、ただじゃ済まさねえぞ」

「俺じゃないと言ったら、どうする。カレラ４の修理費、おまえ払えるか？」

小川が口籠《くちごも》った。

「行くぞ。下村、スカイラインを借りるからな。俺の車は、明日ディーラーに取りにこさせよう」

「待ってくださいよ、社長」

「店を開く時間だ」

私は、小川を促して物置を出、路地のちょっと広い場所に駐めた下村のスカイラインに乗りこんだ。下村と坂井が、共同で使っている車だ。坂井は、バイクに乗っている時の方が多い。

「どこだ、おまえの姉貴は？」

私が言うと、小川はきっちりとシートベルトを付け、通りに出て右、と方向だけ伝えてきた。
七、八分走っただけだった。木造の古びたアパートだ。産業道路は越えたが、川は渡らなかった。小川が、自分のアパートに姉を連れてきたのかもしれない。
「俺は、ちょっとした知り合いだってことにしておけ。姉貴の表情を見れば、俺が犯人かどうかはわかるだろう」

私は、登山ナイフを小川に返した。束《つか》の間《ま》、小川は不思議そうな表情をし、それから鉄製の錆《さ》びた階段を駈けあがっていった。

小川の姉は、薄い蒲団《ふとん》の上で身を起こし、俺に挨拶した。どこかうつろな眼をしているが、挨拶はきちんとしていた。

なにかを思い出しかけた。眼を閉じるように、私は心に蓋《ふた》をした。顔に殴られた痕《あと》があり、女はそれを掌《て》で隠すようにした。

「交通事故に遭われたそうですね」

「えっ?」

「弘樹君が、そう言いましたよ。大したことがないからって、部屋で寝ていると」

小川も、ちょっとびっくりした表情をしている。

「この近所に、大崎《おおさき》内科というのがあります。知らないかな?」

「ちょっと」

「知ってるよ、俺。眼鏡をかけた女医さんがいるところだ」

小川が言った。私は電話をとり、大崎内科の番号をプッシュした。

「交通事故の患者を診察してくれないかな、先生。おとといなのに、病院に行かずに寝てたらしいんだ」

「それなら、ドクのとこよ。あたしが内科医だって知ってて?」

「必要と判断すれば、ドクを呼んでくれ。とにかく、いまから連れていく」

「強引ね、まったく」

「悪く思うなよ。今度、どうやればブリッジでキドニーを負かせるか、教えてやる」

「ほんとに？」

「誰にも内緒だぜ。じゃ、待っててくれ」

電話を切ると、姉と弟が私を見つめていた。蒲団以外には、小さなテレビがあるだけの部屋だ。女は顔色が悪く、疲れきっているように見えた。

「大崎内科に連れていこう、小川君。あそこの女医は、昔からの友人でね。普通の病院に行くより、便宜は計ってくれる」

「弘樹、あなたがお願いしたの、この方に？」

「川中という者です。ちょっと相談されたんでね。きのう来ればよかった。弟さんの話より、ずっとひどそうだ」

「でも」

「心配はいりません。すべての便宜を計ってくれますよ、すべての」

「姉さん、行こうぜ」

小川が言った。女が、力なく首を振った。

「車で待ってるからな、小川。連れていったら、その足で俺は帰る」

私は部屋を出、階段を降りて車に戻った。

五分ほどして、弟が姉を背負って降りてきた。

3 煙

私が昼食をとるのは、市内の五つのイタリアンレストランのどれかだった。『タラント』は私の会社が所有していて、そこの味がほかと較べて劣ってないかいつもチェックしておくために、そういう習慣をつけたのだった。

私が入っていくと、桜内《さくらうち》と山根《やまね》知子《ともこ》が、アサリのスープをはさんでワインを飲んでいた。

「別れたって噂《うわさ》が、もっぱらだがな」

そばに立って言うと、二人はようやく私に気づいた。

「別れた男女が、気に入ったレストランで、時々昼食をとる。洒落てないか?」

「確かに。その場所を『タラント』にして貰ったことに礼を言うべきかな。ワインをもう一本届けよう。別に他意はない。日ごろの御《ご》贔屓《ひいき》に対する、心ばかりのお礼さ」

「ありがとうよ。ま、そのワインはおまえも一緒に飲むことにしよう。話がある」

私は肩を竦《すく》め、ワインと料理をボーイに伝えてから、二人のテーブルについた。

「明子《あきこ》さんのことよ」

「女に関する説教なら、ごめんだぜ。抱いた女の名前は、憶えてないことの方が多い」

「予防線を張る必要のない話だ。大崎内科に運びこまれた女のことだが、おまえやっぱり名前も知らなかったのか」

「大崎女史から、おまえにお呼びがかかったのか？」

「病院の方にな」

桜内が病院と言う時は、沖田《おきた》蒲生《がもう》記念病院のことだった。ホテル・キーラーゴよりさらにさきの、古いヨットハーバーの跡地にある。桜内の診療所は、俺のところ、であり、大崎内科はただの内科だった。

「大崎女史が、病院に女を連れてきた。俺のところじゃ入院できんと考えたわけさ」

それにかなりひどく、治療に設備が必要だとも判断したのだろう。桜内も大崎も、沖田蒲生記念病院の勤務医もやっていて、山根知子は外科の婦長だった。あの病院は、医者の数が十人以上になり、入院の設備もようやく整ってきた。

「それで？」

ワインが運ばれてきた。私はテイスティングをし、頷いた。イタリアワインは、冷え具合がちゃんとしていればいい。

「ひどい怪我だ。出血が多かった。放《ほう》っておけば、どうなったかわからん」

「そんなに、ひどかったのか？」

「強姦されてたわけじゃないらしいのよ。少なくとも、性交渉という意味ではね。剃刀《かみそり》のようなもので、内部を切られてたわ」

「どういうことなんだ？」

「恨みのようなもので、そうされた。その可能性が強い、とあたしは思うわ」

「ふむ」

「なにも言おうとしないけどね。強姦されるより、ショックは大きかったと思う。それに、命を落としたとしても不思議はなかったわ。この人が縫合したんで、前よりずっと具合はよくなってるかもしれないけど、セックスができるような精神状態になれるかどうか」

「わかった」

「大した経験は持っちゃいなかった。二十四だと言ってたが」

「弟はそのことを？」

「強姦されたと、まだ思いこんでる。そのままの方がいいだろう、と俺は判断したんで、詳しいことはなにも言っておらんよ」

「俺には、関係ないな」

「運んできた。おまえが内科に運ばなきゃ、俺も夜中に病院に呼び出されはしなかった」

「しかし、関係はない。名前さえ、知らなかった」

「名前を知っていようが、関係ないと言えば言える。名前を知らなくても、縁はあったと思うしかないだろう」

「どうしろというんだ？」

「わからんよ、そんなこと」

「俺に、考えろってことか」

料理が運ばれてきた。

悪くはない。ほかのイタリアンレストランより、数段上だ。イタリアで、六年間修業したシェフを、東京から連れてきたのだ。どうすれば日本人の口に合うか、というところまで考える料理人だった。

「さびしげだけど、きれいな娘よ、川中さん」

「断っておくが、その娘の心を開くなんて、俺には重荷だよ」

「適役だと思うけど、あたしは」

「勘弁してくれ。このレストランで、昼食をひと月奢《おご》ってもいい」

「入院患者は、心の健康が第一でね。俺や知子に言う資格があるかどうかは別として、患者に対しては気を遣ってる」

「婚約者がいるそうだ。思い出したよ」

「弟は、そいつのことを罵ってるだけだ。なにがあったか知らんが。姉の方は、なにも言おうとしない」

「俺は、このところ忙しくてな」

「別に、暇になれとは言ってないさ」

料理を平らげ、私はコーヒーを頼んだ。

「一応、おまえに言っておいた方がいいかもしれない、と話しているところに、おまえが現われた。つまり縁ってやつだ」

言って桜内は、私の上着のポケットに伝票を突っこんだ。

二人が出ていってから、私はひとりでコーヒーを飲んだ。

私が大崎内科に小川明子を運んだのは、確か五日前のことだ。忘れたわけではないが、それきりあまり気にしていなかった。

「弟に車を毀《こわ》された上に、姉をなんとかしろだと」

呟《つぶや》くと、ボーイが慌てて飛んできた。私に対して、気を遣いすぎるようだ。

店を出て、私は一度自分の部屋に帰った。

川中エンタープライズという会社に、社長の私がいることはあまりない。酒場の方は坂井と下村が分担しているし、ホテルとレストランは、坂崎《さかざき》という実直な中年男に任せてある。どこへ行っても、私は邪魔になるだけだ。

考えてみれば、成功したのさえ不思議な話だった。港湾作業員かなにかになり、港のそばの屋台で毎晩飲んでいても、おかしくない生き方をしてきたのだ。いや、そう生きるべきだったのかもしれない。

電話が鳴った。

小金を握らせてある情報屋からだ。また、郊外の土地を買収したいという男が現われたらしい。つまらないことが、うんざりするほど次々に起きてくる。

私は腰をあげ、情報屋が教えてくれた、郊外の土地へ出かけていった。

車は、フェラーリ328だ。叶《かのう》という殺し屋が乗っていた。私の部屋には水槽がひとつあり、金魚が泳いでいる。それも、叶が飼っていたものだった。叶はフェラーリを転がすことも、金魚に餌《えさ》をやることもできない。

同じように私の方も買収の申し入れをし、同じ返事が返ってきた。このひと月半ほど、ほとんど根較べにも似た、そんなことがくり返されている。

帰り道に、『レナ』へ寄った。

「御機嫌斜めですのね、川中さん」

カウンターの中から、菜摘《なつみ》が言う。はじめは『ブラディ・ドール』にいて、それから以前は私の持物だったこの『レナ』に移り、そして秋山の女房になった女だ。

「安見《やすみ》は？」

「そろそろ、現われると思いますわ。このところ、勉強が忙しそうだし」

「大学は、やっぱり東京へやるのかい？」

「考えてないわ、そんなこと。本人は、大学へ行くために勉強すると意思表示はしましたこの店のコーヒーは凝っていた。『タラント』のコーヒーはうまいが、この店と較べるとかなり落ちる。せいぜい、カプチーノかなにかで誤魔化すしかない。

「もう、高校生だもんな、安見は。大学生になり、嫁に行くなどと言い出して秋山を慌てさせるのも、すぐだな」

「あの人は、大丈夫ですわ」

「そうとも見えないが」

菜摘が、コーヒー豆を煎《い》りはじめた。一杯のコーヒーのために、一度煎る。なかなか、商売でできることではない。

ドアが開き、キドニーが入ってきた。私の顔を見て、ちょっと表情を変える。

「フェラーリは、しばらく俺が転がしてやることにした。坂井じゃなくて悪かったな」

「二人とも、会いたい相手じゃない」

それでもキドニーは、私と肩を並べるようにして腰を降ろした。透析《とうせき》を受けてきたところなのか、すっきりした顔をしている。

「おかしな動きがあるな、川中」

「土地のことか？」

「おまえと秋山が防戦してるって話だが、どうにもならないだろう」

「相手方に、ひねた弁護士がついてるって噂は、まだ入ってきてないがな」

「俺が、大河内《おおこうち》に手を貸すと思うか。たとえおまえを潰《つぶ》すためでも、そんな真似はせんよ。おまえを潰すことが、それほど難しいことだとは思っちゃいないが」

「大河内か、やはり」

「多分な。今度ばかりは、俺のところにも情報は入ってこない」

「まったく、なんて男だ。諦《あきら》めるということを知らんのか」

「むこうも、おまえのことを、同じように言ってるだろうさ」

私が煙草に火をつけると、キドニーはこれみよがしにパイプをくわえた。この煙の攻勢を食らえば、煙草など喫《す》っていてもいなくても同じという状態になる。

コーヒーが出てきた。不思議に、コーヒーの香りは、パイプや葉巻の煙ででも消されない。私は煙草を消し、その香りを愉《たの》しんだ。

「秋がいいな、ここは」

キドニーが、ポツリと言う。私も、そう思っていた。秋が深まり、海がいつも荒れている。心の中がそういう状態なのかどうか、波の音が落ち着かせるのだ。

キドニーのコーヒーも出てきた。私は、窓のむこうの海を見ていた。

ドアが開き、安見が入ってきた。通学鞄《かばん》をぶらさげたままだ。制服を廃止しろという運動が起きて、学校側と対立しているという話を、この間会った時に聞かされた。まだ制服を着ているところを見ると、運動は勝利の方にむかってはいないらしい。

「女の子をひとり雇おうと思ってるんだけど、安見がどうしても承知しませんの」

「ママには、監督する人間が必要なの。そう言ったでしょう」

高校にあがるころから、安見はきれいになった。母親に似てきたのかもしれない。秋山の前の女房、つまり安見の実の母親は、フロリダで殺されていた。

秋山がホテル・キーラーゴを建設する時のトラブルで、安見が攫《さら》われ、チンピラに乱暴されたのは、小学五年生の時だった。あの傷は、安見の心のどこかに、まだ残っているのか。

「あたし、宇野《うの》のおじさまに相談したいことがあったんだわ」

制服廃止運動のことだろう、と私は見当をつけた。金を払い、腰をあげる。

「逃げるのね、川中のおじさま」

「大人には、用事がいっぱいある。キドニーなら、おまえにいい助言ができるさ」

キドニーが苦笑した。

私は外に出、ブルーのシトロエンCXパラスのそばの、フェラーリに乗りこんだ。

4　新人

下村が、おかしな表情で近づいてきた。

私は、シェイクしたドライ・マティニーを飲み干したところだった。

「新顔の女の子に、会っておいていただきたいと思いましてね」

「どういうことだ？」

女の子の採用などは、坂井と下村に任せてある。法律にひっかかる年齢、働く資格のない外国人、薬物の常用者。そういうところに気をつけろ、と言ってあるだけだ。女の子は、川中エンタープライズとして採用し、それぞれの店にふり分ける。それも坂井と下村の裁量だ。

「ドクの紹介だし、書類にもおかしなところはないし、かなりの美人ときてます」

ひとつ、ひらめいたものがあった。私は煙草をくわえ、坂井の方に眼をやった。坂井は、グラスを磨く真似をしている。坂井がほんとうにグラスを磨く時は、麻の布を使い、キュッ、キュッと気持のいい音をさせるのだ。『ブラディ・ドール』のグラス類は、だからいつも微妙な光を放っていて、ほかの店よりずっと高級だという感じがする。

「どこが気になるか、わかった。俺に責任を押しつけておこうってのは、おまえらしくないぞ、下村」

「俺が決めていいなら、採用しませんね。ただそうすると、ドクから社長のところへ直接話が行くでしょうし」

つまり、坂井も下村も困惑しているということだろう。

「わかった。雇え。俺に面通しをさせる必要などない」

下村が頷き、奥へ入っていった。

「もう一杯だ」

坂井に言った。頷き、坂井は素速くシェーカーに手をのばした。

沢村明敏《さわむらあきとし》が出てきた。なにか考えごとをしているようで、フロアに眼を落として低く呟きを洩《も》らしている。沢村の控室は女の子たちと一緒だが、それをいやがっている気配はない。東京だったら、ほかのミュージシャンは沢村と同室というだけで、ひどく緊張を強いられる。それほどのピアニストだ。

沢村は、アップライトのピアノの前に腰を降ろすと、さらにひとしきりなにかを呟き続け、それから鍵盤《けんばん》を指で叩《たた》いた。

不意に、切迫したような音が店の中に響きはじめた。ジョージ・ウィンストンだ。『オータム』に収録されている曲だろう。曲名とか作曲者にうとかった私が、沢村が専属のピアニストになってから、スタンダード・ナンバーについてはかなりの知識を持つようになった。もともと、レコードを収集する趣味はあったのだ。

坂井が低く言った。カウンターにドライ・マティニーが出ている。私は、ふた口でそれを空けた。

「社長」

奥から出てきた下村が、客席を歩き回った。ゆっくり歩いているように見えるが、かなり速い。そうやって店内の点検をするのは藤木《ふじき》のやり方で、それを坂井が受け継ぎ、下村もそうするようになった。

私は腰をあげた。そろそろ客が入ってくる時間だ。出口で、高岸が頭を下げた。私は、叶のフェラーリに乗りこんだ。メンテナンスにもかなり金がかかるようになったし、税金などもすべて私が負担しているが、叶が死んだ以上、これはいつまでも叶のフェラーリだった。私のポルシェは、修理にかなり時間がかかるらしい。

ドイツ車ばかりを好むところに、私の本質的な性格が垣間《かいま》みえる、とキドニーに言われたことがあった。こうして乗ってみると、イタリア車も悪くない。いや、本気で好きになってしまいそうだから、私はイタリア車を避けているのだ。女と同じだった。

私は港の方へ車をむけ、屋台や安直な一杯呑屋《のみや》が並んだ地域へ行った。馴染《なじ》みの店が、何軒かある。『ブラディ・ドール』とは似ても似つかないが、私はそういう店ばかりを好んだ。坂井も下村も、仕事が終って飲む時は、大抵この界隈《かいわい》だ。二人とも、なぜか私の真似をしたがる。

「どうしたのよ、川中の旦那《だんな》。女に振られたみたいな顔をしちゃって」

店に入ると、そう言われた。この界隈で店をやっている女たちは、私に遠慮はしない。これがほかの場所だと、『ブラディ・ドール』のオーナーという扱いをされてしまうのだ。

「そんなふうに見えるかな?」

「旦那が、女に振られるわけないよね。じゃ、女を振ったんだ。振ってから、女が傷ついてることを知って、落ちこんじまった。そんなとこじゃないかしら」

「振ると傷つくから、俺はいつも女に惚《ほ》れられないようにしてる」

「冗談みたいに言ってるけど、それは本心だよね。旦那を見てると、あたしいつもそう思うわ」

「余計なお喋りをしてないで、なにか出してくれ。メインは焼魚だ。あとは任せる」

私の夕食は、大抵この界隈だった。時には、ホテル・キーラーゴでフランス料理を食うこともあるが、昼めしがイタリア料理で、夜がフランス料理というのは健康体をハンマーでぶっ叩くようなものだ、と大崎ひろ子に止められている。博奕《ばくち》に眼のないことを除けば、大崎ひろ子は優秀な内科医だった。

カウンターの端のテレビをつけた。ニュースの時間帯らしい。何千メートルかの深海へ潜れる、潜水艇の話題をやっていた。

海に潜る。どこまでも、深く潜る。ふと考えた。次第に暗くなり、光が遠いものに感じられ、なにも見えなくなる。しかし、そこに連中はいる。連中だけが、私のまわりにいる。

「旦那」

声をかけられた。女将《おかみ》が、酒を注《つ》ごうと銚子《ちょうし》を構えていた。

「どこかいいんだよね。ふだんは明るい人が、時々そんな暗い顔をしてたりすると」

「おばちゃんとベッド・インってのは、勘弁してくれよな」

「あたしだって、口説く男がいないわけじゃないんだけどね」

五十をいくつか越えたというところだろう。若いころは、いい女と呼ばれる部類だったのかもしれない。この女将にも、思い出せば心が裂けそうになる、過去というやつはあるのだろう。生きるというのは、そういうことだ。

引戸が開き、男が二人入ってきた。

「あっ、間違えた」

私の顔を見たひとりが言い、こそこそと出ていく。

「疫病神だな、俺は」

「そんなこと。あんなやつらがいると、まっとうなお客さんが入ってこないわ。いい用心棒ってとこよ、旦那は」

「美竜会じゃないな」

「そのまわりのやつらよ。いずれ、美竜会の構成員になりたいって思ってるわ。美竜会のやつらは、旦那がこの辺で飲んでることを知ってるから、顔を見せないけどね。みんな、旦那と宇野先生には感謝してるわよ。カスリも取られないで商売できてんだから」

キドニーは、この一角で起きた土地のトラブルに関する訴訟を引き受け、立《た》ち退《の》きを迫る地主を諦めさせていた。その裁判の経緯を私は注目していたが、判決が出たあとも、それについてキドニーは私になにも喋ろうとはしなかった。

九時ごろまで私はそこにいて、それから私の会社が所有する六軒の酒場を、ひとつひとつ回っていった。

日課にしているわけではない。私が回るのは、月に一度か二度というところだろう。以前は、毎日回っていた。それを藤木がやるようになり、藤木が死ぬと坂井がやった。いまは、下村が回っているはずだ。

キャバレーふうの、大衆的な店ばかりだが、いかがわしいサービスはさせていない。その分、料金は安い。託児所や送迎バスなども完備しているが、それが主婦層を夜の仕事に安直に引っ張り出すものだと、キドニーには激しく指弾され続けていた。私を、偽善的な実業家に仕立てることに、キドニーはほとんど情熱をもっていると言っていい。

最後に回ったのが、『ブラディ・ドール』だった。店を回りはじめると、ここにも来ないことには、落ち着きの悪い気分になるのだった。

カウンターには、画家の遠山一明《とおやまかずあき》がいた。

「新作が、新聞で取りあげられていましたね、先生」

そばのスツールに腰を降ろし、私は言った。遠山は、ハバナ産の葉巻をくわえ、トロリとした煙を吐き出している。女の香水とはまた違う、いい香りだった。

「批評ほど、曖昧《あいまい》でいい加減なものはないんだよ。まともな批評家の数が、それだけ少ないということなんだがね」

遠山が、再び青年のような制作欲を燃やし、これまでとはまるで違う絵を描きはじめたのは、この街でだった。それまで、高名な大家として、どちらかというと決まりきった絵が出てくるタイプだったのだ。

遠山の代りに、死んだ女がいた。遠山は、その女の生命力を、すべて自分のものにしてしまったと思える。女が死んだことに遠山は深く傷ついていたが、生き残るとはそういうことだと思い定め、新しく得た生命力のすべてを絵に注《そそ》ぎこむことにしたのだろう。

沢村明敏が、奥から出てきた。いつ出てきて、いつ演奏をやめるか、まったく気紛《きまぐ》れなピアニストだ。ただ、演奏は一流だった。かつて有名なジャズピアニストだったからというのではなく、沢村の出す音が私は好きで、この店にいて貰っている。

ジャズのスタンダード・ナンバーをやりはじめた。沢村の十八番《おはこ》と言っていいものだが、同じ曲でもその日によってまるで違うもののように弾いたりする。

今夜も、悪くなかった。

二曲目、三曲目になるにしたがって、なにか強い意志のようなものがはっきりと感じられてくる。

「私のために、弾いてくれている」

三曲目が終ったところで、遠山が呟いた。四曲目は軽い曲で、遠山はカウンターの坂井にちょっと手で合図した。坂井が、ソルティ・ドッグを手早く作り、ボーイを呼んでピアノのところに運ばせた。沢村が、曲の中に異音をひとつだけ入れ、遠山がそれに挨拶を返す。歳を食った男たちの、こんなやり取りはなんとも粋《いき》な感じがした。

「この店に入るまで、考えてもいなかったことなんだが、決心して頼むことにしよう」

「ほう、遠山先生の依頼となると、俺も緊張してしまいますよ。なんですか?」

「おたくの店に、描きたい女性がいる。モデルになるように頼んでくれないか?」

「それは、先生御自身で言われればいい。うちの店で束縛してるわけじゃありませんし」

「一応、雇主の許可もあった方が、彼女もやりやすいだろうと思ってね」

「無論、構いませんよ。しかし、店に入っていきなりその子が眼についたんですか?」

「なにかが、見えたんだ。よくわからないが、なにかが見えた。それで、そばに来て貰ったんだがね。暗い内面を押し隠すような、笑顔を見せてくれたよ」

「ほう。そんな子が、いたかな」

遠山が、坂井になにか言った。坂井が、下村に合図している。この二人のやり取りはいつも仕草だが、それでかなり細かいところまで伝わっている。憶えようとしても、私には憶えられなかった。

「君か」

そばに来た女を見て、私は言った。小川明子。つまり、下村が開店の時に、ドクの紹介だと私に会わせようとした女だ。

「今日から、仕事をさせていただいてます」

私はスツールをひとつ動いて、明子の座る場所を作った。怪我は、もういいのだろう。しかしドクは、なぜこの店を紹介してきたのか。

「こちらは、画家の遠山先生」

「さきほど、お目にかかりましたわ」

「君を、モデルにしたい、というお気持らしいんだ。店の方は構わない。君の思う通りにしていい」

「あたしなんか」

「明日、午後一時。私のアトリエに来てくれればいい。タクシーで来るんだ。交通費などは、すべて私が持つ。モデル料は、一時間で一万円だ」

「でも」

「約束したよ。川中さんが証人だ。余計な心配はしなくていい。モデルに手を出すということなど、画家はやらない。まあ信用して貰うしかないんだが」

火の消えた葉巻をくわえ、遠山は出て行った。

いつにない強引さだった。プロではないモデルを使う時は、いつもそうなのだろうか。それに、遠山が人物画を描くというのは、実に久しぶりのはずだ。初期の作品として、私はいくつか知っているだけだった。

「困ったな。先生、決めちまってるぞ」

「お断りする方法は、ないんでしょうか？」

「ないね。芸術家ってのは、そういうもんだ。描きたいと思ったら、君の家へ押しかけて行っても描く」

「わかりました」

明子は、ほとんど表情を動かさずそう言った。

「ところで、俺はこの店の社長でね。君がここに勤めることになるなんて、考えてもいなかった」

「申し訳ありません。社長が川中さんだということも、桜内先生からお聞きしていました」

明子がスツールを降りようとしたので、私は彼女の腕を押さえた。店の女の子が、社長の前で恐縮して立っている。客に見せられるものではなかった。

「弟が、車を毀《こわ》したことも聞いています。一度にというわけにはいきませんけど、毎月少しずつ返させていただきます」

「なにを？」

「修理費です。大変高い車だそうで、いつまでにお返しできるか」

「修理はしない」

明子を遮るように、私は言った。

「毀れたまま、売っちまうことにした。フェラーリを転がしていたら、そっちの方がよくなっちまってな」

「毀れたから、お売りになるんですの？」

「関係ないな。車を替えるだけだ」

「あの、修理費がいくらか、算出はできないんでしょうか」

「無理だ。それに、俺は君にそれを払って貰おうとは思わない。君の弟が、自分の力で払おうとするなら、受け取ってもいい。勿論《もちろん》、このままだとしても、俺は法的な手段に訴えたりはしないよ」

明子がうつむいた。鼻梁《びりょう》から眉《まゆ》にかけての線が、どこか彫刻的な感じがするほど整っていて、私は思わず引きつけられそうになった。

「仕事に戻れ。君が怠慢で馘《くび》になるというのは、可能性があることなんだぞ」

「病院に連れていっていただいたお礼も、申しあげていませんでした。大崎先生には、とてもよくしていただきました」

「忘れた。それは、すべて忘れた。早く仕事に戻れよ」

「でも」

「君も、交通事故のことなんか、忘れろ」

私は腰をあげた。看板まで、あと三十分というところだ。

5　性悪女

女を呼んだ。街からかなり離れたモーテルだ。自分の部屋に呼ぶのは、だいぶ前からやめていた。私も、体面というやつを気にするようになったのか。

私が、N市でかなり有力な立場にいることは、人に言われなくても自覚することはできた。飲食店組合を作る動きがあれば、いつの間にか祭りあげられている。組合を作るための美竜会との交渉など、すべて私に回ってくる。市会議員や県会議員によく面会を求められるし、新しい市長が当選すれば、必ず私のところに挨拶に来る。キドニーは、私に意識しない野心があるとなりたくて、こうなったわけではなかった。

言い、それが私に対する攻撃の要素のひとつになっている。そういうキドニーも、いつの間にか有力者のひとりになっていた。この街に進出している企業の間では、キドニーを顧問弁護士にするための奪い合いもあるという話だ。キドニーは私と大学の同期生で、一度東京で弁護士会に入った。ひどい交通事故に遭い、九死に一生を得たが、腎臓《じんぞう》が二つとも駄目になっていた。その時、私はすでにこの街に流れ着き、酒場をやっていた。遠い旅から帰ったように、生まれ故郷であるこの街の駅に降り立った姿を、私はいまでもはっきりと憶えている。あの時私は、宇野雄一郎《ゆういちろう》という男に、キドニーというニックネームを進呈したのだ。どうにもならない腎臓なら、隠したりはせず開き直って名前にしてしまえ、というような気分だった。本人も、キドニーという綽名《あだな》を気に入った。

あのころ、私もキドニーもまだ若く、力はないが、バイタリティはあった。キドニーとの仲がもつれたのは、私の弟夫婦が死ぬという事件が起きてからだ。私よりキドニーの方があの事件にこだわっているだろう。そして私たちは離れ、なにかあると対立する立場に立つことが多くなった。

しかし、お互いの存在をかけて対立しているとは、私は思っていない。キドニーも、多分そうだろう。曲がりくねりながら、どこかで繋《つな》がっているとしか思えないのだ。キドニーは、いつか辛辣《しんらつ》な皮肉屋で、陰気な男になった。私は、人前ではあまり暗さを見せない男になった。だから、周囲の人間は陰と陽としか見ない。人が思っているほど、キドニーは暗い男ではなく、私は明るい男ではなかった。

ノックされた。

缶ビールを持ったまま、私はドアを開けた。

「そろそろだと思ってたわ。川中さん」

真由美《まゆみ》という娼婦《しょうふ》だ。こうやって呼ぶ娼婦が四人いて、順番もきちんと守っている。ここ数年来、娼婦の顔ぶれは変っても私の習慣は変っていなかった。

「川中さんの命《タマ》を取ると嘯《ほ》えてたやくざがいたけど、そう簡単に殺される男じゃないわよね。でも、なにか騒動が起きてるんだとは思ってた。そいつ美竜会の客分で、川中さんを殺すために、東京から呼ばれたらしいし」

「気をつけるよ」

「あたしなんか、川中さんのためになること、それぐらいしかできないしさ」

「こうやって、抱かれにきてくれるだけで、充分さ」

情欲は、多分強い方だろう。そしてそれは、娼婦を抱くことで簡単に解消されるものだ。解消すべきなのだ、とも自分に言い聞かせていた。

私は缶ビールを飲み干すとシャワーを使い、途中から真由美も入ってきた。

部屋へ戻ったのは、三時を回ったころだ。

週に三度家政婦が来るので、いつも部屋の中は片付いている。そういう状態にも、馴《な》れてしまった。

私の部屋は、海際のマンションの最上階にあり、いつも潮騒《しおさい》が聞えた。時には、海全体が鳴るような感じがする時もある。

私はコニャックを二杯ほどひっかけ、ベッドに横たわった。

チャイムで、眼が醒《さ》めた。

ドアを開けると、小川弘樹が立っていた。

「何時だと思ってる？」

朝の七時半だ。私の声は不機嫌にならざるをえなかった。

「すいません。これから俺、仕事に行かなきゃなりませんし、夜も続いて仕事ですから、川中さんに会えるのは、この時間しかなくて」

「わかった。用事を早く言え」

「俺、謝りに来たんです。まだ謝ってもいなかったから。それからカレラ4の修理代をどうすればいいか、それも相談しなくちゃならないと思って。相談なんておこがましいんですが、一度に払えないんで、なんとか時間をいただけないかと」

「保険に入ってるだろう、おまえ？」

「保険を使おうとは思いません。ぶっつけたわけですから。やろうと思って、ぶっつけたんですから」

「なるほど、わかったよ」

「姉が、川中さんの店で働かせていただいてるみたいですけど、車のことは、俺と川中さんだけの問題ですから」

「俺が、修理代をたてに、おまえの姉貴になにかすると思ったのか?」

「そんな。ただ、姉の方がそう考えるかもしれません。どこかおかしいんですよ。自棄《やけ》になったみたいで。あんなことの後だから、仕方ないとは思いますけど」

「おまえ、いつから夜も働いてる?」

「一週間ばかり前から。車も売りました。二束三文でしたけど。カレラ4の修理代、そんなにお待たせしなくても大丈夫だろう、と思います」

「夜は、どこで働いてる」

小川弘樹は、キャバレーの名前を言った。美竜会系ではないが、あまり評判はよくない。サービスがいかがわしすぎるのだ。

「まあ、いい勉強になるかな」

「修理代、いくらぐらいなんでしょうか?」

「わからん」

「でも」

「それじゃ困るだろうが、いくらかと訊かれてもな。あれは売ることにしたんだ。おまえの姉貴、そう言ってなかったか？」

「売る場合でも、修理費の算出は出来るんじゃないかと思うんですが」

「二十万ぐらい、だったと思う」

「安すぎますよ、カレラ４なのに」

「はっきりした値段を、訊いておく」

「そうですか。二十万だって、一度に払えはしませんから、また訊きにきます。それで、いつまで待っていただけるんでしょうか」

「おまえが懸命になって、払えるだけ払うんなら、それで払い終るところが期限ということにしようじゃないか」

「甘えすぎだと思いますが、正直、それなら助かります」

「じゃ、もういいな」

小川弘樹は頷くと、深々と頭を下げて出ていった。私はリビングのカーテンを開け、煙草をくわえて外を見た。

秋の海は、やはり心持ち荒れ気味である。こうやって、いままで何度秋の海を眺めてきただろうか。老いぼれていく。五年前より確実に、私は老いているはずだ。それがいやだとは思わず、むしろ早く老いぼれて、過去などすべて遠いことだと思いたい。そうやって、近づいてくる死だけを、見つめていたい。

いまは、老いぼれているという実感からは遠い。四十を過ぎたころ、これで人生もようやく半分以上終ったのか、と思っただけだ。

もう一度眠ろうとして、私はベッドに潜りこんだ。眼を閉じたが、浅い眠りさえも訪れてはこない。

しばらくそうしていて、私は諦め、跳ね起きると素速く服を着こんだ。

フェラーリ328で、海沿いの道を流していく。カレラ4より、どこか気ままな走り方をする車だ。甘く見ると、痛い目に遭わせてやるぞ、という気配もチラつかせている。

「性悪女だな、おまえ」

私は車に語りかけた。それはポルシェに乗っている時は、あり得ないことだった。性悪女でも、見てくれは特上だ。中身まで特上にできるかは、ステアリングを握っている人間の腕による。

私は、海沿いの道から山の峠道の方へルートを変えた。その方が、この車の限界はよくわかりそうだ。

ずっとドイツ車に乗ってきた。最初はBMWで、半年ほどメルセデスに乗り、それからずっとポルシェだ。きわどいところで踏みとどまらせるなにかが、ドイツ車にはある。私はスピードを愉しんだが、いつも限界の一歩手前でスロットルを閉じてきた、という気がする。イタリア車は、限界まで踏みこませそうな雰囲気を、確かに持っていた。

私のやる贅沢《ぜいたく》は、車とクルーザー程度だ。クルーザーは高速艇だが大型ではなく、車はいつも一台所有しているだけだった。その気になれば、もっと車は所有できたし、大型のクルーザーも買うことができた。いつの間にか、かなりの収入を得るようになっていたのだ。

欲望は、あまりなかった。気に入った車と船が、いつもそばにあればいい。それ以上は無駄というものだ。事業を拡《ひろ》げようという気もない。それがある程度拡がってしまったのは、ほとんどすべてが成行だった。潰れかかった店のオーナーが、泣きついてくる。その人間の仕事のやり方に好意を持っていれば、傷が深くなる前に買ってやろうという気になってしまう。川中エンタープライズの営業のシステムの中に組み入れると、潰れかかった店もなんとか持ち直してくる。

川中エンタープライズの財務体質は健全なもので、適正規模と考えられる額の五分の一程度しか負債もない。

これ以上望むべくもない人生の中に、私はいるはずだった。それでも、たえずなにか足りないと思い続けている。足りなくて当たり前だ、という認識もどこかにある。いなくなってしまった連中と、私は一緒に生きることができない。その思いが、いつも心の底に流れていた。決して満たされることのないものが、心の大きな部分を占めてしまっているのだ。

峠道にさしかかった。二速に落とし、コーナーに切りこんでいく。三速。実にいいレスポンスだ。しかしそこには、罠《わな》を感じる。罠を仕掛けていてこそ、性悪女だ。

同じコースを二度往復し、それから私は、性悪女の仕掛けた罠に踏みこんでいくことにした。スロットルを、やや開き加減にする。コーナー。安定したものだ。さらにスロットルを開く。やはり車体は安定している。三つ目のコーナーで、フェラーリはいきなり尻《しり》を振った。それも、ちょっとカウンターを当てればいい、という程度ではない。一杯にカウンターを当てる。そのタイミングが狂えば、スピンだろう。つまり、車の挙動は安定から極端な不安定へ、紙一重のわずかな差で移っていく。

八キロほどの道を何往復かしている間に、私は三度スピンした。三度目のスピンは、四回転だった。ただ、車体はどこにも触れずに済んだ。

なんとか、性悪女の性悪なところとも、付き合っていけそうだ。そうなると、フェラーリはポルシェよりずっと魅力的な車に感じられてくる。頼まれて人を殺すことを仕事にしていた叶が、気に入っていた理由もよくわかる。

全身に汗をかいていた。

私はエアコンを使わず、窓を全開にして峠を降りていった。

ホテル・キーラーゴに寄る。

朝昼兼用の食事になっていた。私はオニオンスープと四百グラムのサーロインステーキとパンを註文し、食前酒にドライ・シェリーを三杯飲んだ。このホテルのレストランの肉は、食肉処理場から直接運びこまれ、シェフの手で二週間かけて、充分にエイジングされている。ちょっとほかでは味わえない肉だった。料理が二週間前にはじまる、と考えているシェフはそうはいない。

このレストランのシェフより腕のいいシェフが見つかれば、私はフランス料理の店を開いてもいいと考えていたが、それほど希望も持っていなかった。

「まったく、昼めしからヘビーなもんだ」

声をかけられた。きちんとスーツを着た秋山が、笑いながら立っていた。様子を窺《うかが》っていて、食後のコーヒーを一緒に飲む気でいたらしい。

「食い方が速すぎる、とシェフが言ってた」

「俺はいつもレアだ。つまり微妙な焼かれ方をした肉なのさ。その微妙な技が消えてしまわないうちに、胃袋に収める。それが料理人に対する礼儀だと思ってる。シェフには、そう伝えておいてくれ」

「言っておこう。俺には、おまえの食い方は、飢えているようにしか見えんがね」

コーヒーが運ばれてきた。

「買収先を調べてみた」

受け皿も一緒に持つという、英国ふうの紅茶の飲み方で、秋山はコーヒーを啜《すす》りながら、土地のことを切り出した。

「それで？」

「東京の不動産会社にまでは行き着いたが、それから先は繫がらん。俺は、キドニーに頼もうかと思ってるよ。やつなら、政治腐敗を追っているジャーナリストの知り合いもいるし」

「おまえから頼んでくれ。俺が頼むと、やつは臍《へそ》を曲げかねん」

「わかってる」

「やつに、情報が入っていないはずはない。気にしているはずだ。そして、すでに調査に入っていて、俺たちが知らないことを知っている可能性もある」

「俺も、そう思ってる。俺とおまえだけじゃ、もう買収攻勢は防ぎきれないところまで来てる。俺たちに口約束しながら、むこうにも約束してるという地主が、いる可能性もある」

「それにしても、回りくどいやり方だ。いままでなら、力ずくで来ただろう」

「俺はそう思わん。これまでより大きな仕掛けを、大河内は考えていると思う。美竜会だって、まったく動きを見せないのは変だぜ。乾坤一擲《けんこんいってき》の勝負ってやつを、大河内はかけるつもりなのさ」

「かもな」

「気軽に言うな。その勝負の障害は、まずおまえだ。おまえを消す、ということを考えるに違いない。山の中を暴走族気取りで走ってたら、狙撃《そげき》されかねんぞ」

「無防備の防備ってのが、俺のやり方でね」

「まあいい。おまえにつべこべ言ったところで、無駄なことはわかってる」

秋山がコーヒーを飲み干し、腰をあげた。

私はボーイを呼び、もう一杯コーヒーを註文した。レストランの窓からは、ヨットハーバーのヨットのマストが見えている。ぼんやりと、私はそれに眼をやった。揚陸されている艇が多く、マストの数は少なかった。

6　爆弾

沖のうねりは、かなりあった。

擬餌《ルアー》を流しはじめると、船のスピードは極端に落ちた。うねりに、まともに持ちあげられる。

「そんなもん、来るわけないでしょう、社長。もう十月ですよ、十月」

「たとえ鯨がかかっても、そんなものとは言えないぞ。同じ海なんだ」

「だけどですね」

「おまえのような、はぐれ者が魚の中にもいるさ」

コックピットで、坂井が肩を竦めた。

私が狙《ねら》っているのは、小さなブルーマリーンというかじき鮪《まぐろ》だった。だから擬餌《ルアー》もリールも大型である。沢村は、小魚を狙っている。遠山は、コックピットの後ろの椅子《いす》に腰を降ろし、いつものように海を眺めていた。

遠山と沢村に頼まれて、私は『レナⅢ世』を出していた。クルーはいつもの通り坂井だ。ホテル・キーラーゴ専属の船長である土崎《つちざき》が、このあたりで一番の船長だとすれば、坂井の腕はそれにつぐものだった。

「久しぶりに動かしてやったんで、船も喜んでるんじゃないか、坂井」

「だけど俺は、ブルーマリーンを考えて走らせてるわけじゃないですからね。かからなくても文句はなしですよ」

「坊主だったら、おまえの責任さ。沢村先生は、今夜のおかずを釣る気らしい。おまえに奢る責任が出てくる」

「沢村先生の方には、来ますよ。鯖《さば》なんか、売るほど来るはずです」

「その魚群を狙って、大物も来る。もっともおまえの腕次第だが」

「かからなかった時の伏線を、もう張ってますね」

早朝の海上はさすがに寒く、全員が羽毛入りのヨットパーカーを着ていた。下はシャツ一枚だ。

早速、沢村に当たりが来た。鯖だ。続けざまに五本、沢村は鯖をあげた。群れをやり過してしまったのか、それから当たりは来なくなった。

「二本ばかり、酢でしめようか。帰りには食える」

遠山が、甲板に降りてきて言った。料理の道具は揃っている。この街でひとり暮しをはじめてから、遠山は料理をやるようになったらしい。制作の合間のいい気分転換になるのか、料理だけは家政婦任せにしないようだ。

遠山が、庖丁《ほうちょう》を軽く研ぎ、魚を捌《さば》きはじめた。その間、沢村が流していたもう一本の細い竿《さお》に、鰯《いわし》が次々にかかりはじめた。

「一度、竿をあげてくれますか。定置網に迷いこんだ船がいます」

陸から、大して離れていない。定置網が仕掛けられている一帯があって、そこに迷いこむと、スクリューに網をひっかけて、動きがとれなくなる。

「定置網に迷いこんだってことは、わかってるみたいです。エンジンは停めてます。ただ、あれじゃ脱出はできないな」

双眼鏡を覗《のぞ》きこみながら、坂井が言った。私は、ようやく擬餌《ルアー》を巻きとり、コックピットにあがっていった。スピードがあがり、陸の方へ一直線にむかう。小さなクルーザーだということが、肉眼でもわかるようになった。スピードが落ちる。定置網の一帯に入ったのだ。馴れたもので、坂井はうまく網と網の間を縫っていった。『レナⅢ世』は、漁業権も持っている。

「東京の船か？」

坂井がスピーカーで声をかける。男が四人乗っていた。

「神奈川の小網代《こあじろ》湾だ。参ったな、こんなところに定置網を仕掛けてあって。悪いが、先導して貰えないかな」

「航跡を辿《たど》ってきてくれ」

スローで、坂井がクルーザーの前へ出、前進をはじめた。クルーザーは付いてくる。

三分ほどで、定置網の一帯を抜けた。

「これ、少ないけど」

発泡スチロールの箱に入れたものを、柄の付いた網に入れて差し出し、クルーザーは船べりを寄せてきた。

沢村が受け取ったが、すぐに相手の甲板に投げ返した。相手のクルーザーは、すでにエンジンを全開にして、走り去ろうとしているところだった。ひとりが、慌てて箱を外に放り出すのが見えた。次の瞬間、海面が盛りあがり、クルーザーは横波を受けて転覆した。

定置網の中の魚も、爆発のショックで、海面を埋めるように浮《う》きあがった。死んではいない。気絶しているだけで、次々に魚は気を取り戻して水面下に消えていく。

「助けますか？」

「放っておけ。もう一隻いるみたいだ。やり合うのも面倒だし、もう一度釣りに戻ろう」

坂井がスピードをあげた。

陸地の岩陰の方から、別のクルーザーが出てくるのが見えた。

「よくわかりましたね、沢村先生」

「おかしな連中だった。付いてくる時から、四人とも動きがおかしかった」

それは、私も坂井も気づいていた。だから坂井は、いつでも突っ走れるように、定置網を抜けるとレバーを握りしめていたのだ。私は、相手の動きを見た上で、発泡スチロールの箱を捨てろと、叫ぶつもりだった。

「私も、おかしいと思ったな。あんなところに迷いこんでたら、スクリューに網を巻きつけて当然だ。それが、ちゃんと走れる状態だったんだから」

庖丁を使いながら、遠山が暢気《のんき》な声で言った。

かなり爆発力のある爆弾だった。渡してから十秒。それぐらいで爆発するように、セットされていたようだ。沢村が受け取ってからでも、対処の仕方はあったが、想像したよりも爆発までの時間は短かった。つまり、より確実に、ということを狙っていたのだ。

「船ごと、吹き飛ばせるとも思えなかったけどな」

うねりの山を巧みに縫いながら、坂井が言った。船ごと吹き飛ばせないにしても、航行不能にはできた。相手は二隻いたのだ。どんな攻撃でも考えられたはずだ。

「まあ、いい。とりあえずポイントへ戻れ。鰯のポイントじゃないぞ、坂井」

「いいですよ。言われた通りに行きますよ、俺は」

私は後甲板に降り、再び擬餌《ルアー》を流した。

遠山は、鯖を酢でしめていた。沢村は、なに事もなかったように、自分の竿の当たりに気を配っている。

私を殺そうとした。それは間違いない。ついでに、三人も巻き添えにしようともした。襲われるなら、ひとりの時の方がずっと気が楽だ。

「ところで、なにかに怯《おび》えているようなんだがね、彼女」

鯖の味見をしながら、遠山が言った。

「モデルにはなりませんか？」

「いや。プロのモデルにはない、独特の雰囲気がある。しかし、あの怯えは気になるな。雇主である君には、言っておいた方がいいと思ってね」

「そいつは、どうも。だけど、俺にはどうしようもありませんよ」

「雇主とは、そんなものかね？」

「勤務時間中なら、いろいろと言えもしますが、私生活にまで立ち入ったら、逆に文句が出ます。もっとも、彼女の方から相談してくるなら、別ですが」

「なるほどね。彼女に、相談に行くように勧めてみよう」

「来ないと思いますよ」

「私もそう思うが、言うだけは言ってみるさ」

沢村が、また鯖をあげはじめた。この調子だと、魚屋でもはじめられそうだ。私は諦めて、昼寝をはじめた。遠山が、水割りを持ってくる。

「モデルをはじめて、四日目でしたか？」

「今日で、五日目になるね。いつも二時間程度だが、彼女は時間通りにやってきて、礼儀正しさもまったく崩さない。終ったあとしばらく話をしたのは、きのうがはじめてだ」

「やっぱり、暗い子ですか？」

「そうとも言えないな。明るいところはあるが、それがいま表面に出る状態じゃないといったところだ。画家である私には、それはあまり邪魔にならないことだがね。表面に出ている暗い部分に、自分のなにかを重ね合わせることもできるし」

絵というものは、そうやって画家の心の中のものを対象の中に描きこんでいくのだろう。遠山の絵を見ていると、それがわかる気がする。

「喋っていると、ある教養は感じさせる女性だね」

「実は、俺はまともに喋ったことがありませんでね」

「らしいね」

遠山の水割りは、いくらか薄目だが、なかなかのものだった。バーテンの仕事の中で、水割りの作り方は多分一番難しい。ウイスキーと水が、ただ混り合えばいいというものでもないのだ。調合とか溶解とかいう言葉がぴったりくる、単純だが難しいテクニックがいる。

「川中さん」

鯖の口から鉤《はり》をはずしていた沢村が、大声をあげた。私の竿が撓《しな》っている。私は竿にとりつき、リールのドラッグを緩め、二、三十メートル出してから、ドラッグを締めて竿を立てた。魚の口に、しっかりと鉤をかけるためだ。

竿全体に、かなりの力がかかってきた。それでも、竿を折ったりテグスを切ったりするには程遠い。

「なんだろう」

遠山が言った。

「鰤《ぶり》か、そこいらの魚でしょう。ブルーマリーンじゃないな」

沢村が答えている。鮫《さめ》かもしれない、と私は思った。だったら、引きの強さほどの大きさはない。ブルーマリーンなら、もうすぐ水面に飛び出し、テイルウォークというやつをやるはずだ。

竿を倒した時の緩みを手早く巻きとり、また立てる。それを何度もくり返した。それから、私はファイティングチェアでしっかり竿をホールドし、力まかせに巻いた。竿もテグスも強度は充分で、魚が疲れてきたことも感じたからだ。

「鮪だぞ、川中さん。こいつは鮪だ。ほう、鰯の群れでも追ってきたのかな」

ファイティングチェアからは、まだ魚の姿は認められない。ただ、鮪の引きかもしれないということは、途中から感じていた。

「小ぶりだな。だけど、本鮪みたいに見えるよ」

テグスが絡まないように、沢村は自分の擬餌《ルアー》は巻きあげていた。

「頼みます。俺がギャフをかけますから」

コックピットから坂井が言い、遠山があがっていくと、代りに降りてきた。

魚を引き寄せた。坂井がギャフを船の外に突き出した。片手でテグスを握り、ギャフを打ちこむ。船の上に、魚が引きあげられ、私にかかっていた負担は消えた。

「こんなところで、本鮪とはね。妙なツキがあるじゃないですか、社長」

坂井は、鮪の頭の急所を棍棒《こんぼう》で打って殺し、コックピットにあがっていった。

「こんな釣りは、私らには無理だな」

降りてきた遠山が、沢村に言っている。

一メートル弱の本鮪だった。やはり、はぐれ者はいて、これは不良少年とでもいうところだろう。遠山が、また庖丁を研ぎはじめた。布も出してきている。切り身にし、晒《さら》しの布で包んでおくのだ。三日後ぐらいが、食べごろだろう。

「そろそろ、船を戻せ、坂井」

「現金なもんですね、自分が釣れたからって。まあ時間もいいし、沢村先生の方も釣れたわけだから、のんびり帰ることにしますか」

荒れた海も全速で走れば、船は飛ぶ。それはそれで操縦の仕方はあるのだが、スピードに馴れない遠山と沢村を乗せていた。

私は、鮪を解体する遠山の手並みを見ていた。庖丁がよく切れる。鮪は、ひと抱えぐらいの切り身にされていった。内臓と背骨は捨てられたが、頭は残されている。頭の骨の襞《ひだ》のようなところに、隠れ身というのがあって、搔《か》き出して食えばなかなかのものなのだ。

「鯖、そろそろいただきましょうか」

私は言い、箸《はし》と醬油《しょうゆ》と辛子を用意した。

水割りが配られ、皿に箸がつけられはじめた。坂井は、左手で舵輪《だりん》を操作しながら、右手で箸を使っている。せいぜい十五ノットというスピードか。それでも、風は冷たかった。

ヨットハーバーに着くまで、誰も爆弾のことは口にしなかった。

7　約束

　私が入っていった時、秋山はすでにカウンターに腰を降ろしていた。ストレートのウイスキーが、チェイサーもなしに置かれている。坂井が忘れるはずもないので、秋山が断ったのだろう。

　私の姿を見ると、坂井は素速くシェーカーに手をのばした。私が秋山の横に腰を降ろした時には、すでにシェーカーを振り終えるところだった。冷えたグラスに、シェイクしたドライ・マティニーが注ぎこまれる。私はそれを、ふた口で飲んだ。

「邪道も、これだけ続けるとサマになってるな、川中」

「所詮《しよせん》、酒は好みで飲むものだ。なんだかんだとこだわってみても、はじまらん」

「おまえの、その邪道のドライ・マティニーは、裏返しのこだわりじゃないのか」

「習慣さ。これ一杯で、まだ生きているってことを確認している。それ以上の意味は、なにもない」

「この間、殺されそうになったそうだな。遠山先生に聞いたよ」

「殺されはしなかっただろう、と思う。あんな罠《わな》で『レナⅢ世』を沈められてたまるもんか」

「船はいいとして、本気でおまえを狙《ねら》ってきてはいるな」

「だから？」

「俺は、土地を買うことにした。札束で横面を張ってもだ。買収にかかってるやつらの正体が、はっきりしたよ。キドニーの調査さ。大手の不動産会社の開発部が背後にいるが、それを動かしているのは、やつだ。目的は、まだわからん。目的もないのに買うはずもないし、例によって大きな利権絡みだろう、とキドニーは見ている。キドニーは、やつのスキャンダルを洗い出そうとしてるが、なにも出てきてないようだ。そっちの方面も、しっかりガードして、本腰を入れてきてるってことだな」

「土地を買うって、どこだ？」

「買収話を持ちかけられたところの、八十パーセントを、俺たちは摑《つか》んでるよな。それを地図に描《か》きこんでみた。N市を帯状に取り巻くんだよ。まだ完全じゃないが、やがて繋《つな》がり、完全な輪になるだろう」

「どういうことだ？」

「N市が、ひと回り大きくなる。ひと口にひと回りと言っても、外側だから厖大《ぼうだい》な面積さ。しかし自然に街が大きくなるわけはないし、大きくしようというなにかの動きがある、と考えるしかないわけだ」

そこでは、また政治だった。日本の政治屋どもは、蜜《みつ》に群がる蟻《あり》そっくりだ。自分の手で蜜を作り出し、それを吸うという悪質な政治屋も少なくない。

「どんな計画があろうと、ネックになる場所がある。そこを押さえれば、計画全体が無に帰す。俺は毎晩地図を眺めていて、そこがネックだと思える場所を三つばかり選び出した。俺の考えにすぎないが、その三か所をこっちで押さえれば、つまり相手の首根っこを押さえたってことにもなる」

「どこだ、それは?」

「いまにわかる。そこを買うぐらいの金なら、俺にも工面ができそうだしな」

「俺は俺で、ネックだと思う場所を押さえろということか?」

「それができればな。難しいよ。三か所のうちひとつでも手に入れれば、いい方だという気がしないでもない」

土地はすべて先祖伝来の田畑で、売る方には金だけではないという気持がある。それを説得するのに、これだという理由はいまのところなにもないのだ。

「とにかく、三つのうちのひとつは、なにがなんでも俺が押さえる。それ以後どうするかは、あっちの出方を見て考えよう」

「いつから、おまえはこの街にそんなに入れこむようになったんだ、秋山?」

「いつの間にかだよ。フロリダから流れてきて、はじめは洒落《しやれ》たリゾートホテルで、ひと儲《もう》けできればいい、という気分だった。ホテルを建てるのに、苦労したよ。土地問題だな、やっぱりあれも。この街のトラブルは、すべて土地から来てる」

「まあ、おまえはよくやったさ。それは感心する。いまは、儲けられるだけ儲けているだろうしな。もう無理をすることはないんじゃないのか？」

「無理だとは思ってない」

「おまえを閉じこめておくには、ホテル・キーラーゴは小さすぎる。奥さんが、そう言ってたことがある」

「正直、ホテルの経営者で、大した心痛もなく安穏に暮していられる。それが、日本に戻る時の夢だった。この街が、俺には強烈すぎたんだ。安穏な夢なんてものを、抱かせてくれはしない」

「わかるよ、なんとなくだが。ただ、おまえは俺やキドニーとは違う。家族がいるんだ。それは考えろよ」

「気を遣わせてるわけか。済まんな。俺も、家族がいることだけは、忘れないようにするよ」

「安見が、この間、キドニーに相談を持ちかけてた。多分、制服廃止運動についてだろうと思うが。あのキドニーが、相談に乗っていたよ。キドニーも、そして俺も、安見を娘みたいなものだと思ってる。坂井は、妹みたいだと思ってるだろう」

「安見も、おかしな親父《おやじ》や兄貴たちを持って、幸せさ」

秋山がグラスを呷《あお》った。

私は腰をあげた。そろそろ、女の子たちが出勤してくる時間だ。

店の女の子たちとは、あまり顔を合わせない。いつのころからか、そういう習慣がついた。女の子たちに気を遣わせたくない、というのがひとつあるのかもしれない。馘《くび》を切る時のことを考えているのかもしれない。そして、私はここ数年で、かなりの人嫌いになった。

外へ出ると、高岸が近づいてきた。まだボーイもさせて貰《もら》えず、店の前の駐車を見張っているだけだが、潑剌《はつらつ》とした感じはいつもあった。小川弘樹の車にぶつかった傷も、軽い打撲だけで済んだらしい。今年の夏、この街にやってきた。高校ラグビーの有望選手だったらしいが、いまは下村に空手を習っているようだ。

すでに出会った人間に対しては、私は単純に心を開く。人嫌いといっても、新しい出会いをできるだけ避けようとするというだけのことだ。

「車の免許はどうしたんだ、高岸?」

「取りましたよ。俺、もう十八ですから」

私に声をかけられて、高岸は嬉《うれ》しそうだった。

「下村のスカイラインで、練習しろ。俺が認める腕になったら、フェラーリのキーを預けるぞ」

店の前は駐車禁止にもなっていて、時折ミニパトが巡回してくる。そういう時、中の私に知らせるのも高岸の仕事のひとつだが、キーを預かっていれば、自分で動かすこともできるのだ。

「ほんとに、キーを預けてくれるんですか?」

「ああ。坂井とバトルで張り合えるようになったら、時々はこいつを転がしてもいい」

高岸が白い歯を見せて頷《うなず》き、乗りこむ私に深々と頭を下げた。

車を出した。さしあたって、どこへ行く用事もなかった。港の方へ車をむけた。一杯呑《のみ》屋《や》で、魚かなにかの夕食をとればいい。

港に近づいたところで、女が舗道を走っているのが見えた。小川明子だ。髪を乱し、懸命に走っている。店に遅刻すまいとしているにしては、あまりに切迫していた。

私は車を停《と》めた。私のところまで走ってくると考えていたが、明子は途中で横道に飛びこんだ。数呼吸遅れて、男が二人走ってきた。やはり横道に飛びこんでいく。

私は車を出した。一方通行の出口だが、私は構わず横道に入っていった。

明子が倒れている。私はアクセルを踏みこみ、走っている男たちの背後に迫った。フェラーリの派手なエンジン音は、男たちを振りむかせるのに充分だった。

私はさらに加速した。二人の男が、道の両側に跳んだ。塀に背中をくっつけるようにして、車を避けている。

倒れた明子のすぐ後ろで車を停め、私は大声を出した。

「早く乗れ。やつらが追いついてくるぞ」

明子は立ちあがり、助手席に転がりこんできた。私は車を出し、一方通行の入口から大きな通りに出た。

「ひどいな。かなり派手な転び方だったみたいだ」

「大丈夫です、あたし」

明子は呼吸を乱したまま、膝《ひざ》と掌《て》の擦り傷に眼《め》をやった。

「そりゃ、ドクに治療して貰うほどのことはないが、おまえ、追われてたじゃないか」

「いきなり、襲ってきたんです。痴漢かなにかだわ、きっと」

「まず、傷の手当てだが」

「転んだだけなんです、ほんとに。大袈裟《おおげさ》にするようなことじゃありません」

「それで店に出るわけにゃ、いかないだろうが。おまえの家は？」

明子は黙っていて答えなかった。

私は車を港の方に回し、海沿いの道を走っていった。相変らず、明子は黙っている。どこへ行くのかとも、訊《き》かなかった。

私は、自分のマンションの駐車場に車を滑りこませた。ハンドバッグを抱きしめたような恰好《かっこう》で、明子はじっとしている。

「行くぞ」

私が車を降りると、明子も降りてきた。エレベーターに乗ってからも、明子はなにも言わない。任せきっているというのではなく、諦《あきら》めているような感じだった。

「俺の部屋だ」

明子の背を押してドアの内側に入れ、私は言った。

なぜ、自分の部屋に連れてきてしまったのか。ふとそれを考えた。沖田蒲生記念病院に連れて行くこともできた。遠山のアトリエに連れて行けば、モデルの怪我《けが》を丁寧に治療してくれただろう。私の部屋には、消毒液と繃帯《ほうたい》程度しか揃《そろ》っていない。それでも、連れてきてしまったのだ。

「脱げ」

「えっ?」

「そのストッキングは、もう使いものにならないだろう。いま薬を持ってくるから、その間に脱いじまえ」

私は奥の部屋へ行き、救急箱の中身を点検した。自分が思っていた以上に、治療の道具は入っていた。

それを抱えてリビングへ行き、明子の傷を点検した。膝は擦り傷だけで大したことはなかったが、掌にかなり深い傷を負っていた。倒れたところに、砂利かなにかあったのかもしれない。出血を押さえていた明子のハンカチは、血で赤く染まっている。

「洗った方がいいな」

私は明子の手首を摑んだまま、洗面所に連れて行き、掌の傷を流水に晒《さら》した。華奢《きやしや》な手首だった。明子は、されるがままになっていた。顔に表情はない。

新しいタオルで、手の水を拭《ふ》き、傷口を押さえ、リビングに戻った。ガーゼを当て、消毒液を振りかける。しみたのか、明子の眉間《みけん》に細い皺《しわ》が立った。

膝の傷を手当てした。消毒液で洗い、ガーゼを当てて、テーピングしただけだ。それが終った時に、救急箱の中に壺《つぼ》をひとつ発見した。船で怪我をした時に使えと、ドクがくれたもので、製品番号しか書かれていなかったが、それだけは私は憶《おぼ》えていた。

ガーゼに薬を塗り、掌の傷に当てた。テーピングし、その上に繃帯を巻いていく。

それが終ってから、私はコーヒーメーカーでコーヒーを淹《い》れた。

コーヒーを出してやると、明子はようやく軽く頭を下げた。

「落ち着いたか、いくらかは？」

「はい」

「まあ、手も膝も大した怪我じゃない」

「社長に、こんなことをしていただいて」

「従業員が襲われてるのを見て、黙って通りすぎるわけにもいかんだろう」

私は煙草《たばこ》をくわえた。眼が合うと、明子はすぐに伏せた。

鼻梁《びりょう》から眉《まゆ》にかけての線が、やはりきれいだ。ただいかにも華奢で、触れると毀《こわ》れてしまいそうな気がする。

「どこに住んでるんだ、おまえは？」

「申し訳ありません。大浦《おおうら》町の、アパートに移りました」

明子の住所は、三吉《みよし》町だった。弘樹が住んでいるのは、三吉町にむかって川のこちら側だ。

「俺は、従業員の書類にはいつも眼を通している」

新しく雇った時もそうだが、馘にしたりやめたりした時も、下村か坂井に必ず報告書を提出させる。警察沙汰《ざた》になってやめたとか、借金取りに店まで押しかけられたとか、人間関係がうまくいかないとか、報告書にはいろいろと書いてある。このところ、下村はワープロの使い方がうまくなり、坂井もそれを真似《まね》しはじめた。

やめた理由を見ていると、雇い方が正しかったかどうかわかるのだ。

「虚偽の住所ってことになるな。店の書類は、三吉町になってるぞ」

「雇っていただいた時の住所は、三吉町です。いまも変っていません。大浦町は別に借りたんですが、あたしの名前で借りたわけではありませんでしたので」

「住んでいるのは、大浦町の方だな?」

「はい」

「戻れるのか、そこへ?」

　明子がうつむいた。いまそこへ戻れと言われるのは、困ることなのだろう。三吉町のマンションはそのままにして、大浦町に移った。つまり、行方《ゆくえ》をくらませたということだ。その大浦町でも、襲われた。

「まあいい。警察の尋問じゃない」

　私は煙草を消し、古いブルースのレコードをかけた。CDなどというものが流行だが、私は昔ながらのレコードの音が好きだった。かなりの数のレコードも集めている。

「コーヒー、飲むといい」

「あの」

　明子が私を見つめてくる。

「お店、やめなくちゃならないんでしょうか?」

「職場として、どうなんだ?」

「とても、働きやすいんです。前にいた店よりもずっと」

「それは光栄だな。やめさせるかどうかは、桜内という医者と相談して決める。おまえの保証人は、一応あの男ってことになってるし。まあ、あいつは雇い続けろと言うだろうが」

「続けさせてください」

「住むところは、どこにする？」

ブルースギターが、泣いていた。古いブルースは、ほとんど泣いている音楽という気がする。

小さな女だった。体重は五十キロないだろう。背も高くない。それでも顔が小さいからか、スタイルは悪くなかった。

「なぜ、二度も襲われた？」

明子は、うつむいたままだった。眉が、かすかに動いた。私は、もう一本煙草に火をつけた。

「喋《しゃべ》りたくない事情があるんなら、仕方ないな。しかし従業員が襲われる状態にあるというのは、経営者にとっては問題だ。なんとか方法を見つけたいと思うんだが」

「馘になっても、仕方ないと思います」

「さっきは、続けさせてくれと言ったぞ」

「気持は」

明子が、ちょっと身を乗り出してきた。

「気持としては、続けさせていただきたいんです。でも、ひどすぎますわよね。社長には大きな御迷惑をおかけして、それでも雇っていただいているのに」

「俺のところをやめたとして、同じ給料が欲しいと思うなら、かなりいかがわしいサービスをする店しかない。そんなところで、耐えられるのか?」

「前は、女の子が三人しかいない、小さな店にいました。バーというより、スナックみたいなもので」

「給料は、うちの半分ちょっとってとこか?」

「そうでした。でも、お世話になりました。やめるって、電話でしか言えなくて、申し訳ないことをしたと思ってます」

「わかった。もういい」

私は、煙草の煙を吹きあげた。

「しばらく、ここにいろ。使っていない部屋がある。内側から鍵《かぎ》もかかる。それが一番いい方法だって気がしてきた」

「そんな」

「決めるぞ。いいな?」

「甘えすぎです、そんなの」

「もともと、甘えすぎなんだ。こんな状態で、雇うところなんかない。まともなところだったらな」

「わかっています」

「じゃ、ここにいろ。少なくとも、どうすればいいか考える時間はできる」

明子が私を見つめ、それからうつむいた。

「心配するなよ。俺は別に女に不自由はしていない。気障《きざ》な言い方かもしれんがね。おまえをどうこうしようって気があって、言ってることじゃない」

自分でそう思っているだけかもしれない。遠山に頼めば、喜んで預かってくれるだろうが、ただの家出少女というわけではないのだ。遠山にも危険が及ぶ可能性がある。それも、明子を自分の部屋に置いておくために、無理につけた理屈だ、という気がしないでもなかった。

「決めたぞ、いいな。ここにあるものは、なんでも自由に使っていい。バスも、使いたい時に使え」

私は煙草を消した。

「ひとつ、ここで約束しろ。勝手に消えるな。俺にとって、約束というのは特別な意味がある。命をかけても、守るもんさ。代りに、俺も約束しよう。ここにいる間、おまえの安全に関しては、最善を尽す」

明子が頷いたようだった。

8　弟

秋山が、どこの土地を買収しようと思っているか、よくはわからなかった。

私は私で、一か所を押さえようと思った。岬のビーチハウスがある一帯だ。別荘地として売りに出されたものの、いいのは景色だけで、風に晒されて建物はほとんど駄目になっている。新しく建てようという人間もいないのだ。私は、先端にある四区画を所有していた。買ったのは、気紛《きまぐ》れというところか。

全部で、二十五区画がある。別荘地として欠陥が証明されたので、値は下がっていた。それでも、買手はついていない。

買収の対象になっている土地ではないが、それはいつでも手に入れられるからという理由なのかもしれない、という気がした。私がこの街全体をなんとかしようと考える時、まず頭に浮かんでくるのはあの一帯だ。

難しいことではなかった。

一括《いっかつ》して扱っている不動産屋があり、手付けを打って、その日に契約を交わした。あんな土地を買おうという私を、不動産屋は訝《いぶか》ったが、同時に喜んでもいた。リゾートホテルを建設するつもりなのだ、と私は言った。最後まで、不動産屋はあの土地の風のことを言わなかった。値引きの交渉のために、私の方から言い出すと、かなり慌てて二割下げてきた。

私はいつものようにイタリアンレストランで昼食をとり、川中エンタープライズの本社へ行った。大して広くもない、ビルのワンフロアだ。

社長室が一応あり、そこのデスクでしばらく考えごとをした。

なんのために、大河内が土地を買い集めようとしているのか。それより、どうやって大河内と闘えばいいのか。若くして閣僚の経験もかなりある、保守党の有力者だ。将来の首相という記事を、新聞などで見かけたりすることもある。

問題は、N市を地盤とした代議士で、ひとつ間違えると、市当局から圧力がかかったりすることだった。

いざとなれば、相討ちという手がある、と私は思った。相討ちで済むなら、私の命など安いものだ。ただ、簡単に相討ちをさせてくれるような相手ではない。

めずらしく私がいるので、二十名ほどの本社のスタッフは、みんな緊張しているようだった。部屋には明子がいる。そう思うと、帰りにくかった。

六時半に、『ブラディ・ドール』へ行った。いつものことだ。いつもと違ったのは、歩いて行ったことだった。そして、チンピラがひとり、切りつけてきた。騒ぎ立てるほどのことはなかった。後ろから切りつけてきたのをかわし、腹を蹴《け》りあげ、顔に二、三発食らわせると、すぐにうずくまった。吠《ほ》えかかってきた犬を、追っ払ったようなものだ。鉄砲玉というにしては甘く見られたものだが、目的は違うところにあるのかもしれない。爆弾といいチンピラといい、私を殺す気でいるぞ、と教えているようなものだ。つまりはそれが、脅しということなのか。それとも、大河内の意志の表明なのか。

「小川明子が、社長のところにいるというのは、ほんとですか？」

下村がそばへ来て小声で訊いた。

「誰が言った？」

「本人です。間借りをさせて貰うことになったたって。さっき電話が」

「まあ、そうだな」

「店には、勤めさせるんですか？」

「悪いか？」

「ほかの者には伏せておくとしても、やはりまずいんじゃないかという気がします」

「おまえの考えてることは、わかった。当然そう考えるだろうってこともな。ただ、間借りというのはほんとうで、いろんな事情があるが、男と女の関係じゃない。もし男と女になった時は、おまえに言われなくてもやめさせる。それでいいか？」

「わかりました」

「小川明子の方から、俺のところに住んでいると言い触らすことはないはずだ」

「それも、わかってます。俺に言うのでさえ、ひどく迷ってたようですから」

「普通に扱え。俺は面倒に首を突っこんだのかもしれないという気はするが、まだなにか起きたわけじゃない。俺にはな」

「そうですか」

頭を下げ、下村は店の外に出ていった。

まず店の前の道路を点検し、入口の掃除を点検し、店内を点検する。道路にゴミが落ちていても、下村は低い静かな声で注意するだけだが、高岸の表情は強張《こわば》る。ほかのボーイたちもそうだ。はじめのころは逆らうボーイもいたらしいが、翌日には従順になっていたという。その間になにがあったか、ほんとうに知っている者は誰もいないが、ボーイたちの間では、下村のブロンズ製の左手が伝説のようになっていた。

「社長、あの子を囲ったらどうなんです」

坂井が小声で言ってきた。ほとんど唇が動かないのは、刑務所で身につけた技なのだという。私も何度か真似てみたが、うまくなりそうもなかった。必要に迫られて、できる技なのだろう。

「笑ってろ、勝手に」

「冗談で言ってるわけじゃないです。俺はカウンターから見てますが、いい子ですよ。めずらしいぐらいに、いい子です。ちょっと放心するようなとこがありますがね」

「おまえ、何年俺を見てる。俺が、女に惚《ほ》れることなんてないさ。囲う趣味もない」

「いままでは、ですよ」

「おまえも、利いたふうな口をきくようになったもんだ」

「俺たち、社長が堅物の方がいいなんて思ったこと、ただの一度もありません。堅物になりようがないって気もしますがね。それでも、家庭なんてものに背をむけて欲しいとは思いません。家族ってものを社長が持ったら、と俺は時々考えるんですよ。秋山さんを見ていると、よくそう思います。安見の父親みたいなものだと言ったって、ほんとの父親じゃないんですし」

「自分のことを、考えろ。おまえはもう、結婚するのが遅いぐらいの歳《とし》だぞ、坂井」

「俺なんか、まだガキです」

「この街へ来た時のおまえは、確かにガキだったさ。だが、若い者を集めて、暴走族の真似事をさせるような歳じゃなくなった」

「あいつら、放《ほう》っておくと暴走族になっちまうんです。だから、俺」

「わかってる。おまえが集めた不良どもが、みんなまともになっていくってのもな。うちの会社にも、おまえの推薦で七、八人は入ってるだろう」

「できがいいのだけですよ、俺が推薦してるの。だけど、俺は藤木さんみたいにはなれねえし、かといって一日じゅうデスクで仕事をする能もないです。中途半端なんですよ。半端は半端なりに、きちんと生きていこうと思ってますが」

「もういい。小川明子のことも、当分は俺に言わんでくれ」

「俺の生き方なんて、柄にもないことを社長に言いました。おまけに、家庭を持てなんてね。一度だけ、言ってみたかったんです」

私がくわえた煙草に、坂井がジッポの火を出した。藤木が使っていたジッポだ。藤木という男は、坂井の中で生きている。私の中でも、生きている。それは、ほんとうに死んではいないということだ。

煙草を喫《す》い終えると、私は店を出た。タクシーと言うと、高岸が全力疾走で駈《か》け出し、あっという間につかまえてきた。

港の方へむかった。夕食にはちょうどいい時間だ。

赤提灯《あかちょうちん》の前でタクシーを降り、私はしばらく立っていた。観念したように、下村の黒いスカイラインが、闇《やみ》から滑り出してきた。

「なんの真似だ？」

「夕めし、奢《おご》って貰おうと思いましてね」

「勤務時間中だろう」

「わかりきったことを、言わないでくださいよ。これは、坂井も了承していることで」

「ボディガードが要るほどの大物か、俺が」

「二、三日のつもりです。むずからないで我慢してください」

下村の口調が子供をあやすようで、私は苦笑した。下村の手が、私の背中に触れた。

「社長はかわしたつもりでしょうが、服に感覚なんてありませんでね」

上着の背中が、十センチほど切り裂かれていた。とっさにかわすというのは、そういうものだ。きわどかったわけではなく、私は自分の皮膚の感覚で動いただけだった。

「めしを食ったら、俺は帰るぞ。従業員にボディガードをさせてたら、商売にならん」

「わかりました」

私は赤提灯に入り、カウンターに腰を降ろした。親父がひとりで、註文《ちゅうもん》しなくても適当に出してくる。註文をすると、機嫌が悪くなるのだ。私も下村もそれをよく知っているので、黙って待っていた。

「なにがどうってことないですが、いやな感じです。静かですよね」

私が襲われたのも狭い路地で、誰も見ていなかった。爆弾に気づいた人間もいないだろう。警察が走り回るようなことは、なにも起きていない。

「東京から、五人ばかり来てますよ」

美竜会のことを、下村は言っている。いくら叩《たた》いても、完全に潰《つぶ》れることはない。潰しても、別の組織がまた蛆《うじ》のように湧《わ》いてくるのだ。ならば古いまま、多少の誇りを持った組織としてあった方がいい。

「懲りないというより、あれがやつらの仕事なんですね」

「放っておけ」

「そっちはね。そろそろ内閣改造の時期じゃないんですか？」

「そうだな。しかし、それも放っておけ。気にしてどうなるもんでもない」

「あいつらと同じ手を、と思うことがありますよ、時々」

「最近は、ブロンズしか付けてないそうじゃないか」

下村が手首からさきを切断された時、木製とブロンズ製の二つの義手を作ってやったのは、私だった。義足作りの名人と言われる老人を知っていて、義手も作れるだろうと思ったのだ。手術の痕《あと》が、きちんと義手が付けられるようになっていたので、多少重たくても問題はなく、それでブロンズでも作ってみたのだ。手術をしたのはドクだった。

「社長のとこの、間借り人について、調べちゃいけませんか？」

「やめておけ。必要があれば、俺が訊く」

「弟の方は？」

「懸命に働いてるさ。カレラ4の修理代を払うつもりなんだ」

「長くは続きませんよ。確かに懸命になる時期はあるけど、ひと月も経《た》たずに放り出しちまう。そんなのが、よくいます。俺が見たところ、あれはそういうタイプです」

それは考えられることだった。発作的に、車をぶっつけてしまうような男だ。発作的に懸命になったとしても、不思議はない。

「坂井のとこの若いのが、あれと知り合いでしてね。高校を途中でやめて、職を転々としてるそうです。車のローンが払えないで、追い回されてたって話も聞きますしね。祖父《じい》さんは、いまからでも高校をきちんと卒業しないかぎり、家にも入れないと言ってるそうです」

「もう、大学を出てもいい歳だろう」

ビールと、鰯《いわし》のみりん干しが出てきた。下村は、左手の義手で器用にグラスを持った。ほかの客が二人入ってきた。大人しく、カウンターに腰を降ろして待っている。顔見知りではないが、親父の性格はよく知っているのだろう。

「俺も坂井も、社長の弟みたいなつもりでいます。こんな言い方、おこがましいですが」

「わざわざ言うなよ、下村」

「わかってます。一度だけです」

「今夜は、一度だけってのが多いな」

肉じゃがが出てきた。出したものを食べる早さで、親父は次のものを考えるらしい。いつもこちらの胃袋の具合に合うというわけではなく、物足りないまま切りあげられることがある。切りあげる時、親父は勘定を言うのだ。仕方なくもう一軒行くが、胃袋の具合とぴたりと合った時は、妙に感心してしまう。いさきの塩焼と味噌汁《みそしる》と飯が出た。これで終りで、平らげたら早く帰れということだろう。店は混みはじめる時間だった。

「どちらへ？」

勘定を払って腰をあげると、下村が訊いてきた。

「本社の駐車場にフェラーリを置いてある」

「わかりました」

私は下村のスカイラインで本社まで行き、フェラーリを転がして自分のマンションに戻った。下村はそこまでぴったり付いてきて、明日は坂井が来ます、と別れ際に言った。

9　痛み

十時半に、部屋を出た。

私の弟たちは、兄貴を信用したようだ。尾行《つけ》てくる者はいない。

十一時に、情報屋と会う約束になっていた。

私はフェラーリを使わず、電話でタクシーを呼んでいた。私はともかく、情報屋は目立てば困るだろう。

港のコンテナ置場が約束の場所で、私は埠頭《ふとう》で車を降りると歩いていった。

情報屋は、コンテナに寄りかかり、ぼんやりと空を見ていた。様子がおかしい。私は情報屋のそばに屈《かが》みこんだ。違う人間のもののように、顔が腫《は》れあがっていた。その姿勢のまま、私は身構えた。よほどひどく責められたらしく、片腕は不自然に捻《ね》じ曲がり、指は三本叩き潰されていた。

気配。かすかだが、上の方だ。私は、屈みこんだ姿勢のまま、前へ転がった。コンクリートを打つ、激しい音が聞えた。立ちあがる。相手も構えていた。踏み出そうとした時、後ろから風が襲ってきた。なんとか、かわした。さらにもう一撃。肩を掠《かす》った。チェーンだ。三人いる。三人とも、見知らぬ男だった。

美竜会が動けば、坂井や下村に察知される。坂井は、自分の配下のひとりを美竜会の構成員と親しく付き合わせ、情報をとっている気配もある。美竜会の方でもそれがわかっていて、この街では顔を知られていない男たちを送ってきたのか。

それとも、美竜会とは違う筋か。

私は、三人との距離を測った。最初の攻撃をかわされたからか、三人とも動きは慎重だった。二人がチェーンを、ひとりは、一メートル近い日本刀を持っている。

私は横へ跳び、さらに反対に跳んで、走った。三人の動きは、連繫《れんけい》がとれていた。三人をばらばらにすることはできそうもない。といって、逃げきれるとも思えなかった。

私はふり返り、三人とむかい合った。

殺す気だろう。それが、はっきりとわかった。この間の爆弾や、宵の口のチンピラとは違う。圧倒してくる気配があった。

日本刀。風が鳴る。かわした。そこへ、続けざまに二本のチェーンが来た。背中に、チェーンを食らった。頭。かわしたが、肩を掠った。体勢が崩れたところに、日本刀の刃の白いひらめきが襲ってきた。倒れ、転がりながらかわす。立ちあがろうとして、チェーンで弾《はじ》き飛ばされた。もう一度立ちあがろうとした。チェーンが脇腹《わきばら》から背中に巻きついてくる。私は、それを摑んだ。力まかせに振り回す。チェーンを持った男の、姿勢が崩れた。それでも、チェーンを放そうとはしない。後ろから、チェーンの一撃を食らった。腕だったが、効いた。私は思わずチェーンを放しそうになった。

このままだと、またチェーンを食らう。急所は庇《かば》っても、どこかを打たれる。そして、少しずつ体力を消耗していく。そこで待っているのは、日本刀だけだ。

私は叫び声をあげ、摑んでいたチェーンを思いきり引いた。男と躰《からだ》がぶつかる。とっさに、私は男の躰を担ぎあげた。チェーン。私には当たらなかった。私の肩の上で、呻《うめ》きがあがる。担いだ男を楯《たて》にして、私は日本刀に突っこんでいった。

男が退《さ》がる。後ろからチェーンを使ってくるが、当たらなかった。仲間を打つことを警戒しているのだ。私はそのまま、勢いをつけてコンテナに突進した。担いだ男が、叫び声をあげる。チェーン。腹をまともに打たれたが、構わず私は別のコンテナにむかって突進し、体当たりした。コンテナと私の躰の間に挟まれた男の躰から、力が抜けていくのがわかった。チェーンは、私の手にあった。

腹に、またチェーンを食らった。私は、担いだ男を、飛んでくるチェーンにむかって投げた。二人がもつれ合って倒れる。そこを打てば。思ったが、躰が動かなかった。

息があがっている。私は一度、大きく息を吸い、立ちあがったひとりにチェーンを叩きつけた。当たったが、浅い。私からチェーンを奪われた男が、短い刃物を出した。私はもう一度叫び声をあげ、全身の力をふり搾った。

突き出された刃物を、チェーンで弾き飛ばした。鉄と鉄がぶつかり、火花を散らした。そのままチェーンを返す。もうひとりの服を掠めたようだ。日本刀。長い。長すぎる。まともでは、私のチェーンは届かない。

走った。三人とも追ってくるが、連繫は崩れていた。日本刀。横に振られる。私も横に跳んだ。チェーンを叩きこむ。日本刀を持った男の、袖《そで》を掠めただけだ。チェーンが飛んできた。私は転がってかわし、同時にチェーンを横に薙《な》ぐように振った。臑《すね》を抱えて、男がうずくまる。日本刀。かわし、立ちあがった。そこにまた日本刀だった。かわす余裕はなく、私は踏みこみ、腕で受けた。同時に、渾身《こんしん》の力で男の脇腹にチェーンを打ちこんだ。男が躰を二つに折る。逆手で、チェーンを斜め上に振った。弾かれたように男が吹っ飛び、尻《しり》から落ちた。日本刀はまだ放していない。

倒れた男の脇を駈け抜けざま、私は膝を眉間に打ちつけた。仰むけに倒れた男の顔に、さらにチェーンを叩きつける。血が飛ぶのが、闇の中でもはっきりわかった。胸にチェーンが食いこんできた。私はそれを左手で摑み、右手のチェーンを男の腹に二度叩きつけた。男がチェーンを放した。

私は、叫び声をあげながら、チェーンを振り回した。ひとりが、背中をむけて走りはじめ、残りの二人は、身構えたまま退がっていった。日本刀を持った男は、上半身血にまみれながら、まだ柄《つか》を放していない。私は跳躍し、チェーンを叩きつけた。かわされた。コンクリートが爆《は》ぜるような音をたてただけだ。それでも、二人は背を見せ走りはじめていた。

しばらくすると、車がコンテナの陰から飛び出していった。

私は、そのまま仰むけに倒れた。

視界が白くなった。肺が口から飛び出してきそうだ。どれほどの時間、私はそうやって倒れていただろうか。

呼吸が楽になる代りに、全身に痛みが駈け回りはじめていた。

情報屋は、どうなったのか。私は呻きをあげながら、なんとか立った。

倒れていた場所に、情報屋はいなかった。もう五十を過ぎた、酒と博奕《ばくち》だけが愉《たの》しみという男だった。信用できる部類に入る、と私は思っていた。ひどく責められるまで、私と会うことは吐かなかったということだろう。

私は、歩きはじめた。私のマンションまで港からほぼ三キロというところだ。顔は血まみれだろう。タクシーに乗ると、病院に直行されかねない。この程度の怪我なら、二、三日寝ていれば元に戻るはずだ。

三キロの間は海沿いの道で、人はいないが車は走っている。私は、途中から防波堤の下の砂浜を歩いた。潮が満ちていて、ところどころは、水の中を歩かなければならない。

マンションの明りが、遠くに見えていた。いつまでも、それは近づいてこないような気がした。何度か倒れそうになったが、足は動き続けている。

マンションのエレベーターに到着するまでに、私は三度転び、三度目に立ちあがる時は、すべての視界が白くなり、倒れているのか立っているのかも、わからなくなった。それでも、気づくと私は歩いていたのだ。

エレベーターに乗りこみ、最上階のボタンを押す。上昇する箱の中で、ひどく気分が悪くなり、吐くのだけをなんとかこらえた。

扉が開く。私の部屋まで、ほんの十数メートルだ。それが、遠かった。地平線のように遠かった。ポケットを探る。鍵。ドアを開けた。倒れたようだ。

悲鳴が聞えた。

私はまた、立ちあがろうとした。私の部屋に、明子がいたことを思い出したのだ。せめて、私の寝室に辿《たど》りついてから、倒れるべきだった。

躰を、支えられていた。

どう歩いたのかわからないが、私は私のベッドに倒れこんでいた。

「救急車を、呼びます」

「よせよ」

「だって」

「大した怪我じゃないことは、自分でわかる。寝てればいいんだ」

「出血がひどいわ。打撲も。やっぱり、呼びます」

「やめろ。頼むから、やめてくれ」

「あたしじゃ、手当てのしようなんかありません。絶対に、医者に診てもらわなくちゃ駄目です」

「呼んだら、馘《くび》だ。この部屋からも、追い出すぞ」

「構いません、馘にしてください」

「待て」

明子が泣いていた。動転しているに違いない、と私は思った。それでも、激しく泣いている。それが、やけに気になった。

「わかった。ドクを叩き起こせ。桜内だ。俺のデスクのアドレス帳に、番号はあるはずだ」

「デスクですね、書斎の」

「メモ用紙のそばの、黒い表紙だ」

明子が、書斎に駈けこんでいった。私は眼を閉じた。眠れば回復する。いままで、どんな怪我でもそうだった。

冷たさを感じた。明子が、顔に氷を当てているようだ。ほとんど、私の頭を抱くようにして、泣きながら氷を当てていた。

「泣くなよ」

「だって、あたし、なにもできないんです。社長がこんななのに、なにもできない馬鹿なんだから」

「俺を、社長なんて呼ぶなよ」

言って眼を閉じ、私は眠りに落ちたようだ。痛みは、躰でなくほかのところにあった。

10　看護婦

躰を動かされて眼を開いた。

すでに、全身が裸にされていた。

「俺に、なんて恰好をさせる気だ、ドク」

すぐそばに見えた桜内の顔にむかって、私は言った。傷を見ていた桜内が、私と眼を合わせてにやりと笑った。

「腕の傷と、頭の傷は縫う」

「やけに嬉しそうじゃないか。麻酔なしでやる気だな」

「俺は、麻酔ってやつが嫌いでね。治癒力が落ちる。そりゃそうだろう。躰の感覚を、鈍らせてしまうんだからな」

「どれぐらい、治癒が遅くなる？」

「さあ、一時間か二時間か、もしかすると五時間ぐらいかもしれん」

「いつか、おまえの口を縫い合わせてやるぞ、ドク」

「いつかなんて言わず、いまやったらどうなんだ。躰が動かないか。それはそうだろうな。さてと、縫う準備はできた。これから川中の躰を縫えると思うと、快感でゾクゾクするな。あ、それから断っておくが、俺はかなり酔ってて、縫い間違えるかもしれん。なにしろこんな時間だから」

「先生」

明子の声がする。全裸である私の姿を、一瞬思い浮かべた。

「こいつは、どう扱っても死にはしない、野牛みたいにタフな野郎さ。恨みがあるんなら、傷のあたりに一発かましてみろ」

「先生、やめてください」

「やめろと言われりゃ、やめるが、怒らしておかなきゃこいつは眠っちまいそうなんでな。眠ったら、俺の縫う痛みもあまり感じない。それだけ愉しみが減るってことだ」

実際、私はまた眠ってしまいそうだった。喋りながらも、ドクは、めまぐるしく手を動かしている。

「いいか、順番に道具が並んでる。俺が言ったら、それを順番通りに俺の手に載せるんだ。それぐらいはできるな。泣いてないで、ちゃんとやれよ。道具を間違えれば、こいつは死ぬ」

「はい」

明子の声が張りつめていた。

縫合がはじまった。手際のよさは、やはり一流なのだろう。腕に痛みが走っていると思った時は、すでに皮膚の縫合に入っていた。筋の束も、繋ぎ合わせたようだ。

腕が終ると頭で、それはもっと速かった。

「これでいいだろう」

点滴の針を腕に刺し、瓶を電気スタンドの上にぶらさげると、ドクが言った。煙草に火をつけ、うまそうに喫《す》っている。私も喫いたくなった。

「残念だが、やれんよ。悪く思うな。それから、あまりにこの子が泣くから、特別に鎮痛剤をやろう」

「いらんよ」

「ほんとにか。ここ一両日は、かなり痛むはずだぞ」

「いらん。俺には必要ない」

「そうか。なら置いていくのはよそう。飲まなけりゃ、それに越したことはない」

ドクは、明子に点滴の扱いを説明していた。一本終ったら、もう一本あるらしい。大袈裟な治療をしてくれたものだ。

「二本とも終ったら、どうすればいいんですか？」

「心配するな。こいつは自分で、針を引き抜くさ」

「そんな」

「そう、そんな男さ」

ドクが帰っていった。

窓の外はまだ暗い。夜は明けていないようだ。

ドクを送り出した明子が、椅子《いす》をベッドのそばに運んできた。腰を降ろし、縫ったばかりの私の左手を握った。

「なんのつもりだ、おい？」

「ここにいます。そして、早く治れって念じます。それしか、あたしにはできませんから。

そうさせてください」

「勘弁してくれよ」

言いながら、私は眠くなっていくのを感じた。痛みより眠気の方が強い。点滴に、鎮静剤が入っているに違いなかった。

眠った。痛みが、たえず私の躰をノックしていて、深くは眠れなかった。

目醒《めざ》めたのは、やはり痛みでだった。汗もかなりかいたらしい。明子が、氷を包んだタオルを、脇腹と顔に当てていた。

「うなされたか、俺は？」

「いいえ、汗はひどかったですけど。点滴は新しいものに代えてあります」

「何時だ？」

「十時半を回ったところかしら。二十八日の。よくお眠りにはなれませんでしたのね」

「だいぶ、楽だって気がする」

「あの、お粥《かゆ》を作ったんですけど、少しだけ召しあがっていただけませんか？」

「こんな状態で、食欲があると思うか？」

「ひと口でも、ふた口でもいいんです」

「わかったよ」

笑おうとしたが、顔に痛みが走った。

明子が、粥を運んでくる。子供のように私は口を開け、粥をのみこんだ。結局、茶碗《ちゃわん》一杯ぐらいの粥を、胃に流しこんだようだ。

スプーンを置いた明子が、じっと私を見ている。

「どうした？」

「よかった。吐きたくなんかないんですね」

「一旦《いったん》食ったものを、吐き出してたまるか」

「眼が醒めた時、なにか食べて吐くようだったら要注意って、桜内先生に言われてたんです。よかった。吐気もないんですね」

「要注意と言うと？」

「内臓が、毀《こわ》れている可能性があるそうです。それだけは、気をつけてろって」

「食って吐いたら、内臓がいかれてるだと。なんという医者だ、あいつは。俺を実験動物代りにしやがったのか」

「よかったわ、ほんとになんでもなくて」

明子が、また泣きはじめていた。どういう意味があろうと、女の涙は苦手で、できればごめんこうむりたかった。

「眠い」

「はい」

明子が、カーテンを閉めた。遮光用のカーテンだから、部屋は暗くなり、ベッドサイドの小さな明りだけになった。明子は、やはりそばに座っているつもりらしい。時々、点滴の様子を見ている気配がある。

眠りにくいと思いながらも、私はうつらうつらしたようだ。明子が汗を拭《ぬぐ》っている。なんとなく、それはわかった。傷を刺激しないように、タオルを当てているだけだ。それが、躰の底にわだかまっている痛みを、いくらかやわらげるようだった。

眼醒めた。いつまでも、寝ているような傷ではない。右手の点滴の針は、いつの間にか抜かれていた。

闇の中で、じっとしている明子の気配を感じた。私はしばらく、眼を閉じてじっとしていた。

殺そうとしてきた。いやがらせや脅しではなく、完全に私を殺そうとしてきた。どこの誰なのかは、いまのところわかりようもない。ただ、誰が相手であろうと、肚《はら》は据えてきている。

面白くなってきた。肚を据えてかかってくるなら、こちらもそれに応じるまでだ。やり方は、いくらでもある。

「お眼醒めですか、社長」

「社長は、よせ」

「でも、なんと呼んでいいか」

「川中でいい。ところで、俺はよく眠っていたのか？」

「寝苦しそうでしたけど、一時間ぐらいは、身動きもなさらず深くお眠りになった感じがしました。なにか、ほんとに癒《いや》すという感じの眠りだと思いました」

「その馬鹿丁寧な喋り方、どうにかならないのか」

「でも、社長を、いや川中さんを前にしてるんですから」

「普通の喋り方にしてくれ」

「わかりました」

「何時だ、いま？」

「四時になろうとしてますわ。カーテン開けますか？」

「それより、水をくれ」

明子が腰をあげ、水を汲《く》みに行った。しばらくして、氷の入ったコップを持ってくる。首を起こすと、痛みが走った。それをこらえ、ひと口水を含むと、枕《まくら》に頭を落とし、横をむいて噴き出した。明子が、全身を固くするのがわかった。

「うまく、飲めないな。どうも、首を持ちあげるのがよくないらしい」

「どうしよう。吐いたら気をつけろって、桜内先生に言われたわ」

明子が、涙ぐみながら狼狽《ろうばい》している。

「慌てるな。コップじゃ無理だ。おまえが口に含め」

「えっ」

「口移しってやつさ。それしかない。内臓がほんとうにやられてるかどうか、俺も早く知りたい。やってみてくれ」

「はい」

明子が水を口に含み、私に顔を近づけてきた。唇が重なった。徐々に私の口の中に水が流れこんでくる。私はそれを呑《の》み下した。

間近から、明子が私を覗《のぞ》きこんでいる。

「大丈夫そうだ。いまのは飲めた。もう一度やってみてくれ」

明子が、濡《ぬ》れた唇をまた近づけてくる。口に流れこんでくる水。私は徐々に呑み下し、動かせる右手を明子の首に回した。舌が、絡み合った。明子の全身が硬直するのがわかった。首を引こうとする力は、弱々しいものだった。私の傷のことを考えると、力まかせに抗《あらが》うことはできないのだろう。

首に回した腕を解くと、眼を見開いた明子の顔があった。私は、にやりと笑ってみせた。

明子が、口に手をやる。

「社長」

「川中と呼べ」

「さっき吐いたのは、わざとだったんですか？」

「吐いたら気をつけろ、とドクに言われたんじゃないのか」

「そんな」

「びっくりすると、かわいい顔になるな。遠山先生がモデルに選んだのが、いまにしてよくわかる」

「知りません」

「カーテンを開けてくれ、明子」

「いやです」

「夕方の海を見たいんだ。なぜ開けてくれない」

「そんな。明るくなったら、恥かしくてここにはいられません」

「自分で起きて、開けるぞ」

「駄目」

「そう。そういう口をきいてりゃいいのさ。早いとこ、カーテンを開けてくれ」

明子が、カーテンを開けた。窓一面に、秋の海が拡《ひろ》がっている。どこか、冬の気配を滲《にじ》ませた海だ。私が一番好きな海だった。海から、冬はやってくるのだ。

「いいな」

「そうですね」

「もう、怒っちゃいないんだな」

「それとこれは、別です」

チャイムが鳴っていた。

明子が駈け出していく。やってきたのは、坂井とドクだった。ドクは、束の間《つかのま》真剣な眼で私の躰を見回し、それから大きなため息をついた。

「なんて頑丈な野郎なんだ、まったく」

呟《つぶや》くように言って、ドクは首を振った。

「ドク、内臓は？」

「百歳まで生きるって感じだぞ、坂井」

「前も、同じことを言いましたよ」

「もう少し繊細だと、俺も治療のしがいがあろうってもんだが」

ドクが煙草をくわえ、私にも差し出した。私は、ほんのちょっとだけ煙を吸った。前に怪我をした時、煙を吸ったとたんに気分が悪くなったことがある。明子が、灰皿を手に持っていて、灰が落ちそうになると差し出してきた。

「今朝から相手を捜させてるんですが、美竜会はまったく動きを見せませんね。東京から来てるらしい五人もです」

「相手を捜し出して、仕返しをしようなんて考えるな、坂井」

「なにかされたら、その二倍はやり返す。これが社長の美竜会に対する、いつも決まった態度だったじゃないですか」

「美竜会じゃない可能性が強いな。そんな気がする」

「わかりました」

　私は、灰皿で煙草を揉《も》み消した。

「社長、夜中になんでひとりで出かけたりしたんですか？」

「用事があった。下村を騙《だま》した恰好になったのは悪かった。情報屋に山西《やまにし》って男がいる。かなり怪我をしているはずだから、場合によっては、ちょっとなにかしてやれ」

「その情報屋と会うために外出したんですね。じゃ、そいつが喋ったんじゃないんですか？」

「怪我をしている、と言ったろう」

「喋らされたってことですね。俺と下村で、なんとかやってみましょう」

　私は、上体を起こそうとした。痛みが走る。痛みがどんなふうに変ってきたのか、まだわからなかった。なんとか起こしかけた上体を、明子が支えた。

「俺は、この看護婦が気に入った。しばらく面倒を看てもらいたいな」

「看護婦として気に入ったのか、川中？」

　ドクがはっきりと言った。

「ドク。俺はおまえが、医者だから友だちってわけじゃないぞ。おまえは、みんなにドクと呼ばれてる医者で、医者じゃなく車の解体屋だったとしても、友だちは友だちなんだ」

「どうして、車の解体屋が出てくる?」

「なんとなくさ」

「ひとつ忘れてたが、頭の中身は調べた方がいいかもしれんな。もっとも、これは内部的な損傷を予想させるような怪我じゃないが」

二人は、すぐに引きあげていった。

私はベッドを降り、一歩二歩と歩いてみた。全身の血が下がってくるような気がした。視界が一瞬暗くなる。それでも、足を前に出した。すぐに、頭に血は昇ってきたようだ。

私はトイレまで歩き、濃い尿をし、それからキッチンの方へ行こうとした。

悲鳴が聞えた。二人を送って出ていっていた明子が、戻ってきたのだ。よく驚くところは、看護婦にむいていないかもしれない。

「お願い、川中さん、ベッドに戻って」

私は、明子の小さな肩に手を回した。私を支えるようにして、明子は寝室まで歩いていった。

ベッドに戻ると、ひどく疲れていた。汗もかいていた。明子の手がのびてきて、掌で私の額の汗を拭った。

11　海の色

起きあがれるようになったのは、十月三十日だった。襲われたのが二十七日の深夜だから、丸二日は寝ていたことになる。

その気になれば、きのう起きあがることもできた。明子に心配をかけるからというより、明子に世話を焼かれている状態が、私には快適だったから、ベッドの中の怪我人を愉しんでいたと言っていい。

「百まで、数えてくれ」

私は人工芝を張った三十畳ほどのルーフテラスで、明子が声を出して数える通りに足を踏み出した。躰に痛みは残っているが、鈍い曖昧《あいまい》なものになっていた。そしていつの間にか痛みを忘れていく。それが怪我というものだった。

「もう、百歩よ、川中さん」

私は頷き、テラスに置いた椅子に腰を降ろした。

明子は、丸二日私のそばにいた。私がなんと言っても、口移しに水を飲ませることだけはしなかったが、態度は落ち着き、打ち解けたものになっていた。

「潮風が、気持がいい。こいつに当たってると、俺はこのまま生きていてもいいって気分に、ふとなったりするんだ」

「背中の汗、拭くわ」

明子が背中を拭きはじめる。背中にもチェーンの痕がいくつかあるから、タオルの使い方はずいぶんと慎重だった。

「水が飲みたい」

「コップですよ」

明子が、氷を入れた水を運んでくる。テラスにはテーブルと椅子が置いてあって、私はそこで海を眺めるのが好きだった。

「冬が来るんだ」

私は沖の方を指さした。

「海から、冬が少しずつ近づいてくる。毎年、俺はそう思う」

「それが見えるの、川中さんに？」

「何年も見ていると、見えるような気はするな。毎年、違う顔をしている。大人しそうな顔をして、急に荒々しくなることもあるし」

私は煙草をくわえた。

「明子」

「はい」

「こっちへ来いよ」

そばにきた明子の腰に、私は右手を回した。押しのけようとする力は、強くなかった。

「駄目」

「俺に対してだけは、素直になれ。自分の殻に閉じこもるな。おまえを好きなのかどうかは、はっきりとはわからん。もしかすると、俺にも女に惚れるなにかが残っていたのか、といまは思う。錯覚だと、いつもなら決めこんじまうはずだ。だがいまは、錯覚のはずがないという気がする」

腰を引き寄せた。

「駄目」

言いかけた明子の唇に、唇を押しつける。歯がぶつかった。舌が絡み合う。明子は拒絶してはいなかった。はじめ私を押すようにしていた手に、いつか引き寄せるような力が働いている。

唇を離した時も、明子はしっかりと眼を閉じていた。

私は、海に眼を戻した。人生というのは、こういうものなのか。意外なことが起き、それを自然に受け入れようとしている自分に驚き、それでもなにかが嘘《うそ》だという気持を捨てきれない。そして最後に残るのが、幻滅というやつだけなのか。

海鳥が飛んでいた。海鳥がマンションのそばまでやってくることは、ほとんどない。岩《がん》礁《しょう》とビルの区別は、ちゃんとつくのだろう。

「婚約者がいるという話を聞いたが、明子？」

「もう、いないわ」

「そうか」

私は煙草をくわえた。煙は、風に吹き飛ばされて、すぐに見えなくなる。潮の匂《にお》いにも、強弱があり、煙にまで匂いが混じりこんでいるような気がした。

「理由は、訊かないの？」

「喋りたいのか？」

「ずっと、なにか訊かれるんじゃないかと思ってた。なにも、訊こうとしなかったわ。あたしにとっては、ありがたいことだった」

「喋りたくなった時に、喋ればいい。俺も、なにひとつ喋っちゃいないさ」

「ここのマンション、出ていっちゃいけない？」

「なぜ」

「なんとなく。あなたのそばにいる女じゃないような気がする」

「お互いさまだな。俺も、おまえをそばに置いたままでいいのか、と思うよ」

「あなたが、もうちょっと自由に動けるようになったら」

「そばにいろよ」

「でも」

「俺は、自分の人生で禁じたことを、破ってもいいと思ってる。いつか破るために、禁じていたんだとな」

「女の人を、好きになること？」

「多分」

「自分でも、なんだかわからないのね」

「出て行く気になれば、いつでも出て行けるだろう。そう思ってろよ」

「一日ごとに、出て行くというのがつらくなるとしたら？」

「そんなことを怕《こわ》がって、自分の殻に閉じこもるような歳じゃないよ、おまえは。知らない世界とか、知らない人間の心とかがあるはずだ。俺にもある」

明子は海に眼をやっていた。それ以上、なにも言おうとしない。

「ひとつだけ、約束しろ」

「なに？」

「俺に黙って、出て行くことはしない」

海鳥が、テラスのすぐそばまで近づいてきた。ほとんど翼を動かさず、グライダーのように飛んでいる。

「わかったわ。約束する」

私は頷いた。歩くだけの運動で汗をかいたが、風に当たってじっとしていると、躰は冷えてきた。私は明子に支えられるようにして、部屋に入った。

電話が鳴った。

私はコードレスホーンを持って、窓際の揺り椅子に腰を降ろした。

「俺だよ」

キドニーだった。キドニーの声を電話で聞いたのは、久しぶりのような気がする。

「おまえを襲ったのは、三人だな?」

「そうだった」

「美竜会と、直接の関係はない。俺はいま、会長に確かめたところだ」

車の中からかけているようだった。

私は椅子をちょっと揺らした。音が部屋の中で、奇妙な喘《あえ》ぎのように聞えた。背中のあたりの筋肉が疼《うず》いた。

「坂井や下村が早とちりをすると、面倒なことになる」

キドニーの声はかすかにくぐもり、憂鬱《ゆううつ》そうだった。その声の底にあるものを、私は感じ取ろうとした。

「東京の、政治団体の連中だ。その政治団体が、やつとどういう関係があるのかわからないが」

「本気で、殺そうとしていた」

「おまえを殺すことで、名前が浮かびあがってくるのは、やつだろう。計算にかけては、一流の男だ。どうも、その政治団体をいくら手繰ったところで、やつには行き着かないという気がする」

「おまえがそう考えるなら、確かだろう。坂井や下村には、動くなと言ってある」

「大人しく、おまえの言うことを聞いてるような男じゃなくなってるからな、あの二人は」

「まあ、俺は信用することにしている」

キドニーが黙りこんだ。私は眼を閉じた。

「キドニー、なにが言いたいんだ」

美竜会と私への襲撃が関係ないことなど、坂井か下村に直接言えばいい。キドニーは、いままでそうしてきた。

「なにか、いやな感じがするんだよ、川中」

「いやな感じとは？」

「わからん。しかし不安になる。恐怖に近いと言ってもいいかもしれない」

「俺もだ。時々、いやな感じに襲われる。それがなんだかわからないまま、俺は自分が動き回りはじめた、と思ってるよ」

「感じってやつは、根拠もないのに、妙なリアリティだけがある」

「それで、電話か」

「たまには、おまえと喋ってみるのもいい、という気がした」

「そうだな。まったくだ」

「俺は、二、三日東京へ行ってくる。俺が、やつの尻尾《しっぽ》を摑むよ」

「よせ」

「なぜ？」

「いやな感じがする。なにかはわからんが、すべてがいやな感じがする。東京のことは、人に任せたらどうだ？」

「それは、できない」

「そうか、そうだろうな」

キドニーが、また沈黙した。電話は切れていない。私はしばらく、キドニーの息遣いを聞いていた。遠く、近く、キドニーのなにかが伝わってくる。私の中に蘇《よみがえ》りそうなものがあった。

「またな」

キドニーが、短く言った。

「ああ」

電話が切れた。

私は眼を開き、窓の外に拡がる海を見渡した。いつもより、色が濃い。海の色は、日によって変るが、その日の、見る者の気分によっても変る。いつのころからか、それがわかりはじめた。

「昼食、なにを召しあがる？」

明子が部屋に入ってきた。

私は海を見続けていた。明子も、それ以上なにも言わない。

私が煙草をくわえると、明子が火を出してきた。小さな炎。ゆらめき、消えかかり、それでも煙草に火はついた。

「海ってやつ、不思議だと思わないか？」

「そうね」

「心の鏡みたいだ、と思うことがある。荒れてても、やさしさがあるし、静かでも、兇暴《きようぼう》さを秘めている」

「わかるような気もするけど」

「俺に、抱かれる気にはなれないか？」

明子の躰に、緊張が走るのがわかった。

「駄目よ。それだけは、駄目。あなたに抱かれたりする資格が、あたしにはないの」

「自分で、資格を決めるのか？」

「ほかの誰が決めて？」

「そうだな。男はいつだって、自分で資格を決める。心の底で、そうしている。女ってやつも、そうなのか」

「悲しいことだって気もする」

「待つよ、俺は。柄でもないことを、やってみる」

一度明子を見、それからまた私は海に眼をやった。

12　政治家

坂井のシェーカーが音をたてた。

久しぶりのドライ・マティニーだという気がした。もう十一月で、結局私は六日間部屋で休んでいたことになる。

左腕は繃帯をしているが、頭の繃帯はとった。縫った傷は二つとも、糸を抜いた。さっきドクの診療所に寄って、抜いて貰ったばかりだ。空気に晒す方が回復が早い、というのがドクの意見だった。

ドライ・マティニーを、三口であけた。

「ちょっといいですか、社長」

下村が、耳もとで囁《ささや》いた。私は頷いた。

「店の外で、客が入れてくれと言ってるんですが。人のいない時に、社長に会いたいんだそうです」

下村は、つまらないことで私の判断を求めたりはしない。ひらめくものがあった。

「大河内か」

「会えないと言って、追い返すのは簡単なんですが」

「会おう」

「わかりました」

下村が大河内を案内してくるまで、私はカウンターのスツールにいた。

大河内はひとりで、秘書も連れていなかった。下村がブースの席を勧めたが、真直《まっす》ぐにカウンターの方へ歩いてきた。

「挨拶《あいさつ》は、必要ないかな」

私と並んでカウンターのスツールに腰を降ろし、大河内が言った。私は煙草をくわえた。

坂井がジッポの火を出してくる。

「君と私は、争う宿運《しゅくうん》でもあるのかな、川中さん」

「かもしれませんね」

「お互いに、歩み寄れない。これは、価値観が違うからだろう。わかりきったことだが」

「それを、私に会いに来てあえて言われる理由は？」

「君と話してみたかった、ということじゃいかんのかな」

「話をして、お互いがわかり合う。そんな時期は、とうに過ぎたと思いますがね」

「わかり合いたい、と思ってはいない。ただ私の話をしたい。それだけだよ」

「俺にも、耳ぐらいありますよ」

「つまり、聞いてもいいということか」

大河内が笑った。口もとだけの、およそ政治家には似つかわしくない笑みだった。

私は、坂井にちょっと合図をした。シェーカーが振られ、二杯目のドライ・マティニーが私の前に置かれた。それを飲み干す私に、大河内はじっと眼をむけている。

「私も、同じものをいただこうかな」

「申しわけございません。これは川中のために作るものでして、ほかのお客様には、お出しできません。ドライ・マティニーですが、シェイクするのは、邪道ということになっておりまして、バーテンはいやがります」

「君はいま、私の眼の前で作ったように見えたが」

「川中が、飲みたいと申しましたので」

坂井の口調は、店の客に対するものだった。慇懃《いんぎん》無礼と思える時もあるが、こういう口調を喜ぶ客も、またいるのだ。いずれにしても、それが客にむけられているかぎり、やめさせる必要はないものだ。

「川中さんのためなら、邪道であろうとシェーカーを振る、ということだね」

「シェーカーを振るだけではございません」

「それでは、なにを飲ませて貰えるのかな？」

「メニューにあるものでしたら、なんでも」

「平凡に、スコッチでも飲もうか。シングルモルトがあればいいんだが」

「一応のものなら」

「ノッカンドーがいいな」

「かしこまりました。ストレートでよろしゅうございますね」

急いでいるようには見えないのに、坂井がショットグラスのノッカンドーとチェイサーを出したのは、鮮やかで速かった。

みんな、腕をあげていく。はじめて店に現われた時から、坂井はかなりの腕を持っていたが、いまではちょっと較《くら》べられる相手はいないだろう。下村も、マネージャーとしての眼配りは、私などの及ぶところではない。

「この街の生まれでね、私は」

「存じあげてますよ。代議士の秘書から、三十歳で当選された。そして、陽《ひ》の当たる場所を歩き続けてこられた」

「そんなことは、どうでもいいのさ。私が子供のころのこの街は、古くて静かだった。街の中心も、駅から川寄りの方でね。私は、小さな筏《いかだ》のようなものを作って、あの川を下ったことがある。戦争の最中だった」

大河内は、ノッカンドーをひと息で呷り、チェイサーで口を洗った。

「あのころは、時々溢《あふ》れたりする川だったが、いまは水も少なくなったもんだよ。ダムなんてものが、なかったからな」

「俺は、ここの生まれじゃありません。この街が大きくなる時、便乗して儲けたってとこですよ」

「トラックの運転手だったそうだね」

「ダンプ一台で、一日五時間眠ればいいと思って働くと、なかなかの稼ぎにはなりましたね。工業用地の、どこに土を運んだのか、いまでもよく憶えてますよ」

「どこから筏を流したのか、私にはよくわからなかった。四十五年も昔の話だ」

「しかし、三十年前までは、この街におられたんじゃありませんか？」

「筏を流したことなど、ついぞ思い出さなかった。この間、ふと思い出した。ほんとうに、はじめて思い出したと言ってもいいだろう。それで、歩いてみたんだ。私の作った筏は小さかっただろうが、それでも流れたんだよ。河口のところで岸に漕《こ》ぎ寄せられなくて、大人たちが大騒ぎをした」

「海へ出るつもりだったんですか？」

「はっきりと、なにか考えていたということではなかったと思う。戦争で、すべて国のためだと言われ、そこをなにかで突き破りたいと思った。それでもなにもやることを思いつかなかったんで、筏を作ったような気がする。理屈はつかないがね」

「わかるような気がしますよ」

「戦争が終ると、大人たちはみんな掌《てのひら》を返した。両親も、教師も、尊敬しろと言われていた政治家たちもだ」

坂井が、大河内のグラスにノッカンドーを満たした。軽く頷き、大河内はまたひと息で呷った。見事なものだ。手首を返すだけで、ほとんど頭は動かさない。年季というやつが入っているが、およそ政治家の飲み方のイメージからも、かけ離れていた。

「私の話を、なにかの比喩《ひゆ》だなどとは思わんでくれよ」

「たとえ比喩だったとしても、俺には理解できません。頭の構造が、そんなものを受けつけないらしくて」

「そういう男だよな、川中さんは」

大河内は、グラスをちょっと動かして、坂井に三杯目を促した。黙って頭を下げ、坂井が三杯目を注いだ。三杯目の飲み方も、同じだった。

「筏を流したことを、君に喋ってみたかった。さっき、私は川のほとりを歩いてきたんだよ。上流の、駅に近いあたりに、私の家はあった。小さいが、古い商家でね」

「そういう御出身だということも、なにかで読みましたね」

「政治家の思い出話は、大抵脚色されているもんさ。資産家の息子なんて連中は、それを隠そうとする。そこそこの育ちをした連中で、赤貧《せきひん》の幼少時代を送り、苦学してこうなったと喋るのも多い。喋っていると、ほんとうのことだったと、自分でも思いこめたりするのだな」

「政治家が、自分の育ちを語ってどうなるんです？」

「もっと、ビジョンを語れか」

低い声をあげて、大河内が笑った。

「私は、酒を飲む時も、気をつけている。特に地元ではね。いまは中央の仕事に追いまくられて、なかなか帰ることもできないが」

この街から、大河内に陳情《ちんじょう》に行くという話は、よく耳にした。それほど遠いところではない。その方面については、かなり態勢を整えているという感じだった。選挙では、いつもトップだ。

私は、何本目かの煙草に火をつけた。大河内は四杯目をあけた。支持者たちと一緒の時は、こんなふうに飲むことなどないのだろう。それを、私に見せようというのか。

「邪魔をしたね、川中さん」

「お帰りですか?」

「別に、用事があったわけじゃない。ちょっと筏の話をしてみたくなってね。これも、歳というやつなのかな」

大河内が腰をあげ、下村に導かれるようにして出ていった。

「なんだったんでしょう?」

呟くように、坂井が言った。

「子供のころ、筏に乗って遊んだ。ただ、それを喋ってみたくなっただけだろう」

「古い友人のような顔をしてましたね」

「俺も、一瞬だけそんな気分になったよ」

下村が戻ってきた。

「俺の左手と、握手していったよ。君の左手と一度握手したい、と大河内は言っていたんだ」

下村が、白い手袋をしながら言った。

「おまえ、手袋をとって握手したのか?」

「そうさ。手袋のままで握手をするのは失礼だ、と言ったのはおまえじゃなかったかな、坂井」

「普通の手の場合さ」

「頑丈な手が生えたんだな。大河内はそう言ったよ。なかなか洒落た男ではあるな」

下村が、義手の指さきに煙草を挟みこみ、マッチで器用に火をつけた。

「ところで、小川弘樹のことなんですがね」

「ちゃんと働いて、ポルシェの修理代を払ってくれそうか？」

「まず、駄目でしょうね。昼間の仕事はやめちまったし、夜は『ケンドール』のボーイに採用されましたよ」

評判のよくない店だった。それも、いかがわしいサービスというのではなく、料金についての評判だった。トラブルが起きた時は、警察ではなく、美竜会の組員を呼ぶという噂《うわさ》もある。

「本人の人生だ。勝手にやらせるしかないだろう」

私の部屋を訪ねてきた時の、小川弘樹の様子を、私は思い浮かべた。当てにはしていなかった。裏切られた、という気分も起きてこない。

「気をつけてください」

「なにを？」

「社長のところへ、行く可能性はあるでしょう。高岸の二の舞いをやりかねませんでね」

私のところには明子がいる。弟が来ても、おかしくはない。そして、小川弘樹は私を殺そうとするのか。

高岸は、家出少年で、美竜会にとりこまれ、私を狙った鉄砲玉に仕立てられたのだった。それがいつの間にか、私の方についた。

「そういう感じはあるのか？」

「多少。東京から来た五人は、鉄砲玉にしては顔を売りすぎました。美竜会系の店で、毎晩のように飲んでますしね」

「気をつけよう」

「それから、立野《たつの》さんがスーパーをはじめるという話、御存知ですか？」

「噂は聞いていた。二、三度電話で話したこともある。厚木のスーパーは、処分しちまったのか」

立野は、この街に別れた女房を助けにやってきた。そして、別れた女房と息子を、死なせてしまったのだ。

「土地の手当てはできたみたいです。秋山さんの紹介だってことです」

「それなら、商売がきちんとできる土地だろう。俺より、秋山の眼の方が確かだ」

「いろいろ、あります」

「まったくだな」

私は腰をあげた。

そろそろ、店を開ける時間になっている。

13　赤い鳥

立野のスーパーは、駅のむこう側の、畠《はたけ》の中に建てられるらしい。

そこが商売にいいかどうか、私にはよくわからなかった。秋山は、いいと言ったらしい。駐車場のスペースを充分にとった、広い土地だ。秋山が手に入れていたものを、立野に譲った恰好《かっこう》だった。

立野は、離婚し、厚木のスーパーは女房にやってしまったという。まったくこの街には、おかしな男ばかりが集まってくる。

私は、また土地買収の調査をはじめた。

ひとりではなく、赤いフェラーリに乗ってもいなかった。下村の黒いスカイラインで、運転しているのは、高岸だ。

高岸は、運転手に徹しろと下村に強く言い含められているらしく、ほとんど喋《しゃべ》らず前方だけを見ていた。

土地買収の申し入れは、相変らず続いていた。さらに活発になっている、と言ってもよさそうだった。それと、大河内がN市にいることと、なにか関係があるのか。

七軒ほどの家を訪ねたが、結局は無駄だった。売る時はあなたに、などという口約束が当てになるはずもない。

私は、買収の申し入れを受けた土地を、地図に描《か》きこんでいった。確かに、N市を取り巻くという感じがしないでもない。しかし、すべて買収するのは、気の遠くなるような話だろう。どれかがダミーで、どれかがほんとうの狙《ねら》いだと、見分ける必要があると、私は地図を見て考えていた。

高岸は、私の地図を覗《のぞ》きこもうともしない。

「下村は怕《こわ》いか、高岸？」

「大したことはないです。やられる時は、大抵俺の方が悪い時だし。坂井さんも同じですね。俺は、社長の方が怕いですよ」

「俺は、下村や坂井が怕いがね」

「まさか」

「やつらが本気になったら、俺は怕いよ。そういう男に、二人ともなった。この間まで、おまえみたいなガキだったのにな」

「そりゃ、社長だって歳《とし》はとるわけだし」

「仕方がないか」

私は笑った。次の場所を言うと、高岸は地図を覗きこみ、車を出した。

八軒目も、九軒目も無駄だった。私のところに入ったのは、九軒で終りだ。情報屋がもうひとつ、信用できない。行った先で、私が情報を集める、という感じになっていた。

「帰るぞ」

私は高岸に言った。すでに夕方になっている。高岸が車を出した。慎重な運転だが、うまくなりそうな片鱗《へんりん》はあった。

「飛ばしてみろ、高岸」

「でも」

「スピードを落とした方がいい時は、俺が言ってやる」

高岸が、スロットルを踏みこんだ。四速のまま踏みこんだので、頼りない加速をするだけだ。

「三速にシフトダウンしろ。それから踏みこむ。いいな」

「はい」

「よし、落とせ」

三速。充分に加速がついた。四速、と私は言った。峠道《とうげみち》にさしかかってくる。高岸は、見るからに緊張していた。

「肩の力を抜け。そろそろカーブだぞ。よしブレーキで減速だ。カーブに入る時は、ブレーキを放せ。カーブの途中から、軽くスロットルを踏むんだ」

車は安定して曲がっていったが、コーナーの立ちあがりの加速が悪かった。高岸は三速に落とし、なんとか車をスピードに乗せた。それから四速。

「コーナーの手前の、減速はいい。その時、同時にシフトダウンするんだ」

「コーナーって、カーブのことですか？」

「わかりきったことを訊《き》くな。同時にシフトダウンするのは、どうやると思う。ブレーキを踏みながら、クラッチを切って、シフトする。その時、ちょっとスロットルを踏んで回転をあげれば、ポンとクラッチを繋《つな》いでも、変速ショックがない」

「ヒール・アンド・トウですね。頭じゃわかってるんです。練習しておきます」

「ほれ、コーナーだ。ブレーキ。シフトダウン。いいぞ、これでいい」

「変速ショックで、車体がガクガクしてますが」

「それを解決するのは、中ぶかしってやつさ。俺を乗せている時に、そこまで練習するなよ」

かなりのスピードで、高岸はコーナーを曲がっていった。テイルが流れるほどのスピードではないが、感覚は立派なものだ。

峠道を降りて街に入った時、高岸は額に汗を浮かべていた。

「ヒール・アンド・トウができるようになったら、下村か坂井にカウンターの当て方を習え。それで、ドリフトもできるようになる」

「先は遠いって感じです」

「誰でも、はじめはそうさ」

産業道路から、市街の方へ入った。

「停《と》めろ」

派手なヘルメットのゼロ半を見て、私は言った。ゼロ半も停っている。

「よう、小川」

私の方が先に声をかけた。小川弘樹は、ゼロ半に跨《また》がった恰好のまま、フルフェイスのヘルメットを取った。

「ゼロ半に乗るのが、昼間のおまえの仕事かい？」

「昼間の勤めは、やめたんですよ。夜に、もっと稼げる仕事が見つかったんで。明け方の四時まで、俺は働いてるんです」

「そいつは大変だ。どこでなにをやろうと、まあおまえの問題だが」

「姉貴、川中さんの知り合いの家にいるって話ですね」

「俺が、預かることにした」

私の部屋にいる、と弘樹は考えていないようだ。明子が、そう連絡したのかもしれない。わざわざ訂正しようという気は起きなかった。明子には明子の考えがあったのだろう。

「人を裏切らない。卑怯《ひきよう》なことはしない」

「なんですか、それ？」

「この二つを守れるやつを、俺は男と認める。なんとなく、おまえにそれを言っておこうと思ってな。ここで会えてよかった」

「俺は誰も裏切らないし、卑怯なこともしません」

「なら、いいさ。言ってみただけだ。俺に金を払うということを、あまり大袈裟《おおげさ》に考えるな」

私は高岸に合図して、車を出させた。

「あいつ、社長のカレラ4にぶつかったこと、卑怯じゃないと思ってるんですかね。誰も乗ってない車にぶっつけるっての、車がかわいそうで卑怯じゃないですか」

「なにが卑怯かは、自分で決めるもんだろう。下手をすると大怪我《おおけが》をしかねなかったおまえには、多少言う権利はあるだろうが」

川中エンタープライズの本社へ行った。そこでも、高岸は私から離れようとしなかった。本社へ行ったところで、私に大した仕事があるわけではなかった。

私は決裁のために積んである書類に眼《め》を通し、坂崎に電話をしてビジネスホテルの様子を訊き、待ち構えていた経理担当者から、長い説明を受けた。組織というのは、そういうものだ。

その間も、高岸はずっと部屋の外で待っていた。

六時半に『ブラディ・ドール』へ行き、ドライ・マティニーを一杯やり、七時には港のそばの店で、高岸と豚の足を食っていた。

高岸は、私がマンションに帰るまで、離れようとしなかった。

ドアを開けると、明子が部屋から顔を出した。

「戻ってくるのが、気がひけるよ。おまえのその顔を見るとな」

「あたし、そんな顔してないわ」

私は、明子の腰に手を回して唇を押しつけた。それ以上のことは、なにもしていない。

「お食事は？」

「暇を持て余してるみたいだな、おまえ」

「そんなこと。川中さんに言われた仕事で、ずっと大変だったんですよ」

明子は、東京のデザイン学院を出ていた。それは直接ではなく、遠山から聞いたことだ。父親が亡くなったので、N市に戻ってきたらしい。そのあたりの細かい事情も、遠山は絵筆を使いながら訊き出したようだ。モデルの仕事は、遠山が私のところへやってくるという恰好で、まだ続いている。

「俺は、ビジネスホテルのパンフレットを作れ、と言っただけだぞ」

デザインの仕事をさせてみてはどうか、と遠山から言われていた。パンフレットは、いずれ作ろうと思っていたものだ。

「パンフレットは、どう作ってもただのパンフレットになっちゃうの。それをただのパンフレットじゃなくするためには、発想の転換が必要だわ」

私は肩を竦《すく》め、シャワーを使い、バスローブを羽織った。明子が、新しく整えた救急箱を持ってきて、私の腕の傷の消毒をはじめた。ドクに指示されたことを、忠実に守っているらしい。

電話が鳴ったのは九時過ぎだった。私は、書斎でN市の地図に見入っていたところだった。

「いてくれたのか。まだツキは落ちちゃいねえな」

情報屋の山西の声だ。

「どうしたんだ。指にひどい怪我をしてたが、大丈夫なのか?」

「心配してたなんて言うんじゃあるまいね、川中さん。俺は、あんたと会う場所を喋っちまったんだからね」

半殺しにされ、指を叩き潰されるまで、喋ろうとしなかった。それでも山西は、喋ったことを恥じているようだ。

「俺は、情報屋なんて、やりたくてやってたんじゃねえよ。どうしなけりゃならねえなんてのは、まともな仕事をやってたやつが言うことでね。俺はクズさ。情報屋なんてやってたんだから」

「はじめに情報を持ちこんできたのは、あんただったと記憶してるが」

「そうよ。俺は、赤い鳥を見つけようとしてたのさ。そして川中の旦那《だんな》、あんたが、俺の赤い鳥に思えたのさ。ほら、幸福を呼ぶ赤い鳥っての、あるじゃないか」

童話の青い鳥のことを、言っているのだろうか。それが、滑稽《こっけい》という気はまったくしなかった。酒と博奕《ばくち》でいい気分になれる男。それも、ほんのわずかな額の博奕だったらしい。そういう男が使う幸福という言葉には、かえって切実な響きがあった。

「この街で、あんたはいろいろやってきた。俺がぶちのめしたいと思ってる連中を、次々にぶちのめしていった。だけど、俺みたいな男が、どうやってあんたの仲間になれる。俺は教養もねえし、腕っぷしも立たねえ。情報を渡すことで、俺はほんのしばらく、あんたの仲間だっていう気になれた」

「わかったよ、山西さん」

私は、情報屋として使うべきではない男を、使っていたのかもしれない。金は払った。山西に関しては、信用もしていた。しかし、それ以上のことは、なにも考えなかった。

「俺は旦那に情報を売る時、一瞬だけど、仲間だって気持になれたもんさ。その仲間は、死んでも売っちゃならなかったんだ。なのに、指三本ぐらいで、俺はあんたのことを喋っちまった」

「もういいよ、山西さん」

「そうだな。俺の赤い鳥なんてのは、もともといるはずもなかったんだ」

人は、なにを求めるのか。ふとそう思った。金だけではない。赤い鳥と山西がメルヘンふうに言ったのは、生きている証《あかし》のようなものだったのではないのか。

「あんたは、俺の情報をもう信用しねえかもしれねえ。情報を売る時、あんたが信用してくれてることが、よくわかったからね。それが嬉《うれ》しかった。クズはクズなりに、まともな情報を売ろうとはしてきたんだ。信用されねえってのは、悲しいが、自業自得ってやつだね。いいか川中さん、これは俺の最後の情報だと思うんだが、伝えておくよ」

「どういう意味だ、最後の情報ってのは？」

「クズはクズらしく消えるってことさ」

「待てよ、山西さん」

「これに関しちゃ、金はいらねえよ。仲間として、あんたに渡す情報だ。俺が、勝手に仲間だと思ってるだけなんだが」

「どこにいるんだ、いま？」

「どうでもいいさ、俺のことなんか。いいか、川中さん。いま土地の買収にかかってるやつら、全部が全部、絶対に欲しいわけじゃねえよ。あんな土地、買いきれねえことぐらいわかるだろう。ランクがいくつかある。第一にランクされてるのが、三カ所さ。ビーチハウスのある岬の土地全部、伊佐《いさ》川の上流の、谷がはじまるあたりの山の斜面の三十万坪、駅のむこう側の五万坪ってとこじゃないかな。第二にランクされてるところもあるはずだが、わからねえ。第一ランクの三か所は、触らねえようにしてるはずだ。いま買収話を持ちかけてるとこは、あんたの眼を攪乱《かくらん》するためのものが多い。そうやってあんたを振り回し、金を使い果たさせ、それから一気に勝負に出るんだろう。特に、岬の土地のうち四軒分は、あんたが持ってるそうじゃないか。それを、あんたが吐き出す状況を、まず作ろうってのさ」

「どこで、仕入れた話だ？」

「俺だって、その気になりゃ、これぐらいの情報は摑《つか》める。ざまあ見やがれって。指三本潰されたぐらいで、魂まで潰されてたまるかってんだ」

「山西さん、相当危《やば》いことをやったな、あんた」

「心配するなって。川中の旦那らしくもねえ。俺は、なにがあったって、この情報を旦那に伝えたって喋りゃしねえよ。なにがあったってだ。信用してくれていい。一度喋っちまった俺が言うのも、なんだがね」

「信用するよ。あんたの情報は、いつだって信用してた。いいか、よく聞けよ、山西さん。どこにいるか知らないが、すぐにうちの店へ行け。俺に言われたって、店に駈《か》けこむんだよ」

山西が、低い声で笑ったようだった。

「それじゃ、あんたに情報を伝えたって、教えてやるようなもんじゃねえか。俺は、ここにいなきゃなんねえんだよ。男ってのが、最後の最後にはどうするか、やつらに教えてやるんだ」

「よせ、山西さん」

「あんたを、なんとなく好きだったんだ。情報をくれって言われた時は、気持が明るくなったもんだよ。そしてそれは、俺の人生にはあまりないことだったんでね」

「頼む。どこにいるかだけでも、教えてくれ」

「あばよ、川中の旦那。無茶やって、死ぬんじゃねえぜ」

電話が切れた。

私はしばらく受話器を握りしめていた。

それからリビングへ行き、揺り椅子《いす》に腰を降ろして、深い海の闇《やみ》に眼をやった。

「コーヒーを、淹《い》れたわ」

明子がトレイに載せてコーヒーを運んできた。

「海を見るのが、好きね」

「いろんな時に、海を見るよ。男と出会って別れた時とか」

「なんか、淋《さび》しそう。海を見ている時だけは、やりきれないぐらい淋しそう」

「俺は、おまえが好きさ」

「また、話をはぐらかすのね」

「問題は、おまえが俺を好きかってことだ。これについては、しばしば考える」

「どう、答えればいいの？」

「思っている通りにさ」

「好きよ。好きになる資格なんかないから、あたしの気持だけでいいと思ってるわ。それでおもちゃにされたって、仕方ないって気もするけど」

「俺を、見くびるなよ、明子」

「そうね、いまそんな男だとは思ってない。はじめて会った時の、直感みたいなものね。あたしには、それだけで充分だって気がしたの」

「いまは？」

「言えない」

「なぜ？」

「言うと、抱きたいって言うわ、あなたは」

「いけないのか？」

「あたしが、ただの交通事故に遭ったと、本気で思ってる？」

「いや。おまえの弟が、車をぶっつけてきた理由は、もっと別のものだった」

私は、コーヒーに手をのばした。

山西のことを考えた。動きようはなかった。待てばいいのか。しかし、なにを待てというのか。

14　母親

山西の屍体《したい》が伊佐川に浮いていたと、坂井から電話があったのは、五日の朝だった。

「社長に言われてから、ずっと捜してたんですがね。どこかに潜りこんでると思ってました。殺し方は、正面から胸をひと刺しで、ほかに全身を浅く滅多切り。そのまま川に捨てられたんでしょう。流れはあるわけだから、上流で殺されたと思います。俺のとこの若いのがひとり、警察に探りを入れてます」

「屍体は、いまどこだ？」

「そろそろ、検屍が終って、運ばれると思います。解剖でしょう。山西には、二十八になる息子がいて、こいつが東京なんですが、あまり交流はなかったようです。屍体は、息子が引きとりますね」

「見つけたのは？」

「土手を歩いてた、農家の主婦ですよ。パトカーが一斉に出動したんで、警察を張っていた俺のとこの者が、すぐに連絡を寄越《よこ》したんです」

「わかった」

言って私は電話を切った。

山西のことを、頭から追い払おうとした。なにが赤い鳥だ。呟《つぶや》いてみる。こみあげる怒りを、私は抑えるべきだった。山西が私に伝えたこと。命をかけて、伝えようとしたこと。大事なのは、いまそれではないか。

リビングの窓から、じっと海を見ていた。夜が明け、海は銀色の光を放っている。やがて秋の、いや冬の色になる。

明子が、コーヒーを持ってきた。

なにが起きたか、訊きはしなかった。訊かなくても、なにか起きたことはわかり、自分にはコーヒーを淹れるしかない、と思ったのだろう。

「海が、色を変えていく。いま、どんな色をしていると思う?」

「鈍い色に、輝いてるわ」

「死の色さ」

私は煙草《たばこ》に火をつけた。

明子が窓を開け放ったが、風はほとんど入ってこない。朝の凪《なぎ》の時刻なのだ。私は、吐いた煙がゆるやかに窓の外に流れていくのを見ていた。

「死に、色なんてないわ。少なくとも、あたしはそう思う。死が、それを見る人間の心に色をつけるのよ。誰かが、死んだのね」

「おまえにゃ、関係ない人間さ。いや誰とも関係ない。ひとりで生きて、ひとりで死んでいった。そんなものだろうと思う」

かすかに、明子がため息をついた。

「抱いていいわ、あなたの気持が少しでも紛れるのなら」

「そんな抱き方はしたくない。おまえが抱かれたいと、ほんとうに思う時まで、待つと言ったはずだ」

「頑固ね」

「男ってのは、そういうもんだ」

海はもう、銀色が消え、深い色を湛《たた》えはじめている。コーヒーを飲んだ。煙草を、さらに三本喫《す》った。私の気持の中の怒りは、少しも変るところがなかった。

「朝食は？」

「食うよ」

「その方が、いいと思う」

明子は、キッチンへ消えていった。買物など、すべて家政婦がやる。私が怪我をして以来、明子は部屋を一歩も出ていない。ここにいることを知っているのも、数人だけだ。明子に危険はない。さまざまな事実を反芻《はんすう》しながら、何度も私はそれを確かめた。守るべきなにかを、持ってしまったということなのか。

パンとチーズと野菜サラダの朝食。コーヒーにヨーグルトが付いている。まったく、健康的で、絵に描いたように平和な朝食だ。

「出かける?」

「しばらくは、出かけない」

「そう。食事の仕度をしていて、急に心配になったの。誰がって、あなたが一番死の匂《にお》いをさせてるわ。はじめて会った時から、それを感じてた。死という言葉と結びついたの、さっきよ」

私は横をむき、チーズを載せたトーストを口に押しこんだ。それ以上、明子はなにも言おうとしない。

食事を終え、コーヒーを啜《すす》った。

「怒ってる?」

「なぜ?」

「おかしなことを言ったから」

「おかしなことじゃないさ。言われなくても、自分自身で時々そう思っているよ」

「感じたことを、言っただけなの」

「鋭い、とほめておいてやるよ」

「こんなことで、ほめられたいとは思わない」

煙草に火をつけた。フィルターを強く噛《か》んでいることに、私は気づいた。

安見から電話があったのは、午前十一時だった。

「パパが行ってないかと思って」

「消えちまったか？」

「十時半よ、あたしと待合わせたの。冗談じゃないわ。三十分も待ってるんだから。川中のおじさまがどうのって、きのうの夜言ってたから、そっちじゃないかと思って」

「残念だったな。それよりおまえ、学校はどうした？」

「休みよ。学校の記念日なの。でなけりゃ、あたしがパパと待合せなんかすると思って。ママ抜きでパパに会って、嫉妬《しっと》させようと思ってる。ほかの女の人じゃ、ママは嫉妬しないけど、あたしなら、どうかしらね」

「おまえ、いつからそんな女の子になった？」

「女の子じゃなく、女って言ってくれないかしら？」

「十年は、早いな。あと十年、おまえは女じゃなく、女の子だ。したがって嫁にも行けん。俺としては、安心していられる。これは、パパの代りに言ってる、と思え」

「まったく、あたしはパパばっかりよ。とにかく、あと三十分待って来なかったら、あたしはひとりで買物するわ。せっかく、パパのスーツの生地も見立ててあげようと思ったのに」

「パパに会ったら、言っておく」

私は電話を切り、服を着て外へ出た。

安見と話したので、いくらか気分が収まったのかもしれない。いつものように、イタリア料理の昼食をとった方がいいだろう。習慣はひとつも変えず、淡々としているべきだ。それが、山西の死を生かすということだった。

明子は、部屋に籠《こも》ってデザインに没頭しているようだった。高がビジネスホテルのパンフレットだが、新しければ新しいだけいい。明子が夢中になれるなら、それもいい。

私の店以外で、私が最も気に入っているレストランに行った。

昼食時で混み合っていたが、満席というほどではなかった。

私は何品か註文《ちゅうもん》し、イタリア製の発泡ワインを飲んだ。

「店の前に、フェラーリなどを駐《と》めていただくと、イタリアンレストランらしい雰囲気が出て助かります」

支配人がテーブルのそばに立ち、見えすいたお世辞を言った。

「以前、この店にはゲンメのワインが置いてあったが」

「お好みでございますか？」

「なんとなくね。いまはいらない。発泡ワインを、グラス一杯で充分だよ」

「夕食は、メニューも多少変っております。たまには、おいでください。ゲンメに合う料理を御用意いたしますので」

「まあ、女の子でも食事に誘った時に」

支配人は、それで一応非礼にならない程度の会話を交わしたと考えたのか、店の奥に消えていった。

運ばれてきた料理を、私はゆっくりと味わった。ちょっとオリーブ油が強い。いつもこの店で感じることだった。そのあたりで、私の店のシェフは、この店のシェフを凌《しの》いでいる。日本人の口に合うように作れるかどうかが、最大のポイントであることは、言うまでもない。

支配人が、電話を持ってやってきた。頼んだわけではないので、誰かがここを捜し当てたのだろう。私はナプキンで口を拭《ぬぐ》い、コードレスホーンを受け取った。

「社長」

坂井の声だった。ふだんと変らない低い声だが、強い抑制を私は感じた。なにか、起きた。ただならぬことが、起きた。

「どうしたんだ、坂井？」

「秋山さんが」

私は、坂井の次の言葉を待った。坂井のかすかな息遣いが、聞えてくる。

「秋山さんが、殺されました」

「いつだ?」

「三、四時間ほど前だろう、と警察では言っています。検屍が終れば、はっきりした死亡推定時刻を出してくると思います」

「そうか」

坂井が場所を言った。もう一度、私はそうか、と呟いた。

「急な仕事でね。残念だが行かなくちゃならない」

電話を返しながら、支配人に言った。支配人は大きく頷《うなず》き、私の背後に回って、椅子を引いた。

フェラーリに乗りこむ。この車の所有者だった男も死んだ。ふとそう思った。

駅を迂回《うかい》するようにして踏切にむかい、駅の反対側に出た。畠が多くなる。畠の中に、赤色灯を回したパトカーが、数台停っているのが見えた。三十人ばかりいるが、野次馬はまだ集まっていないようだ。

私は、車を降り、ロープに近づいていった。制止しようとした警官が、私の顔を見て息を吞《の》んだ。私はロープを跨ぎ、畠の土を踏んで、十人ほどの人間が集まっている場所へ行った。刑事が、私を見ている。所轄署の刑事で、私とも秋山とも顔見知りだった。人が割れ、私は秋山のそばに立っていた。

「靴跡は踏まないで。板を敷いたところに立ってください」

声が聞えた。秋山の躰《からだ》のまわりは、普通の畠だった。足跡も、秋山のものがあるだけだ。血が、点々と落ちていた。

「現場は、ここから三百メートルほど山側です。ひどい乱闘の跡があり、おびただしい血が流れています。いま鑑識が到着したところですが、複数の人間との乱闘であることは間違いありませんね」

刑事の声だった。

「おい」

私は秋山に語りかけた。

「安見は、ひとりで買物をするそうだ。おまえが遅刻したんでな。スーツの生地も、選んでくれないとさ」

秋山は、畠の畝《うね》を抱くようにして、うつぶせに倒れている。

「女の子じゃなく、女と呼べと言ってたよ、安見のやつ」

私は屈《かが》みこんだ。秋山の躰に触れようとしたが、刑事に止められた。顔を横にむけて倒れているので、私のところから顔はよく見えた。

「眼だけだ」

私は言った。

「眼だけ、閉じさせろ。それぐらい、やらせてくれ」

刑事が、頷いたようだった。私は手をのばし、見開いた秋山の眼を閉じた。

腰をあげた。

「社長」

すぐ後ろに、坂井と立野が立っていた。私は黙って歩き、赤いフェラーリのそばまで行った。

煙草に火をつける。警察の車輛《しゃりょう》が、次々に到着していた。

「奥さんと、安見には、社長が知らせてくれますか？」

坂井が、言った。

「俺が、関係あるんだろうか、川中さん？」

立野が言う。私は、煙を吐きながらちょっと立野に眼をくれた。

「乱闘があったところは、俺が買った土地でね。秋山さんの紹介で、千五百坪ほど買った。あと五百坪ほど買い足したくてね。十時に、ここで地主と会う約束だった。秋山さんも立合ってくれることになっててね」

そして十時半に安見との待合せ。まったく忙しい男だ。

駅の裏だった。駅の裏の五万坪の土地。山西が言ったことが頭に浮かんだ。

「スーパーを建てるって？」

「ああ」

「かなり大規模なやつだな」

「駐車場が勝負だ、と秋山さんは言ってた」

「このあたりは買収の手ものびてない、エアポケットみたいなところだったらしい。値段も、予定していたほどではなかった」

「それで、この土地はすべて、おまえの手に入ったのか、立野」

「千五百坪は。五百坪は今日買うつもりだった。地主の爺《じい》さんが、十時前にここへ来て、秋山さんを見つけたんだ」

私は頷き、煙草を捨てた。

「社長、奥さんと安見に」

私は頷いた。

フェラーリに乗りこみ、エンジンをかけた。

自分の走っている道が、わからなくなるほどではなかった。私は口笛を吹いた。どうしても途中で思い出せなくなり、最初から何度もやり直した。

そうしているうちに『レナ』の前に着いていた。

扉を押す。

「あら」

菜摘が、カウンターで顔をあげた。

「秋山が、死んだよ」

私は言った。束《つか》の間《ま》、菜摘は私の顔を見つめた。それから、眼を伏せた。

「刺されて、死んでたよ。現場から、俺は真直《まっす》ぐここへ来た」

「そう」

私は、煙草をくわえた。なかなか、デュポンの火がつかなかった。ようやくついた小さな炎に、私は煙草の先をそっと近づけた。

「俺に、できることは?」

「ないわ。なにもない」

「安見には?」

「あたしが言うわ。母親がやるべきことだから」

「じゃ、帰る。ひとりの方がいいだろう」

「男って」

菜摘が、しわがれた声で言った。

「こんなものよね、男って」

「かもしれん」

私は扉を押し、外へ出た。

晴れるだろうと思ったが、雲が多くなり、気温も下がっていて寒かった。

15　夜の雨

土崎は、『キャサリン』のコックピットから動かなかった。

フロリダから、ずっと秋山と一緒だった男だ。私とは、また違う思いがあるだろう。

私は、三十分ほどキャビンのソファに座っていた。ヨットハーバーはもう暗く、堤防の明りがいくつか水面《みなも》を照らしているだけだ。そしてホテル・キーラーゴは、なにもなかったように、窓にいくつも明りを点《とも》していた。

私は、キャビンのソファから腰をあげ、後甲板に出た。

「行くのかね？」

「ああ」

「雨が降りそうだよ」

「車の中に、トレンチがある」

「ここで、俺と飲もうじゃないか、川中さん。ラムなら、いくらでもある」

「俺はもう、ハバナクラブは飲まんよ。二度と、口にしないことに決めた」

「行っちまうのか」

「行くさ」

私は、桟橋に跳び移った。

片手をあげると、土崎も片手をあげてくる。なにか言いそうに、土崎の口が動いたが、私は背をむけて、艇置場の車の方へ歩いていった。

海沿いの道を走っている間に、霧雨になった。時々、ワイパーでフロントスクリーンを拭ってやる。街の灯は、すぐに近づいてきて、私はフェラーリを中央通りの駐車帯に入れ、駐車料金を放《ほう》りこんだ。

霧雨の中を歩いていく。トレンチの襟を立て、両手をポケットに突っこんでいた。すぐに、シティホテルだった。

玄関の階段に足をかけた時、背後から肩を摑まれた。

「よう、キドニー」

私は、額に流れ落ちてきた水を、左手の掌《てのひら》で拭った。

「話がある」

「後にしてくれないか」

「それが、できない。こっちへ来いよ」

キドニーは、玄関横の植込みのところに私を引っ張っていった。キドニーは疲れきっているようで、眼に精気はなく、顔はむくんで見えた。

「俺は、急いでるんだ、キドニー」

「俺は、二時間以上も、ここでおまえを待ってたよ」

「電話でもくれりゃいいのに」

「ここで待った。ここしか、待つところはなかった」

「わかった。俺がなにをやろうとしているか、気がついてるというわけだな。じゃ、そこをどけ。俺はもう行くぜ」

「こらえろよ、川中。おまえを、ここに入れるわけにはいかない」

「俺の人生さ。違うか？」

「頼むよ。おまえまで、死なないでくれ。行くなら、俺を殺して行け」

「大袈裟なことを、言うなよ、キドニー。通る気になれば、俺はおまえを一発でのして通るぜ」

「やめろ。頼むから、やめてくれ」

「俺はな」

「罠《わな》かもしれない」

「罠だと？」

「おまえはここの特別室に、大河内がいると思ってるだろう」

「俺が行くところまで、知ってるというわけだ」

「おまえとは、もう二十五年だ。自分のことのように、よくわかる。だから、ここで待っていた。止めようと思っている」

「無駄だ」

「大河内が確実にいるなら、俺は止めはしない。大河内は、東京にいると思う」

「ほう。初耳だな」

「二十五年の、おまえとの捻《ね》じ曲がった付き合いにかけて、俺はおまえを止める。いや、頼む。ここへは入るな」

「どけ、キドニー。俺がどうするか、わかってたんだろう。そして、俺がそれを変えもしないことが、わかってるだろう」

「二時間、俺にくれ、川中」

「どうする気だ？」

「事務所へ行く。そこで、テレビを観《み》る。二人でな。それから、どこへでも行けばいい」

「罠、と言ったな」

「テレビで、それがわかるかもしれん」

私は、キドニーを見つめた。キドニーは眼をそらそうとしない。キドニーとじっと見つめあったのは、何年ぶりのことになるのか。深い、悲しみに似た光が湛えられた眼だ。

「あと二時間ぐらい、俺はもっと思う」

「透析か」

「二時間は、もつ。それに賭《か》ける。だから、おまえも付き合ってくれ」

「馬鹿な」

言いながら、私はかすかに頷いていた。

私とキドニーは、霧雨の中を、ゆっくりと歩いていった。キドニーの事務所まで、シティホテルからは、大した距離ではない。それでも、事務所のデスクに腰を降ろした時、キドニーは喘《あえ》ぐような呼吸をしていた。

リモコンを使い、キドニーがテレビのスイッチを入れた。ドキュメンタリの番組をやっているようだ。八時四十二分だった。

私は、テレビではなく、キドニーを見ていた。いつものパイプさえ、くわえようとしていない。いまキドニーの躰を苛《さいな》んでいるのは、傷の痛みなどではなく、自分自身の躰の中で作り出した毒だ。

私は、続けざまに二本、煙草を喫《す》った。

キドニーの手があがり、テレビを指した。

ふり返り、私はテレビの画面の中に、ライトを浴びているひとりの男を見た。大河内だった。周囲には人が群がっている。

「組閣《そかく》が、はじまってる」

「大河内が？」

「俺が摑んだ情報では、そうだった。確信は、なかったよ」

「シティホテルにいるのは、大河内じゃないのか?」

「公式には、あのホテルを引き払ってない」

私が、特別室に入っていけば、なにが待っていたのか。

「自分の大臣就任まで、あの男は罠に使う。そしておまえは、のこのことそれに乗る」

キドニーが、両手をデスクについて、大きく息をした。

「土崎が、拳銃《けんじゅう》を持っていることは、俺もおまえも知ってる。おまえは、ポケットの中の拳銃を土崎から借りたな」

「ああ」

「コルト・パイソンか?」

「六発、装塡《そうてん》してある」

「死ぬのは、秋山ひとりで沢山だ。東京にいる男を、いま殺せはしないだろう。それとも、テレビでも撃ってみるか?」

「わかった」

「おまえが、すぐにもやらなきゃならないことが、ひとつある」

「それも、わかってる」

キドニーを、病院に連れていくことだ。これ以上放置すると、完全に尿毒症だった。何年も前に、私はこうやってキドニーを運んだことがある。

キドニーは、私が訊き出そうとしたことを、気を失う寸前まで喋らなかったのだ。

私はキドニーの躰を担ぎあげ、事務所を出た。いつの間にか、雨が本降りになっていた。

「俺を、荷物のように扱ってるな、川中」

「おまえは、俺の人生のお荷物だよ、キドニー。降ろせりゃいい、とよく思う」

「俺もさ」

キドニーをフェラーリの助手席に乗せ、私は病院まで突っ走った。沖田蒲生記念病院ではなく、この街に帰ってきた時から、キドニーの透析を担当している病院だ。

医者に引き渡した時、キドニーは一度だけ口もとで笑った。

私はフェラーリの自動車電話から、店に電話を入れた。下村だけがいた。キドニーのシトロエンを、病院に回しておくように、私は言った。

「高岸を使え」

「わかりました。社長は？」

「フェラーリの中にいる。ずっとだ」

「雨の中を、走り回る気ですか？」

「いや」

「じゃ、どこに？」

「キドニーの岩に、行ってみる」

「俺も、行っていいですか？」

「ひとりがいい」

「わかりました。俺は、いつものように店をやっています。『ブラディ・ドール』っていう、けたくその悪い名の店をね」

「すまんな」

「やめてくださいよ。それから坂井が、ひどく社長のことを気にしてました。三十分おきに、電話してくるんです。フェラーリの電話、スイッチが切ってあったでしょう」

「大丈夫だ。そう言ってくれ」

「ひとつだけ、いいですか？」

「ああ」

「やろうと思った時は、俺か坂井に言ってください。いや、俺に言ってください。大河内を、ひとりでやろうとは、絶対に考えないでください」

「俺は、やらんよ。おまえや坂井に頼むことも、やらん」

「わかりました」

私の方から電話を切った。

車を出し、雨の中を走っていく。

キドニーの病院から、真直ぐに続いている道が一本あり、そこを行くと海沿いの道につき当たる。『レナ』も、ビーチハウスがある岬も、海水浴場も通り越した海岸に出るのだ。そこからさらに海沿いに一キロほど行くと、崖《がけ》があり、そこには二千坪ほどのキドニーが所有している土地がある。

私はその入口でフェラーリを停め、濡《ぬ》れた草の中を、崖の縁まで歩いていった。

明りはなにもないが、踏跡がついている。途中からは草もなくなり、岩肌だけになる。その岩も、闇の中で手探りをして見当がつけられた。キドニーの岩は、そこにあるのだ。

椅子のような恰好をし、肘《ひじ》かけにちょうどいい岩もある。キドニーはこの岩で、よく海を見ているらしい。ひとりだけだ。なぜそうしているかは知らないし、知ろうとも思わなかった。ただ、キドニーがここの土地を買ったのは、岩が気に入ったからに違いなかった。いつかは、ここに家を建てる気もあるらしい。

私は、キドニーの岩に腰を降ろし、暗い海に眼をやった。なにも見えない。しかし、しばらくすると、かすかに海面が見えるような気がしてくる。

雨の中で、私は眼を凝らしていた。見ているのは、海ではない。闇でもない。トレンチが濡れそぼっている。私は動かなかった。岩になりたいと思った。

16 子供

秋山の葬儀は、ホテル・キーラーゴではなく、街の中の自宅で行われた。

私は出棺の前に行き、焼香するとすぐに戻った。キドニーや桜内もそうしたのだろう。姿は見えなかった。

私は自分の部屋へ帰り、喪服を脱ぎ捨てた。こんなものに、なんの意味があるというのか。心はいつも、喪服を着ていなかったか。

私はシャワーを使い、バスローブを羽織った。

「人が、死にすぎる街ね、ここは」

「いつも、思うことがある。死ぬんなら、さきに死んだ方がいいってな」

明子の手が、私の肩に置かれた。

「お骨を拾うの、つらすぎた？」

「そんなことに、大した意味はない。俺は、あの男のことを忘れない。それだけでいいんだ」

「男同士というの、そういうもの？」

「男同士にかぎったわけじゃない」

「そうなのかもね。そういう友だちを、いっぱい持ってるってことね」

「もう、よせ」

「少しは、話した方が楽になるとも思うけど」

「楽には、なりたくない」

肩に置かれた明子の手に、かすかな力がこめられるのがわかった。

夕方、私はいつものように服を着て、店へ出かけていった。

入口のところで、高岸にフェラーリのキーを抛《ほう》り、店に入っていく。残酷なほど、いつもと変っていなかった。

私は、カウンターのいつもの場所に腰を降ろした。坂井はすでに、ボータイを締め、赤いベストを着こんでいる。これでも、川中エンタープライズの重役なのだ。しかし、決してこの店のカウンターを、人に譲ろうとはしない。藤木が、そうだった。

シェイクしたドライ・マティニーが、カウンターに置かれた。それを私は三口であけた。ふた口であけるか三口であけるか、坂井にとっては重要な問題なのだ。私が、味によってそう飲み分けると信じている。私は、その日の気分でそうしているだけだった。

「新しい女の子を、三人ほど補充しました。二十一歳と三十二歳と十九歳ってとこです。ひとりは、ここに配属します」

「女の子も、なかなか居つかんな」

「女の子に関しては、いくらか回転があった方がいいみたいです。新顔というのは、常連には喜ばれますから」

沢村明敏が出てきた。

いきなり、聴き馴《な》れない曲を弾きはじめる。明るい感じだが、悲しみが滲《にじ》んでいるという気もする。短い曲だった。それだけで、沢村はピアノから離れ、カウンターにやってきた。

「いまのは、先生?」

「秋山さんが、一度だけ私にリクエストしたことがあってね。フロリダあたりで、よくやる曲なんだ。なんとなく、思い出した」

「やつに、フロリダは合っていたでしょうね。太陽があればよかったんだ。ここは温暖だといっても、フロリダほどの太陽はない」

「なんとなく、わかるな」

坂井が、沢村にソルティ・ドッグを出した。

「あのピアノ、いい音を出すようになった」

「ほう、いままでは、駄目だったんですか?」

「いい音を出しそうだ、という気配はあったよ。半年ぐらい前からかな、気配が気配でなくなってきた。ピアノが、ひとりで音を出すような感じになったね」

「そりゃ、先生の心の反映ってやつじゃないんですか？」

「川中さんは、ピアノはピアノだと思ってるな」

「そんなことは。だけど、俺が弾いたって、いい音は出ませんよ」

「それはそうだろう」

「まあ、いい音が出ると先生が言ってくださるなら、それでいいわけだ」

沢村が腰をあげ、私も立ちあがった。

店を出た私を、下村が追ってきた。

「どうした？」

「裏口に、客人がひとり」

「誰が？」

「会えば、わかりますよ」

私は路地を通って、裏口へ行った。

立っていたのは、安見だった。喪服は脱ぎ、明るいブルーのセーターに、白いジーンズを穿《は》いている。安見は私を見ると、ちょっと頭を下げる恰好をした。

「おふくろさんのそばに、いてやらなくてもいいのか？」

「母は、ひとりだけになる時間が必要だと思います。一緒にいると、あたしに気を遣ったりするから」

「じゃあ、おじさまとデートするか？」

「お店で、お酒が飲めればいいと思ったんだけど。入口には高岸君がいるし、入りにくくて下村さんを呼んだんです」

「酒を飲んで、酔っ払いたいか？」

安見が頷いた。

私は、付いてこいという仕草をして、路地を辿《たど》り、通りに戻った。車の前で、高岸が待っていた。高岸は、安見を見てちょっと驚いたようだった。

「どうも」

そう言って、深々と頭を下げている。それ以上、なんと言っていいかわからなかったのだろう。安見が助手席の方に回ると、ダッシュしてドアを開けた。

車を出した。どこへ行けばいいか、考えてはいなかった。港の方へ行き、それから海沿いの道を走った。私のマンションの明りが見えてきたが、そこも通りすぎた。

「ホテルへ行っちゃうわ、これじゃ」

「ひとりで、酒を飲んでいる男がいる。そいつと飲めばいい」

「土崎さんね」

「いやか？」

「ううん。はじめから、あそこに行けばよかった。考えてみたら、土崎さんは、ひとりでお酒よね」

「俺はな、安見」

「よしてね、パパの話は」

「そういうことじゃなく、秋山が死んだところにつけこんで、『キャサリン』を買い取ろうかと思ってる。土崎ごとな」

「駄目」

「どうしてもか？」

「あの船、これからあたしがかわいがってやるの。古いけど、好きよ。川中のおじさまも、気に入ってるから買い取るって言ってるんでしょう」

「実は、そうだ」

「ほんとに、調子がいいんだから。まさか、『レナ』も買おうなんて思ってるんじゃないでしょうね」

「あれは、もともと俺が持ってたもんだ。買い戻すって言ってくれないかな」

「本気なの？」

「ああ」

「駄目。あそこは、あたしがやるわ。ママは、ホテルをやることになるだろうし。あのコーヒーの淹れ方、人に真似《まね》されたくはないわ。川中のおじさまだったら、夏の海水浴客には、インスタントでも出しそうだもの」

「おまえは、まだ子供だ」

「人を子供と言っているうちに、気がついたら老人になってるのよ。そういうものだって
ことが、わかってもいいころよ、おじさま」

「それでも、おまえは子供さ」

「まったく、頑固ね。結婚できないのも、そのせいよ」

「そういう意味じゃないんだ、安見。子供には、見ている大人が必要だ。おまえには、秋
山がいた。いまも、俺がいる。キドニーもいる。そして、土崎さんもな」

「そういうことか」

「迷惑な話だろうがな」

「嬉しいよ。パパだって、安心できると思う。パパは、いい人生だったと思う。前のママ
のことで、苦しい思いはしたけど、いまのママがそれを癒《いや》してくれた。川中や宇野のおじ
さまみたいな、いい友だちもいた」

「娘だけが、頭痛の種だったさ」

「そうね」

「素直だな」

「これから、土崎さんに、いっぱい絡んでやるわ。もう、二度とあたしと飲みたくないっ

ていうぐらいに」

「おまえ、酒を飲んだことは？」

「パパと一度。薄い水割りを一杯だけね。それから、パパに内緒で、ママと。その時は、ママが怒ってたから、あたし酔っ払うどころじゃなかった。パパったら、浮気がママに見つかったのよ」

「そんなことがあったのか、秋山にも。それで、相手は？」

「内緒」

「俺の知ってる女か？」

「それも内緒。教えると、おじさまはあの世に行った時、パパを脅迫しかねないから」

ホテル・キーラーゴの明りが見えてきた。

私はそちらへは車を入れず、ヨットハーバーの駐車場に滑りこんだ。

安見と、腕を組んで桟橋を歩いていく。『キャサリン』の後甲板に、人影が二つあった。

「いい歳をした男と、若い女の、釣り合わないカップルだと思ったが、あんたとお嬢か」

土崎の声がした。もうひとりは、キドニーだった。

「お酒を、飲みに来たの」

安見が言った。すでに酔っているらしい土崎は、恭しく片手を出し、安見を『キャサリン』の後甲板に引きあげた。

「よう、キドニー」

私が言うと、キドニーは黙って頷いた。

「安見が、酔っ払いたがっていてね。土崎さんと二人で飲むのが、いいんじゃないかと思ってな」

「じゃ、俺は退散しよう。ちょうどよかった。車がないんで、ホテル・キーラーゴからタクシーを呼ぼうと思ったんだが、なんとなく愚図愚図してて、この時間になっちまった。おまえの車で、街まで送ってくれ」

「お安い御用だ」

「待ちなさい。二人とも、あたしと飲むのがいやで、逃げる気ね」

「土崎さんは逃げない。それから、『キャサリン』もな」

キドニーが言った。

私とキドニーは、並んで栈橋を歩いて、車に乗りこんだ。

私は、自動車電話から、菜摘に電話を入れ、安見が土崎と飲んでいることを伝えた。

冷静な、母親の声が返ってきただけだ。

車を出した。

「いやな気分は、まだ続いているんだ、川中」

キドニーが、呟くように言った。先日のキドニーの電話。めずらしく、どこか切迫した響きがあったのを、私は思い出した。

「通産大臣か」

「政府の内部でも、保守党内でも、ほとんどトップクラスの実力者だな。俺やおまえに、太刀打ちできる相手じゃないって気がしてきたよ、キドニー」

「やつにも、弱いところはある。それを見逃さずに衝《つ》いていけば、崩れる。政治家の人生ってやつは、積木に似ててね。どこかひとつを崩せば、全部崩れるさ」

それから、私もキドニーも黙りこんだ。

街の灯が近づいてきた時、キドニーは思い出したようにポケットからパイプを出した。

17　土地

遠山のアトリエは、山の中腹の見晴しのいい場所にあった。その背後に、小さな家が建ててあるが、アトリエの大きさと較《くら》べると、使用人の住いという感じがするほどだった。

遠山は、そこでひとりで暮している。

私が訪ねたのは、家の方だった。

遠山の十二気筒のジャガーの脇《わき》に、私はフェラーリを滑りこませ、玄関のチャイムを押した。

「遠山先生の土地を買いたい、というやつが現われたそうですね」

「早いね。何時間か前の話だよ。今日、おたくへ行った時に、明子さんに言っておこうと思ったんだが」

遠山は、まだ明子の絵を描き続けていて、それはアトリエではなく、私のところのリビングルームでやっているのだった。明子が、まだ遠出をしたがらない。せいぜい、マンションの周囲を散歩するぐらいなのだ。

私は、アトリエの屋根と海の見える居間に通された。家政婦が、日本茶を運んでくる。

「前に家が建つのがいやなので、下の斜面の四千坪ほどを買ってある。蜜柑《みかん》の畠だが、人に貸すという恰好でね。そこも含めた五千坪を、買おうと言うんだ。冗談じゃない。絵が描けなくなったら、蜜柑畠をやる。それが私の夢だというのに」

「売っていただけませんか?」

「おい、川中さん。ここの土地を勧めてくれたのは、君だったじゃないか」

「売る真似だけでいいんです。五億近い値段でしょう、ここは。それを十億と吹っかけてくださいよ。それで、相手も値下げの交渉に入るはずです。その途中で、先生は臍《へそ》を曲げて売らないと言い放てばいい」

「つまり、この街で起きていることに、多少役に立てということか」

「遠すぎるところばかりだったんです、いままでね。俺の近辺に買収の手がのびてきたのは、はじめてです。核心が近づいてきてるのかもしれない、という気もします」

私は煙草に火をつけた。遠山は、ハバナ産の葉巻だ。

「死後は、美術館にしてしまうように、遺言書を作っておくことにするか」

その上で、私に協力する。遠山はそう言っていた。

「大袈裟に考えないでください。先生に、冒険されても困ります」

「この街は、ひどい街だよ。のべつなにかが起きててね。私も、事件を起こしたひとりだが。そして、ほんとうの友だちというものができたのも、この街で、いろんな事件を通してだった」

「俺たちが、友だちと呼んでいただけるようになり、だからこうやって無理なお願いもしてるんです。お願いだけでも無茶な話なのに、それ以上のことは、やめてください」

「無論、邪魔になることはしない。ただ、みんなと同じ覚悟で、やりたいと思うだけさ。画家なんて、ひとりきりで絵を描いてる。そういう人生なんだよ。それが、友だちとなにかやれる。ある意味では、ふだんはない喜びみたいなものなんだ」

「そうですか」

「男って言葉が、この街へ来て違うように思えてきたね。わざわざ男という必要もないが、なにか心のありようを表現する時、ぴったりだって気もする」

「こだわっちゃいけませんよ、先生。先生には、それで命を賭けたという前歴がありますすからね」

言うと、遠山は口もとでかすかに笑った。私は、日本茶で口を湿らせた。この地方は、茶の産地でもあるが、ふだんは滅多に飲むこともない。

「ところで、明子さんだが」

遠山は、消えた葉巻にマッチで火をつけた。葉巻やパイプは、よく消えるようだ。遠山やキドニーを見ていると、何度も火をつけるのがほんとうのやり方らしい、となんとなく思える。

「少しずつ、落ち着いてきたね。心の中のさざ波が、徐々に静まってきたという感じだ。君のところにいることが、彼女にはとてもよく作用している」

「それなら、いいんですがね」

「彼女は、君のことを好きなんだろうと思う。いつまでも、間借り人にしておくだけというのは、不自然じゃないのかね」

「俺が、明子と関係していないということ、先生にはわかりますか?」

「よくわかる。いやになるほど、はっきりとわかるよ」

「いろんな、事情ってやつがあります」

「だろうな」

「時間を、かけたいんですよ」

「まあ、これ以上はなにも言わんさ。この歳になってくると、時々余計なお節介をしたくなる。気にしないでくれ」

遠山は、秋山のことを喋ろうとしなかった。私も、なにも言わなかった。蜜柑のできの話をしただけだ。遠山が買った一帯の土地は、蜜柑作りには絶好らしい。これ以上、蜜柑畠を潰《つぶ》して、家を建て増したりする気もないらしい。

家政婦が、電話だと知らせに来た。

中座した遠山が、しばらくして笑いながら戻ってきた。

「もう一度、土地についての話はできないか、という電話だった。まったく、おあつらえむきだね。もっとよく話を聞いてくれ、という内容だったが」

「それで？」

「相場で売れ、などということは、言わないそうだ。売るならいくらか、ということを私の口から聞きたいらしい。君は十億と言ったが、私は十五億と吹っかけてやるつもりだ」

「じゃ、会う約束をなさったんですね？」

「今日の午後。五時には戻っている、と言っておいた」

「わかりました」

それから遠山と私は、今年の秋の海について、しばらく話した。

遠山の家を出ると、私は海沿いの道を走り、自分のマンションを通り過ぎ、街へ行った。

イタリアンレストランで昼食をとる。あまり気に入っていない店で、それは何度食事をしても変りはしなかった。

私が食事を終えたころ、坂井がやってきた。

「電話の件だが」

私は、車の中から坂井に指示を出していた。

「心配いりません。三段、四段に構えて、相手に気づかれないようにやります」

「そろそろ、本格的な勝負がはじまりつつある。若い者に、無茶はさせるなよ」

「むこうも、甘くはないでしょうから。それはよく言ってあります」

坂井は、カプチーノを頼んだ。どういうわけか、イタリア料理があまり好きではないらしい。

坂井は、三十人ほどの若い連中のグループを作っていた。それも、坂井を慕って集まってきた連中ばかりらしい。どういうやり方をしているのか訊いたことはないが、街の不良グループという見られ方はしていた。警察沙汰《ざた》を起こす者もいるらしく、そのたびに坂井はキドニーに相談を持ちかけている。キドニーも、面倒がらずになにか助言しているようだ。

坂井が身許《みもと》を保証する恰好で、七、八人を川中エンタープライズの社員にした。配属先は酒場やホテルとまちまちだが、優秀な人間が多かった。

若い連中を下に集めておくという傾向が、下村にはない。せいぜい、高岸が兄貴分として慕っているぐらいだ。下村はどこか皮肉屋で、人を突き放すところがあった。

「二、三日じゅうに、ある程度のところまでは、探れそうな気はします」

「無理押しはするな」

「社長は、どちらへ？」

「これから、立野と会うことになってる」

「あの土地の一件で、秋山さんが殺《や》られたと、立野さんは考えてるんじゃないですかね」

「あれも、どこかが切れちまった男だからな」

「社長、フェラーリを乗り回すの、やめた方がいいんじゃないですか？」

「いまのところ、目立っててやろうと思ってな」

私は、勘定を払い、まだカプチーノを飲み終えていない坂井を残したまま、店を出て車に乗りこんだ。

約束の場所に、立野はすでに来ていた。私を見て、奥の席からちょっと片手をあげる。

駅ビルの中にある、喫茶店だ。

「おまえの土地、秋山はなにか特別のことを言ってたのか？」

「なにも。スーパーをやるのに、これからはこんな場所だって以外は」

秋山が立野に土地を世話したのは、多分、スーパーの立地条件を考えてのことだろう。

駅の裏側一帯が、連中が狙っている本命の土地のひとつだと、秋山に知らせる暇はなかった。

「やっぱり、あの土地が問題なのか、川中さん？」

「はっきりはわからんが、その可能性が強い。そして秋山は、まだそのことを知らなかったと思う」

「ここは、土地が金を生むところだね。人間が、蟻《あり》みたいに、それに群がる」

立野も、別れた女房の実家の土地を守ろうとした。それで、息子まで失った。

「あの土地、俺に譲ってくれないか、立野。事が終るまで、俺はあそこを所有したい。そういうかたちが、一番いいと思うんだ」

「断る」

「そう言うとは、思っていたが」

「たとえあんたの頼みでも、これは承諾できないよ。あの土地になにか問題があるなら、なおさらだ。秋山さんがそれで殺されたというなら、俺は俺で、あの土地を武器に闘う。弔い合戦ってやつだ」

「どんな手を使ってくる連中か、おまえにはよくわかってるはずだ」

立野の車に、爆弾が仕掛けられた。そして、それに乗ろうとした息子の方が、みんなの前で吹き飛ばされたのだ。

「あのことが、忘れられないというのは、わかるよ。しかしな」

「あのことは、あのことさ。今度のこととは別だ。俺は、別れた女房や息子を殺されても、あの時は勝ったんだ。だけど、今度は闘ってさえもいない。川中さんが闘うのを、俺はそばで見物してる気はないね」

「どうするんだ？」

「まず、土地を整地してしまう。建設準備を整えるのさ」

「妨害が入るな」

「それこそ、俺が待ってるものだね。そこから、黒幕に迫れる」

「相手は、甘くない。秋山の二の舞いということになりかねん」

「いいんだよ」

「なにが？」

「死んでもさ。殺されてもいい。心を残すものは、全部なくなっちまってる」

「やめてくれ、立野。先に死のうなんての、残ったやつには残酷すぎることだ」

「あんたなら、そう考えるだろうな。あんたが死んで、秋山さんが生き残っていても、そう考えただろう。宇野さんも同じだ。俺は、なんとなくそんな男が羨《うらや》ましいんだ。つまらないことだけやって、ここまで生きのびてきたんでね」

「山で、なにかあった、と言ってたな」

「生き残ることが、どれほどつらいか、何年もかかって味わってきた」

「これ以上は、止めても無駄か」

「まあ、そういうことだ」

「下村が、口を出すことになるかもしれん」

「いいよ。俺は、あの男が好きさ」

それ以上、話はなにも進展しなかった。

立野は、離婚した経緯を、いくらか自嘲《じちょう》を滲ませながら語り、最後に、死んだ息子のことを言った。死なせるべきではなかった。死ぬべき人間はほかにいたのに、なぜ死なせることになったのか。

生き残ることのつらさを知っている、と言った立野の言葉には、昔、山でなにかあったということだけでなく、息子を死なせたという痛恨の思いも含まれているのだろう。

「それより、川中さん。あんたが死んだりしないでくれよ」

「俺がか」

「死にそうもなく見える。秋山さんも、そうだったさ。あんな男でも、死ぬ。殺されることがある。俺には、信じられないような気分だった」

「誰だって、死ぬさ」

「あんたもだよ、川中さん」

「自分だけは死なん、と思ってるように見えるか、立野」

「まわりは、そう思ってるよ。下村も坂井も、いろいろ心配しながら、心の底では、ボスは死なないと信じているところがある」

私は、温《ぬる》いコーヒーを飲み干した。

この街には、おかしな男が多すぎる。そんな男ばかりが、集まってくる。私が言ってもはじまらないことだった。私自身が、やはりおかしな男だろう。最初にこの街に流れついた、おかしな男と言っていい。

「買い足そうとしていた、五百坪は？」

「買った。秋山さんが死んだ日にだ」

「そうか」

「あそこの二千坪が、これからどういう意味を持つのかな？」

「いま、おまえにそれを教える気はない」

「まあ、いいよ、川中さん。スーパーといっても、平屋だ。店舗面積は充分なんでね。プレハブを組みたてるようなかたちでも、なんとかなる。俺はまず、あそこの土地を現実に使うことからはじめる。いろいろ、それで見えてくるだろう」

立野が、煙草に火をつけた。

駅の裏の一帯。岬の土地。伊佐川の上流。三つのうち二つは、こちらで押さえた恰好になる。それを、相手はどう切り崩してくるのか。まだ調べてはいないが、伊佐川の上流の斜面も、秋山がすでに押さえていた、という可能性もあった。

腰をあげた私に、立野はちょっと頷いただけだった。

18 レナ

下村が、車の中で待っていた。

私はいつものように、坂井のシェイクしたドライ・マティニーを一杯飲んで、店を出てきたところだった。

「キーは、高岸に預けてあったはずだぞ」

「やつには、フェラーリはまだ早すぎます」

「センスは悪くない」

「まあ、坂井にせいぜい鍛えさせますよ。空手の方はなかなかで、特に蹴《け》り技は、俺も本気で受けなきゃならないぐらいです」

「もともと、体力はあるし、ボールを蹴っ飛ばしてもいただろうからな」

下村がエンジンをかけ、車を出した。左手で、器用にハンドル操作をしている。義手が、完全に自分の手の感覚になっているのだろう。

車は海沿いの道に入り、岬の方へむかって行った。『レナ』のそばを通るな、と私は思ったが、下村はそのまま駐車場に車を入れた。

休業の札が出ている『レナ』の扉を、下村はポケットから出した鍵《かぎ》で開けた。店の中には、ちょっとすえたような空気が籠《こも》っていた。テラスの方の窓を、下村が開けた。

「まだ、報告してませんでしたっけ。この店、しばらく川中エンタープライズで預かることになったんですよ」

「社長の俺の、許可もなくか？」

「いけませんか？」

「いいさ。いつ、頼まれた？」

「秋山さんの、通夜の場で」

私は、秋山の通夜には行かなかった。葬儀に顔を出しただけだ。下村と坂井は行ったようだが、ホテル・キーラーゴの社員が多く来ていて、人手が足りないということはなかったらしい。

窓の外は闇《やみ》で、波の音だけが聞えてくる。

「まず小川弘樹のことですが」

報告する場所を、下村は『レナ』にしたらしい。ついでに、この店をどうするかも相談できるというわけだ。

「腰抜けですね。高岸とはだいぶ違います。美竜会のやつらも本気で相手にしてないみたいですが、ああいう男は、一時的な感情でなにかやる危険があります。社長のカレラ4にぶっつけたみたいにね。そこのところを、美竜会の誰かがうまく利用しないともかぎりません」

「狙《ねら》うとしたら、俺か？」

「立野さんでしょう」

あり得ないことではなかった。特に、立野があの土地に、建築資材などを運びこめば、相手に時間の余裕はなくなる。

「それから山西という情報屋ですが、どうも東京から進出している企業を洗ってたようですね。およそ不動産とは関係なさそうな、鉄工所ですよ。ただ、どこか深いところでは、繋《つな》がりがあるかもしれません、大河内とね」

「その調べはつかんのか？」

「調べるより、叩《たた》き出した方が確実だ、と俺は思ってます。それについて、社長の許可をいただきたいんですが」

「具体的には、誰から叩き出す」

「工場長から。技術者ではなく、営業畑から工場長として来てます。今年の四月で、定期の異動って感じですが、技術者出身の前任者は、半年で東京に呼び戻されました。営業畑の工場長が来る必然性は、なにもないですから」

「しかしな」

「俺の手は、もう汚れてますよ、社長。おまけに、交換ができるときている。気が進まないのはわかりますが、放《ほう》っておくと第二、第三の秋山さんが出ますよ」

私は煙草《たばこ》をくわえた。

やつらと同じように、手を汚す。それは避けてきたことだった。

しかし、秋山は死んだのだ。ここはもう、手を汚すことも、避けるべきではないのかもしれない。ここで決断を遅らせれば、下村が独断でやりかねない。それは、私の決断の遅れがやらせたことになる。

「よし、殺さない程度に、やれ。俺も立合うよ」

「それは、やめてください」

「おまえだけに、手を汚せとは言えん」

「いまは、言えばいいんです。もっと大きなところを見てくださいよ。俺や坂井は、社長にそうして貰《もら》いたいと思ってます。これ以上、誰かが死んでいくのを見るのは、やりきれないですからね」

私は、テーブルの灰皿で煙草を消した。窓から吹きこんでくる風は、かなり冷たい。

「いつだ？」

「今夜でも」

「すぐに、俺に報告しろ」

「わかりました」

下村は、無表情で義手の指に煙草を挟んだ。片手で、器用にマッチを擦る。

「小川弘樹の姉の婚約者が、見つかりました。前の婚約者と言った方がいいかもしれませんが」

下村の口調は、仕事の報告をするように、はじめからあまり抑揚はなかった。つまらないが、報告しなければならない。そういう感じの口調だ。実際につまらないと思っているわけではなく、無理に感情を押し殺そうとしているのだろう。一本切れると、坂井よりはるかに危険で、どこへ突っ走っていくかわからないところがある。それを自覚してもいるから、下村はふだんから皮肉屋なのだ。そうやって、ものを真正面から見るのを避けている。

「伊佐川の上流のあたりの、地主の息子ですよ。親父《おやじ》は死んでいて、母親だけです。本人はタイヤ工場に勤めていてサラリーマン気取りですが、いずれ土地を相続するでしょう」

「わかった」

「鉄工所の工場長が、そいつに接近している気配もあります。赴任した時から、よく飲んでたって話です」

「なるほど、工場長から、そっちの方も叩き出せるってわけか」

「だから」

私には絡むな、と下村は言っているのだろう。私と明子のことを、下村がどう考えているのかはわからない。

「小川弘樹の方は、俺がうまくやります。祖父の方は、長く村役場に勤めていて、余生を細々と農業で送ってるって感じです。両親は死亡してます。自分がやってる農業を、孫に継がせる気はないみたいですね」

下村が吐いた煙草の煙が、吸い出されるように闇の中に流れていった。

「それから、重原和夫《しげはらかずお》と小川弘樹の姉の婚約というのは、どうも重原の母親と、小川弘樹の祖父《じい》さんの希望が強かったみたいです。重原の母親が、熱心に頼みこんだというのが、ほんとのところみたいです」

明子という名前を、下村は頑《かたくな》に口にしようとしなかった。

「重原和夫というのか、明子の婚約者は」

「重原の方は、未練たっぷりという感じです。まだ捜してる様子もありますし」

「わかった」

これで、下村の報告は終りだろう。

私は、掛け馴《な》れた『レナ』のスツールに腰を降ろした。

「もうひとつ、頼みがあるんですが」

「言ってみろ」

「俺をやめさせていただけませんか。川中エンタープライズの社員じゃない方がいい、という気がするんです」

「やめて、なにをやる？」

「当分の間、ここを借りて、酒でも出そうかと思います。あんなコーヒー、俺には淹《い》れられないですからね」

「駄目だ」

「どっちがですか？」

「両方ともだ」

「社長、俺は」

「おまえの考えてることは、わかる。しかしおまえは、『ブラディ・ドール』のマネージャーでいろ。これについては、相談の余地はない」

「俺が、勝手にやめたら？」

「俺を裏切った、と思うよ」

「そうですか」

下村が、煙草を揉《も》み消した。一度だけ、下村は私の眼《め》を見つめ、それから顔をそらした。

義手でカウンターを軽く叩いたが、手袋をしているので、固い音はしなかった。

「わかりました」

「なにが、わかった。言ってみろ」

「俺は、川中エンタープライズをやめようなんて、考えないことにします」

「当たり前のことだぞ、下村。生きてるってことと同じように、当たり前のことだ」

「もう、わかりましたよ、社長。駄目だって言われて、俺はどこかでほっとしてます」

下村は、ピンク電話に硬貨を放りこみ、電話をした。短い電話だ。

「今夜は、『ブラディ・ドール』は坂井がちゃんと見てます」

「おまえは？」

「いま、高岸が迎えに来ます。心配しなくても、俺を街へ連れていかせるだけです。高岸の手まで、汚しませんよ」

下村が、開け放っていた窓を閉めた。

それから私と並んで、カウンターに腰を降ろす。なにも喋《しゃべ》ろうとしなかった。遠くなった波の音が、かすかに聞えてくるだけだ。

しばらくして、車のエンジン音が店の外で停止した。

「じゃ、俺は。この店の鍵、どうしましょうか？」

「俺が預かろう。ここをどうするかも、俺が決める」

「秋山さんの奥さんも、そうして欲しいような様子でしたよ」

秋山菜摘は、ホテル・キーラーゴをそのまま経営していくのだろうか。下村が出ていき、エンジン音が遠ざかると、私は考えはじめた。秋山のやり方は、よく見ていたはずだ。時には、意見も言っていた。なんの支障もなく、やっていけるはずだ。

次に私が考えはじめたのは、重原和夫のことだった。どういう男なのか。明子は重原を好きで、婚約したのか。明子が襲われたことと、重原はなにか関係があるのか。

何本か、煙草を喫《す》っていた。

私は窓を開けて煙を外へ出し、カウンターの中のダストボックスに、吸殻を放りこんだ。私や藤木や坂井がいたころの、『レナ』とは違う。朽ちかけた小屋のような建物を、秋山が建て直したのだ。

電気を切り、鍵をかけて外に出た。

フェラーリのむこうに、男がひとり立っていた。

「おまえか」

「社長が出てくるまで、ここで待てと下村さんに言われました」

「入ってくればよかったんだ」

「下村さんの命令でしたから」

「やつの命令は、絶対か?」

「そりゃ、社長の命令と食い違えば、俺も困りますが」

「だろうな」

「そんなこと、あり得ないとも思ってます」

私は、車のキーを高岸に抛《ほう》った。

「おまえが運転しろ。めしを食いに行くぞ」

はい、と言い、高岸は助手席のドアを開けた。それから、運転席に回ってエンジンをかける。

19　四号埠頭《ふとう》

高岸を連れて、小川弘樹が勤めはじめたという酒場に行った。

私の顔は勿論《もちろん》、高岸の顔を知っている店員もいる。高岸は、東京から家出してきた当初、美竜会の世話になったのだ。いまの高岸は、それをあまり気にしてはいない。

「野郎がいますよ、社長。カレラ4に、CR‐Xをぶっつけた野郎が」

小川弘樹は、四人いるボーイのひとりだった。女の子たちは十四、五人で、全員が胸のはだけた服に、短いスカートだった。

それでも、私と高岸が入っていくと、店の照明はあげられたようだ。女の子たちも、まっとうに座り直している。

「社長は、こういう店がお好みだったんで?」

支配人が、挨拶《あいさつ》に来た。美竜会は、こういう店を作っては潰《つぶ》すことをくり返している。

「どんなところでも、酒を飲ませてくれればいい」

「そりゃもう、うちで最高の酒をお出しします。なにしろ、社長が来てくださったわけだから」

支配人が、深々と頭を下げていった。

「調子のいいことをぬかしやがって」

高岸が呟《つぶや》いた。

テーブルには、すぐにコニャックが運ばれてきて、女の子たちもついた。あまり若くない。三十四、五というところだ。

「店からですわ、これ」

女の子のひとりが言った。

「筋合いじゃないな。金は払う」

「あら、支配人が」

「呼べよ」

女の子が立ちあがる前に、支配人が飛んできた。ちょっと蒼《あお》ざめている。

「俺を、やくざ扱いしないでくれ。店からボトルを貰う理由なんて、なにもないぜ」

「そりゃ、社長がいらしてくださったわけですから、うちも最高のサービスを」

「ロハでボトルをくれることが、最高のサービスなのか、この店は？」

私の声は大きく、店の中に響き渡っていた。小川弘樹は、店の隅の目立たないところで、うつむいている。

「ほかの客にも、そういうサービスをしてるんだな」

「社長だけです」

「なぜ？」

「うちとしては、それぐらいのことしかできませんので」

「俺は、おたくの店に、そんなに関係があったのかな」

「川中エンタープライズの社長で、飲食店組合の理事長でもありますし」

「理事長が、勘定も払わずに酒を飲んでいると、言われたくない」

「それは、ほかのものについては、頂戴《ちょうだい》いたしますんで」

「なんか、文句あんのか、てめえら。酒のほかに、金も欲しいってのかよ」

ボーイのひとりが、いきなり食ってかかってきた。止めようとした支配人を、弾《はじ》き飛ばしている。どこにも、血の気の多い男はいるものだ。

「おまえは？」

「ここの、ボーイだよ。てめえら、うちの店のなにが気に食わねえってんだ」

「ここに、店があることが、気に食わんね」

「叩き出されてえんだな、二人とも」

男が詰め寄ってきた。周囲にいた客や女の子たちは、みんな立ちあがって、壁のそばに避難している。ゆっくりと、高岸が立ちあがった。小川弘樹は、客や女の子たちに紛れて、相変らず店の隅だ。

「ノッポのガキが。俺とやろうってのか」

「社長は、ただの酒は飲めない、とおっしゃってるだけだよ」

「じゃ、金を取ってやらあ。十万だ。十万円。すぐに払え」

「高すぎるよ」

「勘定に文句があるってのか」

「あるね。おまえの態度にも、文句がある。それが、客に対する態度かい」

ボーイが高岸に飛びかかるのと、高岸の足が舞いあがるのが、ほとんど同時だった。ボーイの躰《からだ》が、横に飛んでいた。私のところからはよく見えなかったが、回し蹴りが、きれいに首筋に入ったようだ。横に飛んだボーイは、ブースの椅子《いす》に凭《もた》れたような恰好《かっこう》で、白眼をむいている。

「もういい。やめろ、高岸」

「口ほどもねえやつだ。社長に対する礼儀ぐらい、ちゃんと習っておけよ」

高岸は、科白《せりふ》まで決めていた。私は、小川弘樹の方を見ていた。やはり、出てこようという気配はない。ほかの二人のボーイが、高岸に飛びかかった。肘《ひじ》と正拳《せいけん》をうまく使って、高岸は二人とも尻餅《しりもち》をつかせた。

「次は甘くないぞ、急所に行くからな」

小川弘樹は、出てこない。

私は腰をあげた。小川弘樹をずっと見ていたが、私が店を出るまで、一度も顔をあげようとしなかった。

「社長、いまの、俺のテストだったんですか？」

「テスト？」

「俺、社長のボディガード、できますよ」

「テストか。それはいいな」

私が笑うと、高岸も笑った。

店に戻ったのは、十時半を回ったころだ。二軒ばかり、入ったことのない店で飲んでみたのだ。二軒ともまともな店で、私は知らなくても、むこうは私の顔を知っていた。

カウンターに腰を降ろす。

坂井が、黙ってワイルド・ターキーのストレートを出した。

沢村明敏が、ピアノをやっている。陽気な曲ばかりだった。二十分ほど演奏を続けると、
沢村はカウンターに寄らず、そのまま奥に消えていった。

「飲んでますね」

「酔ってはいない」

「高岸、下村に焼きを入れられますよ。社長と一緒に、美竜会の店で暴れるなんて」

「俺が連れていった。しかし、もう噂《うわさ》が流れてるのか?」

「社長が引き揚げた、五分後には」

「なるほどね」

「酔っ払いのすることじゃないですか」

「おまえに、説教されるのか」

「そんなつもりはありませんが」

私は、ワイルド・ターキーを自分で注ぎ、煙草にも自分で火をつけた。

坂井が、コードレスホーンを差し出してきたのは、十一時ごろだ。

「下村からです」

頷《うなず》いて、私は電話をとった。

「四号埠頭《ふとう》の倉庫です」

「それで」

「吐きましたよ。それほどのことじゃありませんでした」

「俺は、いまからそこへ行く」

「必要ないと思いますが。報告しろと言われたので、俺は報告してるだけです」

「待ってろ」

私は腰をあげた。

高岸からフェラーリのキーをとりあげ、自分で運転して港まで行った。

「尾行《つけ》られてないでしょうね」

コンテナの陰から出てきた下村が、呟くように言った。

「大丈夫だ。それは気をつけてきた」

「しかし、フェラーリだからな」

「その方がいいのさ、いまはな」

「まあ、そうとも言えますが、倉庫の中ですよ。見ますか?」

「ああ」

四号埠頭に、船は一隻もいなかった。倉庫の外壁につけられた電球が、ぼんやりと錆《さ》びた繋船柱《ビット》を照らし出しているだけだ。

「飲んでますね、社長」

「飲まずに待て、というつもりか、下村?」

「まあ、お好きなように。少々の酒で酔っ払う人でもないし」

下村に続いて、私は倉庫に入った。

セメントの袋が積みあげられた倉庫だ。

男がひとり、ガムテープで眼を塞《ふさ》がれて転がっていた。手首には手錠がかけられている。

それは全部、下村が持った懐中電灯が照らし出したものだった。

「清田賢一《きよたけんいち》。四十八歳。M鉄工所の工場長で、取締役も兼ねてます」

「重原和夫と、明子の関係は訊《き》き出したか？」

「山西をどうしたかってことと、土地の買収にどう関係してるかってことだけですよ。重原のことは、ほかで調べた方がいいんじゃありませんか？」

「せっかくだ。全部訊き出せ」

「いいんですか？」

「俺に遠慮してるのか、おまえは？」

「いやな答えが、出てきそうだったんで」

下村が、懐中電灯の明りを絞った。照度を調節できる仕組みらしい。

「清田、もうひとつだよ。まだ、喋れるな」

清田が、かすかに身動《みじろ》ぎをした。

「重原和夫に、なぜ近づいた？」

下村の右手が、清田の首を絞めあげた。清田が、手錠を引きちぎるような勢いで、暴れはじめる。苦しいというより、恐怖に駆られたような暴れ方だ。

「言えよ。言った方がいいぞ」

「土地を」

「重原が、土地を持ってるのか？」

「重原家の土地を、あいつが継ぐ」

「それで、近づいたのか？」

「私に売らせようとしたが、おふくろが許さなかった。重原は、売る気になったのに」

「小川明子を、どう使った？」

「いろいろ、脅そうとしてみた。信用しないんで、部屋で捕まえた」

「それから？」

「二人で乱暴したらしい。ビール瓶なんかを使って。それを重原に見せたが、土地の権利証は持ってこなかった。おふくろが、銀行の貸金庫に預けてるんだ」

「それで？」

「刃物で、ひどいことをしたらしい」

「おまえが、雇ったやつらだな？」

「それをやったのは、三人のうちの二人だ。二人は、そんなことが好きなんだ。人の躰を切り刻んだりするのが。もうひとりは、血が嫌いだ」

清田が、大きく息をついた。下村の手が、また清田の首を絞めた。

「やめてくれ」

「じゃ、さっきのやつの方がいいかな？」

「いやだ、やめてくれ。助けてくれ」

「川中良一《りよういち》を襲ったのは？」

「その三人だ。川中は第一の障害ということになっていた。だから、機会があれば殺そうと思っていた。三人は、簡単に殺せると言ったよ。殺せずに、戻ってきたが」

「小川明子を、そのあとどうした？」

「重原は、まだ小川明子を好きだ。だから、こっちの手に入れておこうと思った。それで人をやったが、逃げられた」

「重原は、どうしてる？」

「タイヤ工場の、総務課にいる」

「おまえと三人の関係を、重原は知らないんだな？」

「だから、小川明子について、私に相談に来る。重原の気持は、私が訊き出した。おふくろに逆らえない男だ。そしておふくろは、土地を売る気がない。それをなんとかするために、重原を動かす。その方針は、まだ変ってない」

「おまえは、どことどこの土地を買おうとした？」

「伊佐川上流の重原家の山林を中心にした土地だ」

「ほかには？」

「私が買わなければならなかったのは、そこだけだ。あと、駅の裏の土地と、岬の土地はほかの者が買うことになっている。まだ、なにもはじめていないが」

下村が、清田の腹に、左の義手を叩きこんだ。清田は低い呻《うめ》きをあげ、それから全身を痙攣《けいれん》させた。

「さっき喋ったことと、同じです」

「わかった」

「外に出ましょうか。こいつ、しばらく眼を醒《さま》しませんよ」

私は外に出た。ちょっと遅れて、下村も出てきた。

「秋山さんを殺《や》ったの、違う筋みたいです。買収話を撒《ま》き散らしてるのも、違うところですね。清田は、伊佐川の上流の土地を手に入れるのが役目だったみたいです」

「山西は、どうして殺された？」

「何度も、探りを入れてきたらしいです。忍びこんだりとかね。血の好きな二人が、切り刻んで川に捨てたそうですよ。全身が血まみれになっても、まだ死んでなかった、と清田は言ってました。屍体《したい》はきれいだったって話だから、川の水が血を洗い流したんでしょう。

重原和夫との関係は、社長が聞いた通りです。ほかに、なにか？」

「いや、もういい」

「じゃ、俺はもうひとつあいつを締めあげて、喋ったことも忘れるようにしてきます。社長は、さきに帰ってください」

「待ってよう」

「いやな思いは、ひとりで充分なのに」

「いや、俺は待ってる」

なにも言わず、下村は倉庫に入っていった。私は、明りの下に立って、自分の手を見ていた。五分ほどして、倉庫の中からいやな叫びがあがった。

下村は、表情も変えずに出てきた。

「言うのを忘れてましたが、清田の上との繋がりは、わかりません。なにかあると感じてはいるようですが、本社の命令に従ってるだけみたいです」

「どういう方法を使ったんだ、下村？」

「それを、訊くんですか？」

「関心はある」

「いろいろと、聞いたことがあることを、試してみたんです。人間は、躰より心の方が脆《もろ》い、と俺は思いました」

「とにかく、清田の躰に、傷らしい傷はありません。一、二時間したら、眼を醒してひとりで出ていくでしょう。躰はなんともありませんが、心はズタズタのままでね」

「人によりけりさ」

「後悔しているか？」

「もう、こういう段階だ、と俺は思いますよ、社長。いままでのやり方とは、スケールが違います。こっちもそのつもりでかからなけりゃ、秋山さんの二の舞いが次々に出てくる」

「帰ろうか」

「社長は、自分の家に帰るんでしょう？」

「ああ」

「俺は、しばらくどこかで飲みます。赤提灯《あかちょうちん》で、坂井と会うことになってますから」

「わかった」

私はフェラーリに戻り、ドアを開けた。

「小川弘樹の姉のこと、あまり気にすることじゃないと思います。躰は、ドクが治したんだし」

「ありがとうよ」

私はフェラーリのエンジンをかけ、二度切り返して、海沿いの道に出た。

すぐに帰る気にはならなかった。一時間ほど走り回り、ようやくマンションの地下駐車場に車を入れた。

ドアを開ける。

明子はリビングにいた。私の顔を見て、笑みを投げかけてくる。

「パンフレットのレイアウトが、やっとできあがったわ。見てもらおうと思って、ずっと待ってたの」

「わかったよ。その前に、シャワーを使わせてくれ」

私は上着を脱いだ。ハンガーを持った明子が、私の上着を受け取った。

20 人間

坂井が私を迎えに来たのは、十一日の朝だった。

坂井はバイクを置き、フェラーリの運転席に乗りこんだ。シートポジションが違っているらしく、二、三度前後に動かして調整してから、エンジンをかける。

暖機している間、私は坂井から渡されたメモの束を読んでいた。買収を申しこまれた地主が書きこんである。私と秋山の調査から洩《も》れているものも、いくつかあった。

「名前のところに、丸印がつけてあるでしょう。それは、場合によっては売ってもいいという態度をとってる地主です。全体の五分の一というところで、そこだけ実際に買収がはじまる可能性もありますね」

水温があがってきたのか、ようやく坂井は車を出した。

「そうなると？」

「社長がむきになって、対抗しはじめる。しかし、資金はむこうの方が遥《はる》かに豊富です。社長は、なにが大事かも知らずに、金を使い果たしてしまう」

「その時、岬の土地を買うか」

「そういうことでしょうね。ただ、いまから岬の土地をこっちで押さえるというのは、かなり難しいと思うんですよ」

「押さえてある」

「えっ」

「秋山が、自分が眼をつけた土地を買うと言ってた。それで相手の出方を見るとな。その時、俺は俺で、地図と睨《にら》めっこをして、眼をつけた土地を押さえた。安いものだった」

「そうですか。あの土地を、連中はことさら無視してます。あそこを狙ってると思われたくないんでしょう。だから、調査さえしていない」

「先手は、取れているな。駅裏の、立野の二千坪も、偶然とはいえ押さえた」

「伊佐川の上流の土地も、中心になる地主の重原家が、絶対に手放さないでしょうし、買収担当の清田はあの様子だし」

「あの様子というのは？」

「工場に出てきてないそうですよ。家に籠りっきりというところでね。神経科で治療を受けて三か月かかるだろう、と下村は言ってました。あいつ、ちょっとプロっぽくなりすぎましたね」

「よせ。そうなっているとしたら、俺がしてしまったことだ」

「そうですね」

「ところで坂井、どこへ行く気だ？」

私は煙草に火をつけた。車は、海沿いの道をホテル・キーラーゴの方にむかっている。

「熱海《あたみ》です」

「誰が、そこにいる？」

「買収話の指揮をとってるやつのひとりが。二人指揮しているやつがいましてね。熱海に腰を据えてるのは、大阪から来た不動産屋ですよ。遠山先生が、思わせぶりな話で引きのばしてくれましたのでね。そこまで突きとめられました」

「で、どうする気だ？」

「締めあげようと思いましてね。俺は下村みたいに、自分ひとりの手を汚してなんて考えませんよ。社長の手にも、たっぷり血をつけてやろうと思ってます」

「締めあげるのはいいが、それでなにを訊き出すかだ」

「それを、熱海までに考えてくださいよ」

ホテル・キーラーゴを過ぎた。しばらくして、沖田蒲生記念病院も過ぎた。

「東京の不動産屋というのは？」

「東京にいて、兵隊だけ送ってきてます。いまのところ、大河内との明確な関係は出てきてません。宇野さんの調査は、大河内のスキャンダルを洗い出す、という方に重点が置かれてましてね」

坂井は、危なげもなく、海沿いのワインディングのコーナーをクリアしていった。スピードはかなり出ている。

「ところで、さっきの話ですが。秋山さんが眼をつけた土地を買う。社長も買った、というやつです」

「確かめてない」

「生前に買った土地がある、と奥さんが言ってました。なんのための土地かわからない、と首を傾《かし》げていましたね」

「それだな。どこなんだ？」

「峠《とうげ》から海側の、雑木林と蜜柑畠《みかんばたけ》なんです。およそ一万坪。そこは売りに出ていたのに、連中は手をつけていなかった。安いもんだったでしょう」

「伊佐川の上流と、それほど離れちゃいないな」

第一ランクのほかに、第二ランクもあるに違いない、と山西は言っていた。そこが第二ランクの土地のひとつであることは、充分考えられる。第二ランク、第三ランクというところまで、こちらで押さえることが可能なのか。それとも、第一ランクの土地を押さえることができなければ、大河内の計画の意味は半減してしまうのか。そもそも、大河内は、なにをやろうとしているのか。

バイクが一台、路肩にいた。坂井はそこで車を停《と》め、ひと言ふた言なにか言った。バイクが走り去っていく。

「おまえの暴走族は、増えるばかりだな、坂井」

「みんな、もう卒業してます。卒業して、俺のとこに集まってくるんですよ。俺は下村と違って、集まってくる連中を突き放せませんでね」

下村が坂井を羨《うらや》ましいと思い、坂井も下村を羨ましいと思っていることは、はたで見ていてよくわかった。そして、二人とも、少しずつだが大きくなってきた。気がついたら、私は二人に越えられているかもしれない。

「熱海での手筈《てはず》は、すべて整っています」

「まったく、おまえの抱えてる連中は役に立つよ。大騒ぎの時は、大抵先頭に立っているしな」

「昔、暴れたってことを、忘れられないんですよ」

「そんなもんかもしれんな」

私は腕を組み、眼を閉じた。

私がこれから会おうとしているのは、岬の土地を狙っている連中だ。伊佐川の上流を担当していたのが清田だということはわかっているので、あとは駅裏の土地を誰が押さえようとしているかだった。それは、秋山を殺した犯人でもある。

「しかし、社長が岬の土地を押さえちまったとはね。大河内の吠《ほ》え面《づら》が見たいもんですよ」

「それも、いまの相場より、二割まけさせたぞ」

「大儲《おおもう》けできますよ。それをやつらに売りつけりゃ、どれだけの金になるかわからない」

「儲けて、フロリダにでも行くか。こんな国とはおさらばしてな」

「いいな。俺、カリブ海には一度行ってみたいと思ってたんです。性能のいいパワーボート買って、それから小さな島に、俺たちだけの場所を作って」

「おまえを連れていく、とは言ってない」

「俺は、この街で『ブラディ・ドール』をやるんですか?」

「もう沢山だ、と言いたそうだな」

「正直なところ、そうです」

声をあげて、坂井が笑った。坂井も、私が『ブラディ・ドール』をはじめたころの年齢を、すでに超えている。

「俺は寝るぞ。熱海に着いたら起こせ」

私も坂井も、N市を離れられるとは思っていなかった。それでも、一応喋ってはみる。少年の夢のようなものだ。

坂井に起こされた。

眠ってはいなかった。眼を閉じていただけだ。熱海の、丘陵の方を車は走っている。先導するように、バイクが一台前を走っていた。ヘルメットの赤い色が、光を照り返して別のもののように見えた。

「香取《かとり》はいまゴルフでしてね」

香取というのが、不動産屋の名前らしい。坂井の話は、このところそんな傾向が出てきていた。名前など、直前に伝えればいいという感じだ。

「緊急の電話が入るんですよ。それで、やつはひとりでゴルフを切りあげるはずです」

「ふうん」

「もう切りあげて、この道路を下ってくるころじゃないかと思いますよ」

バイクが、シフトダウンの音を響かせて、走り去っていった。

しばらくして、黒いメルセデスがやってくるのが見えた。運転者ひとりだけだ。

「あれです。いま停めますので。うちの連中の仕事は停めるところまでで、むこうの車に俺が乗りこみます。社長は、俺の後ろから付いてきてください」

坂井が、フェラーリを尻から脇道《わきみち》に突っこんで言った。

四台ほどのバイクがまとわりついて、メルセデスを停めたようだった。しばらくして、坂井が運転するメルセデスが私の前を通りすぎていった。私はゆっくりとフェラーリを道路に出した。ミラーの中で、バイクの姿が遠ざかっていく。

途中から、林道のような山道に入った。方向としては、海から離れていくようだ。

雑木林の中を三十分ほど走ったところで、メルセデスが停った。古い別荘らしい建物が、あった。

私は車を降りて、メルセデスのそばに立った。香取は、でっぷりと肥《ふと》った初老の男で、後手に手錠をかけられ、シートベルトで座席に固定されていた。

「締め甲斐《がい》がありそうな男でしょう」

言いながら、坂井がシートベルトをはずした。香取の顔がひどく肥って見えるのは、口にハンカチかなにかを詰めこまれているからだ、と私は気づいた。

坂井が、香取の襟首を摑《つか》んで車から引き摺《ず》り出した。

建物の鍵を、坂井は持っていた。香取は、従順に連れられていく。坂井が、肘の関節を決めているようだ。

一番奥の部屋だった。雨戸が閉められていて、隙間《すきま》からかすかな光が射《さ》しこんでいるだけだ。闇に眼が馴れるまで、私は部屋の入口に立っていた。

「やってくれるじゃねえか。おまえが川中だな」

口の中のハンカチを坂井が引き抜いたらしく、香取が低い濁声《だみごえ》で言った。声には凄味《すごみ》があるが、どこか無理に作っている感じもあった。

「その若造じゃなくて、俺の方が川中だよ」

私が言うと、香取の眼が闇の中で光った。

「こういうことは、あまり好きになれないタイプでね。どうしてなのか、いま考えていた。多分、徹底的にやってしまうからだな。それが、いやな記憶としていつまでも残る。それを避けていたんだと思う」

「もう、避ける気はない、というんだな？」

「これから、よくわかる」

部屋に踏みこもうとした私を、坂井が止めた。私は、坂井を押しのけようとした。

「雑魚《ざこ》には雑魚が」

「おまえは、自分が雑魚だというのか、坂井？」

「社長には、そう言ってみたいです」

「同じ池で泳いでる魚だ。俺はおまえにそう言いたいね」

「どんな池にも、主《ぬし》ってのがいるじゃないですか」

「俺を、お化け鯰《なまず》にするなよ、坂井」

香取が、身動《みじろ》ぎをし、唾《つば》を吐いたようだ。

「てめえら、つまらん話をしてないで、殺すならさっさと殺せ。言っとくが川中、おまえみたいなチンピラが、N市ででかい顔をしてるのが間違ってるんだ。俺を殺したって、チンピラは長生きはできねえぞ」

坂井の躰が、跳躍した。風を切る音がした。香取が叫び声をあげたのは、しばらく経《た》ってからだ。坂井の手に、鈍く光るものがある。かなりの長さの匕首《あいくち》だった。

香取の息遣いが荒くなった。

「殺す気なのか、坂井?」

「こいつの態度次第ですね。太い動脈を切ったりはしません。ただ、全身から出血すりゃ、時間とともに弱って、死ぬでしょう。まあ、一時間、と俺は見てますが」

香取が、また身動ぎをした。坂井の匕首が、闇の中で二度、三度と舞った。服を切り裂く音。香取の呻き。一度大きな息をついた坂井が、また匕首を振った。血が飛ぶのが、闇の中でもはっきりわかった。はじめは上着やシャツを切り裂き、それから躰を切る。そうしようとしていることも、香取にはわかっていないようだ。坂井が、息をつめる。低い気合とともに、香取の躰を切りつける。四度ほどそれをくり返した時、香取は喘《あえ》ぎはじめていた。

「もうよせ、死ぬぞ」

「まだ、太い血管は切っちゃいません。これから三か所ばかり、太い血管のそばを切ってみます」

香取が、身動ぎをした。坂井の匕首。叫び声。尿の匂《にお》いが部屋にたちこめた。坂井は、三度匕首を振り、香取の上着の袖《そで》で刃の血を拭《ぬぐ》うと、鞘《さや》に収めた。

「ひどいな、この傷は」

「いや、太い血管は切らずに済みました。やっぱり、一時間かけて死んでいきますね」

「この出血だと、そんなもんか」

「まあ血が多そうだから、十分か二十分、オーバーするかもしれませんが。一度に大量の出血だと、ショックを起こしますがね。こいつはショックを起こすこともなく、自分が死に近づいていくのを明瞭《めいりょう》に認識しながら、死んでいくってわけです」

「残酷な話だ」

「意識は最後までしっかりしてますからね。救急車を呼んでほしければ、そう言うでしょう。ただ呼んでくれと言うだけじゃ、聞く耳は持ちませんが」

坂井が、煙草をくわえ、ジッポで火をつけた。赤く染まった香取のシャツが、束《つか》の間《ま》闇に浮かびあがった。

「助けてくれ」

喘ぐような声だ。最初の濁声の迫力はどこにもない。

「救急車を呼んでくれ」

香取が身動ぎをした。

私も坂井も、もう喋らなかった。闇に眼は馴れていたが、香取の姿はぼんやりとしか見えない。荒い呼吸だけが、闇の中で波のように寄せては返している。

坂井が煙草を喫《す》い終えると、次には私がくわえた。私が喫い終えるまで、やはり部屋には香取の荒い呼吸があるだけだった。時折、煙草の燃える、チリチリという音がする。

私が煙草を消すと、坂井が香取のそばに屈《かが》みこんだ。脈を取っているようだ。

「呼吸が荒いし、脈はかなり速くなってます。全身に血を送ろうと、心臓は懸命に動いてるのに、血が足りなくなってきたというところですね」

医者のような坂井のもの言いが滑稽《こっけい》で、私は口もとだけで笑った。

「助けてくれ」

「そりゃ、助けないわけじゃないが、喋ることは全部喋ってくれなきゃな」

「なにを？」

「あんたが、最終的に買いたいと思ってる土地は？」

「遠山という画家が、所有している蜜柑畠だ。ほかにも、似たような畠が二か所」

坂井が、抜き打ちざまに、匕首を横に払った。香取の額から、血が噴き出すのが、はっきりと見えた。血はすぐに眼に流れこんだようだ。香取は喚《わめ》き声をあげ、転げ回った。後手にかけられた手錠が、闇の中でなにか別のもののように鈍い光を放った。

「暴れたきゃ、暴れろよ。死にむかって、突っ走っていくようなもんだけどね」

香取の耳もとで、坂井が言う。

「そうやって暴れると、血圧があがって、出血が激しくなる。早く楽になりたいんなら、悪い方法じゃない」

「待ってくれ」

「あんたの傷は、なにも待ちはしないさ。流せるだけの血を流す。それだけだ。そろそろ、視界が暗くなったりしてるんじゃないのかい。もしそうなら、死ぬまでに三十分とかからないよ」

「頼む。助けてくれ」

「ほんとのことを言うんだね」

「岬だ。ビーチハウスのある岬の土地を、買えと言われてる」

「誰に？」

「真田《さなだ》栄一郎《えいいちろう》」

知っているか、というように坂井がちょっと私に眼をくれた。時々新聞などに顔を出している経営評論家だが、生臭い噂もある。政界とのパイプが太く、評論家としては片寄りすぎていると言われていた。それはそれで使い道があるらしく、消えてしまうことはない。

「なぜ、真田が岬の土地を買えと言った？」

「理由は、知らない」

「あんたはなぜ、その話に乗った？」

「一年後に、三倍になると言われたからだ」

こういう状態になっても、香取はなにかを隠そうとしている。土地の有利な投機が目的なら、すぐにでも岬の土地を押さえたはずだ。事実、簡単に私は押さえることができた。それを、N市周辺の土地の買収で、岬から眼をそらさせようとしてきた。

「行こう、坂井。こいつの太い血管を、一本ぶった切っておけ。五分もせずに、くたばるだろう」

私は、煙草に火をつけながら言った。

「もう、訊き出すことはないんですか？」

「無駄だ。俺が訊きたいのはほんとのことで、こいつはそれを隠してる」

「そうなんですか？」

「こいつは、いろんな情報を持ってN市にやってきた。ほかの連中とも連繋《れんけい》している。慎重すぎるほど慎重に、N市での仕事にとりかかった。それにはすべて、理由があるはずだ。

そこのところを、喋ろうとしてない」

「なるほど。じゃ、首の血管でもぶった切りますか?」

「いや、腕ぐらいにしておけ。その方が、苦しんで死ぬ」

「わかりました」

坂井の躰を、殺気に似た気配が包んだ。流れる血が眼に入ってなにも見えない香取にも、その気配ははっきり感じられたはずだ。闇の中で、香取の全身が硬直するのがわかった。

「待ってくれ」

「待てないね。社長はもう、あんたに訊くことは、なにもないそうだ」

「あの土地は、一年後に、K商事が買ってくれることになっている」

「ほう」

私は、香取のそばにしゃがみこんだ。真田栄一郎からK商事。少しずつ、どこかに繋がっていく、という感じはある。

「なぜ、K商事が岬の土地を買ってくれるのかね、香取さん?」

「それは、知らない。ほんとだ。ただ、この仕事を引受けることで、うちはK商事に別な面で儲けさせて貰ってる。関西の、土地の売買でだ」

「俺の眼をくらます、という作戦は、誰が立てたんだね?」

私が喋っている間、坂井は全身から殺気を発しながら、そばに立っていた。

「美竜会。それから、村尾有祐《むらおゆうすけ》」

「元知事が、俺ごときの眼をくらますために、出てきただと？」

「村尾邸に呼ばれて、いろいろ指示をされた。N市じゃ、一坪の土地の動きもあんたに筒抜けだという話だった」

　買い被《かぶ》られたものだが、トラブルの原因になりそうな土地の動きに対しては、確かにアンテナは張ってある。キドニーのアンテナもあり、秋山のアンテナもあった。それを全部合わせれば、大袈裟《おおげさ》な言い方ではないかもしれない。

　村尾有祐は、二期前の知事で、保守党から出ていた。二度も選挙に敗れ、県の政界からは引退したと見られている。

「村尾の指示を受けながら、あんたは動いていたんだな」

「そうだ。もういいだろう。全部喋った。助けてくれ」

「土地は、岬のものだけが、狙われているのか？」

「ほかにも、二か所あるそうだ。それについちゃ、詳しく聞いちゃいない」

「M鉄工所とは、どういう関係だ？」

「M鉄工所？」

　知らないようだった。訊き出すことは、ほとんどなくなった。

「秋山を殺したのは？」

「知らないが、美竜会かもしれない」

「違うな」

「村尾有祐だ、と考えたことはある」

「駅裏の土地は、村尾が買うことになっていたのかね」

「多分。誰かを代理に立てるとしても。それより、息が苦しくなってきた。もう、全部喋ったんだ。頼む。救急車を呼んでくれ」

私は煙草を消し、腰をあげた。坂井を見てちょっと頷く。

坂井が、雨戸を開け放った。部屋の中に光が溢《あふ》れた。私は、しばらく眼を閉じていた。徐々に、光に眼が馴れてくる。坂井が、畳に落ちていたハンカチで、香取の眼のあたりを乱暴に拭い、腰の後ろの手錠をはずした。

香取が、仰むけに倒れる。

「大袈裟な倒れ方をするなよ、おい。おまえの傷は全部浅くて、もう血は止まりかけてる。出血したのも、せいぜい牛乳瓶一本ってとこさ」

脱いでいた革ジャンパーをひっかけながら、坂井が言った。

「警察へ行くのもよし。尻尾《しっぽ》を巻いてどこかへ逃げこむのもよし。救急車なんてなくても、おまえは自分で運転できる」

香取が、自分の躰の傷を見回していた。

藤木が、よくこれをやった。闇の中で切られれば、切られた方はどれほどの傷かも確認できず、痛みと出血だけを感じる。人間はそれを大袈裟に考えてしまうのだ。切りつける方に殺気があれば、なおさらだった。

「俺たち、人間じゃなくなってきましたね」

香取を残したまま外に出ると、坂井が呟くように言った。私がくわえた煙草に、ジッポの火を出してくる。

「人間だとか、人間的な方法だとか、俺は気取るのはやめようと思う、坂井」

「俺も、そう思ってます」

「藤木は、気取らなくても、人間だった。男だった。気取らないからこそ、俺たちより人間的だったのかもしれないんだ。だから、早く死んだ」

掌《て》の中でジッポをいじっていた坂井が、フェラーリのドアを開けた。

21　真珠の女

いつもとまったく変りなく、坂井はシェイクしたドライ・マティニーを私の前に置いた。

私はそれを、ふた口で飲み干した。下村が店の中を歩き回っている。ゴミひとつ落ちていないし、テーブルの位置も一センチとずれているところはない。

この店がこんなふうになったのは、藤木がマネージャーをやりはじめてからだ。沢村が出てきて、軽い曲をやりはじめた。私はここに腰を降ろしてドライ・マティニーを飲《や》りながら、沢村のピアノを何度も聴いた。客がいないこの時間の演奏が、私のためだったと思ったことはない。沢村は沢村で、いつも違うもののために弾いている。それを、私も坂井も下村も、時々自分のためだと思ったりするだけなのだ。

「ほんとに、いい音を出してくれるようになったよ、川中さん」

沢村が、そばへ来て言った。

「どこが変ってるか、俺にはわかりませんね。先生のピアノは、いつもよかった」

「弾いている私が感じていることだとしても、それはそれでいい。ピアニストとして、いいピアノに出会った。それは、なんとなく幸福な気分なんだよ」

「女、みたいなもんですかね」

カウンターの中から、坂井がいきなり言った。ほとんど、こういう会話には口を挟んだりしない男だ。

「先生が、あのピアノの前に最初に座った時から、俺はずっと見てますがね。まるで女のように、先生はピアノを扱ってきたと思いますよ。そして、その女が先生に惚《ほ》れたって」

「光栄だな、それは」

「俺は、音楽がなにかもわかっちゃいませんが、難しい男と女を、ずっと見てるような気分でしたよ。一曲か二曲で先生がやめちまう時は、女の方の機嫌がよくないとか、先生が臍《へそ》を曲げてるとか、お互いに意地を張り合ってるとか、そんなふうに思ったもんです」

「考えてみれば、君はいつもそこにいて、私の演奏を全部聴いてたんだな」

「だから、時には俺もこれを」

坂井が、素早くソルティ・ドッグを作った。沢村にソルティ・ドッグを奢《おご》る資格が、自分にもある、というわけなのだろう。ほほえんで、沢村はそれを受けた。

遠山が入ってきた。明子を連れている。

「絵が、完成してね。あまり外に出ないのもよくないと思ったんで、私が無理に連れ出してきた。これからホテル・キーラーゴのレストランで、いいワインを愉《たの》しみながらの食事にしようと思ってね」

明子は、ちょっとうつむいて、居心地が悪そうな表情をしていた。服や身の回りのものを、何度か買いに出ただけで、二週間ほど私の部屋に居続けているのだ。

「ここへ来るのを、明子さんはいやがったが、川中さんを誘えるところは、ここしか思いつかなかったんでね」

「俺は、抜けたいですね」

「秋山さんのホテルに行くと、奥さんと顔を合わせる。そう思ってるんだろう。今日は絵が完成した日だ。逃げるのは、私が許さんよ。テーブルも、四人分の予約が入れてある」

「四人？」

「安見くんが、一緒に食事をしたいんだそうだ。行かないと、あとでもっと引っ張り回されるよ、川中さん」

私は苦笑した。秋山の葬儀の夜から、私は安見にも菜摘にも会っていなかった。どこかに、顔を合わせたくないという気持があったのかもしれない。かけるべき言葉など、なにもありはしないのだ。

「わかりましたよ。行きましょう」

「七時半に、予約してある。私はその前に、ちょっと寄るところがあるんでね」

遠山が先に出、五分ほどしてから、私は明子を連れて店を出た。

フェラーリのエンジンはかかっていて、高岸は助手席の方のドアを開けて待っていた。

「ホテル・キーラーゴだ。付いてくることはないぞ」

「下村さんに、言われてはいませんので」

「坂井も下村も、このところ油断ができないからな。ホテル・キーラーゴから、直接帰宅する」

言って、私は運転席に乗りこんだ。

「どんな絵だ？」

車を、通りに出した。

「あたしも、よく見てないの。遠山先生、よく見せてはくれなかったわ」

私が襲われて寝こんでから、遠山は画材を車に積んで私のところに通ってきていた。午後の決まった時間で、その時の光の状態がいいらしい。明子が使っている部屋に籠りっきりで、どんな絵なのか私は一度も見ていない。

「大体わかるだろう、どんな絵か」

「上半身。座ってる。それぐらいね」

「モナ・リザってとこか」

「描《か》いてる間の遠山先生って、怕《こわ》かった。別に怒ったりはしないんだけど、怕かったわ。そんなものだろうとは思うけど」

私は煙草に火をつけた。もう陽《ひ》は落ち、海沿いの道には車のライトがあるだけだ。

「礼を言うのを、忘れてたな」

「なに？」

「部屋が、きれいになってる。家政婦の掃除だけじゃなさそうだ」

「ほんとは、神経質な人ね。書斎を見てると、なんとなくわかるわ。あなたが、スタンドについた埃《ほこり》とか、電球についた埃を気にして、雑巾かなにかで拭《ふ》いている姿を想像すると、ちょっとおかしいけど。あたし、余計なことをしたのかしら？」

「いや」

「部屋のお掃除って、ほんとは迷惑かもしれないのよね」

「家政婦に任せてるんだぜ」

煙草の煙を抜くために、私はウインドーグラスをほんのちょっと降ろした。フェラーリは、どうも煙草の煙が籠る傾向があるようだ。

ホテル・キーラーゴ。

約束の時間に、まだ三十分はあった。

「お二人だけで。これはなかなか意味深長《いみしんちょう》なものがあるわ」

ラウンジに腰を降ろしていると、安見がやってきて言った。

「なんだ。会ったことがあるのか」

「一度。おじさまのところへ行ったら、明子さんだけがいらっして。お昼ごはんを、ごちそうになっちゃった」

「ママのそばにいてやれよ」

「ママも、そう考えてるみたいなの。でも仕事は待ってくれないし。こんな時は、暇なおじさまのところが一番だって思って」

安見は、淡いブルーのスーツを着ていた。とても高校生とは思えない。いつからこんなに大人っぽくなったのか、という表情もしていた。

「びっくりしたな、最初。お手伝いさん以外の女の人と、あそこで会うなんて思ってないもの。あたし、自分が自分で気がついている以上に意地が悪いって、あの時はじめてわかったわ」

安見が言うと、明子が低い笑い声を洩らした。明子と並ぶ恰好で安見が腰を降ろし、気取った仕草で脚を組んだ。躰は、明子よりも大きいほどだ。

「川中の娘です、と思わず言っちゃったの。いま思い返してみると、びっくりさせようなんて気持じゃなく、対抗心ね、あれは。ほんとに、意地が悪いと思う」

「それで、どうした？」

明子にむかって、私は言った。明子は、ただ笑っているだけだ。

「どうぞって言われたわ。それから紅茶をいただいて。おじさま、明子さんが紅茶に詳しいって知ってて？」

「初耳だ」

「いつも、コーヒーかお酒をガブ飲みするだけだものね。あの紅茶なら、コーヒーと一緒に『レナ』のメニューに並べてもいいと思ったわ、あたし。それで、つい対抗心を忘れてしまったってわけ」

「紅茶じゃなく、ハンバーガーかフライドチキンをあてがわれてそうなったなら、いかにもおまえらしいがな」

「それからは、大変よ。結婚する気があるのかとか、おじさまの子供を産む気があるのかとか、そんな探りばかりを入れはじめたの。露骨に言ってしまうと、品定めって心境ね。なかなか眼が高いじゃないって、おじさまを見直したわ」

明子は、口もとに笑みを浮かべているだけだった。

ボーイが、安見を呼びに来た。

「新社長のお呼びだわ」

立ちあがり、安見が言う。いつものリーボックではなく、ハイヒールを履いていることに私は気づいた。

「もっと暗かったわ」

安見がいなくなると、明子が低い声で言った。

「川中の娘です、と安見ちゃんが言った時、もっと暗かった。秋山さんという方の娘さんだということも、すぐにわかった」

「相手にするのが切なすぎる、というところが俺にはあってな」

「三時間も、喋っていったわ。安見ちゃん、ほんとうの御両親は亡くなってしまった、という恰好なのね。いまのお母さまとは、とてもいいらしいけど。あたしも、両親を事故で一度に亡くしたわ」

「もういい。今夜は絵を見に来たんだ」

かすかに、明子が頷いた。

遠山がやってきたのは、それから五分後ぐらいだった。ボーイ二人に、布で包んだ絵を持たせている。菜摘と安見も一緒にいた。

「こんな大袈裟なこと、やったことはないんだが、個室で発表会だよ」

遠山は、ちょっと疲れたような、それでいて愉しげな表情をしている。

「俺に、できることは？」

廊下を歩きながら、私は小声で菜摘に言った。

「なにも。安見が、時々御迷惑をかけるかもしれないけれど」

それだけだった。秋山の姿はない。姿はないが、秋山は私たちを個室へ導くように、先に立って歩いている。

「フェアじゃないと思うけど、この絵、あたしが買ってしまっているの」

個室に入ると、菜摘が言った。菜摘に対して、安見における私の役割を、遠山がやっているという話は聞いていた。その間に、商談が成立したということだろう。

私たちが腰を降ろすと、絵にかけられた布が取られた。

椅子に腰を降ろした、明子がいた。窓からの光。描かれてはいないが、その光のむこうに、確かに海があることを感じる。構図としては、ありふれたものだろう。ありふれている分だけ、迫ってくるものもある。

「はじめは、コローの『真珠の女』みたいだ、とあたしは思ったわ。でも、見ているうちにそうとも思えなくなった。これは、遠山先生の中で生き続けている女ね。そうとしか思えなくなって、欲しいと言い出す時は気がひけたんだけど」

「その、コロコロとかいうのは、なんだ?」

私が言うと、三人の女たちが声をあげて笑った。

「おじさま、時々そういう抜けたところがあって好きよ」

「命を削って、描いた作品というわけじゃない。それでも、これを描いている間、私には祈りに似たものがあったという気がする。それは、描けたよ」

遠山が、絵のそばに立ち、額縁に手をかけた。絵がちょっと動き、キャンバスの中の明子の表情も、いくらか動いたように見えた。

「それじゃ、食事にしようか。ワインはもう、註文《ちゅうもん》してある。菜摘さんが、仕事の会食があるというのが、残念だが」

「ほんと、残念ですわ。明子さん、時にはコーヒーを飲みにいらしてね。あなたの紅茶のことは、安見から聞かされたけど、あたしのコーヒーも捨てたものではなくてよ。この絵は、当分特別室の壁にありますし」

菜摘が、ボーイと入れ替りに出ていった。

「立派な社長だな、まったく」

「ショックから立ち直るために、懸命に生きる。私は、それは人間の最高の美徳だと思ってる」

「ママは、悩んだ瞬間があるはずよ。このホテルを売ってしまおうかってね。ママひとりだったら、そうしたと思う。ここは、パパの匂いが強すぎるわ」

「もういい。子供は黙って、お子様ランチだ」

「川中のおじさまも、ほんとうに歳《とし》ね。つらい話題が耐えられないんだ」

「腹が減ってるだけさ」

「いくら食べても、心の空洞までは埋まらなくてよ。それに、もう四百グラムのステーキなんて、ほどほどにしておいた方がいいと思うわ」

「いままで親父に言ってきたことを、俺に言うのか。おまえは、小学生のころから、親父の面倒を看ようなんてしていたもんだ」

ボーイが、ドライ・シェリーを運んできた。ドン・ゾイロ。遠山は、必ずこれからはじめる。

酒のことなら、私にも多少はわかった。

22　狙撃《そげき》

部屋に帰ったのは、十一時を回ったころだった。

明子と一緒に帰るというのは、考えてみればはじめてだった。玄関のオートロックを開ける時も、部屋の扉を開ける時も、なにか奇妙な感じだった。

「コーヒー、淹れるわ」

「紅茶は、あるのか?」

「あるけれども、無理して飲むことはないのよ。もともとコーヒーが好きなんだし」

「ちょっと飲むといえば、コーヒーか水、あとは酒しか頭に浮かばない。そんなふうに生活を送ってきた」

「だから、いまさら紅茶をなんて、考えない方がいいのかもしれないと思って」

「駄目さ。おまえが紅茶を淹れるってことを知った。仕方がないな」

「食器棚に、ウェッジ・ウッドのセットがあったから、紅茶を好きなのかと最初は思ったわ。ところが、どこを捜しても紅茶は見つからなかった」

明子が笑った。

三年ほど前、食器棚の食器類を入れ替えた。店のグラス類を替えた時だ。食器に詳しい女の子がいて、選ぶのは任せた。コーヒーカップや紅茶茶碗《ちやわん》は、かなりいいものが揃《そろ》っているはずだ。もっとも、食器棚の大部分のものを、私は使わない。

どこか、気紛《きまぐ》れなのだ。食器を揃えようと考えたのは、自分で料理をしようと思ったからだった。私の料理は一週間と続かず、道具だけが残ることになった。

明子が、キッチンで湯を沸しはじめたようだ。しばらく待っていると、ポットとカップをトレイに載せて現われた。

「グラン・キームンの、フラワリー・オレンジ・ペコよ」

「紅茶にも、名前が付いてるってわけか？」

「キームンって、中国の場所の名。フラワリー・オレンジ・ペコって、お茶の木の一番上に付く葉のことなの。あたしの好みはダージリンだけど、夜はこっちの方がいいと思う。遠山先生がくださったのよ」

「ふうん。お茶にも凝ってるのか。同じ葉といえば葉だ」

「なにが？」

「葉巻の話だ」

明子が、またおかしそうに笑った。

砂糖を入れずに、私は口に運んだ。それが邪道なのかどうかは、わからない。以前、秋山が、菜摘が淹れたコーヒーに、塩をひとつまみ入れるのを見たことがある。ジャマイカでは、ブルーマウンテンをこうやって飲むのだと、いかにもフロリダ帰りらしいことを言っていた。

私の飲み方に、明子はなにも註文をつけようとしなかった。

「紅茶に、ウイスキーか、ブランデーを入れる、という飲み方は駄目なのか？」

「言うと思ったわ」

明子が、リビングのキャビネットからコニャックのボトルを出した。

「量はどれぐらいだ？」

ボトルを受け取り、栓を抜きながら私は言った。

「お好み次第ね」

「香りがつけばいいんだろう？」

「思い切って、半分ぐらいコニャックにしてしまう。それがあなたらしい飲み方だって気もするわ」

「二杯目は、そうしてみよう」

私は、紅茶の中に二、三滴コニャックを垂らした。それで飲んでみても、どう変ったのかよくわからなかった。

二杯目の紅茶は、いくらか少な目に入れられていた。コニャックを注ぎこむ。ほとんど紅茶と半々という感じだ。

「いけるな」

ひと口飲んで、私は言った。

「あなたの飲み方にすればいいわ。ハーフ・アンド・ハーフ。シェイクしたドライ・マティニーみたいに、あたしにだけ淹れさせて。グラン・キームンのフラワリー・オレンジ・

ペコと、マーテルのハーフ・アンド・ハーフ。遠山先生も、きっと感心なさるわ」

「滅多なことで、あの人は驚いたりはしないと思うがね」

カップに鼻を近づけると、微妙な香りがたちのぼってくる。悪くはなかった。明子だけがそれを淹れるというのも、気に入った。

明子が、私にむかって心を開いているのは感じる。しかし、心のすべてを開いたわけではない。待つしかないだろう、と私は思っていた。いまはまだ、いろんなことがこの街で起きすぎている。

「紅茶の葉ってのは、ブレンドするんだろう?」

「するものも、しないものもあるわ」

「ウイスキーと同じか」

私は、二杯目の紅茶を飲み干した。

「どことなく、コーヒーよりも落ち着く飲物だって気はするな」

明子は、少量の砂糖を入れて飲んでいる。口紅でも付くのか、口をつけるたびに指さきでカップの縁を拭っていた。

紅茶茶碗のセットを買った時のことを、私ははっきりと思い出した。ホテル・キーラーゴの社長室で、秋山が備品の紅茶茶碗の指示を出している時、私がたまたま居合わせた。

秋山はなにかむきになっていて、『レナ』のコーヒーカップより高価で凝ったものを揃えろと言っていた。その時、ウェッジ・ウッドという名を聞き憶《おぼ》え、店のグラス類を替える時についでに指示したのだった。

夫婦喧嘩《げんか》でもしていた時だったのかもしれない。それでも女房の店よりも高い茶碗を揃えてしまおうというところは、いかにも秋山らしい。

電話が鳴った。

「もう、部屋から出ないでください」

坂井だった。携帯電話特有のノイズが入っている。

「特になにがあったってわけじゃないんですが、ちょっと気になる動きがあるみたいなんです。それがなにかわかるまで、そこにいてください」

「俺が外に出た方が、よくわかるんじゃないのか」

「悪い癖ですよ、社長」

「冗談さ。俺は、もう寝る。グラン・キームンのフラワリー・オレンジ・ペコと、マーテル・コルドンブルーのハーフ・アンド・ハーフを飲んだんでな」

「なんです、そりゃ?」

「命の水かもしれんし、精神安定剤かもしれん」

「わかりました。とにかく、寝るんですね」

「俺をガキ扱いしていたけりゃ、そうしてろ」

「大事な人なんですよ。いまはもう、俺たちにとって大事ってだけじゃない」

「おやすみ」

電話を切った。

バスルームに入り、熱い湯を頭から浴びた。なにも考えはしなかった。このところ、考えることまで、坂井や下村がやってくれる。

バスローブをひっかけただけで、私は居間へ出た。

窓ガラスに、私の姿が映っている。この何年かの間に、私は変ったのか。体型はどこも変っていないように見えるが、体重は確実に四キロは増えていた。気づかないうちに、心にも贅肉《ぜいにく》がついてしまっていないか。

背後に、明子が立った。私の肩に、軽く手を置いている。その手を、私は握り返そうとした。いやな気分が、私を襲ってきた。それは、私の内部で黒く脹《ふく》れあがり、すぐにはじけそうになった。

とっさに、私は明子の躰を突き飛ばした。同時に後ろに飛んだ。なにかが破裂するような音がした。硝子《ガラス》に開いた小さな穴に、私はカーペットに倒れたまま眼をやった。

銃声も、小さくだが聞えたような気がする。どの方向かは、わからなかった。私は壁際まで這《は》い、部屋の明りを消した。

「どうしたの？」

明子の声。まだ、事態がはっきりと呑《の》みこめてはいないようだ。

「あまり動くな。狙撃《そげき》された。二発目は、撃ちようがないだろうがな」

「怕《こわ》い」

「俺の、腕の中にいろ」

明子の小さな躰を、私は抱き寄せた。ソファに寄りかかるような恰好だ。部屋の中のどこに、着弾しているか。それで撃ってきた方向の見当はつけられるが、よくわからなかった。

電話が鳴った。

「申し訳ありません。海上からとは考えていませんでしたので」

坂井は、近くにいたらしい。相変らず携帯電話のノイズが途切れることなく続いていた。

「こっちに、怪我《けが》はない。海上からだとすると、キッチンの方へ移れば大丈夫だな」

「とりあえず、カーテンを全部引いてください。狙撃者はひとりとはかぎりませんから」

「わかってる」

私はリビングのカーテンを引き、明りをつけた。ソファに寄りかかり、膝《ひざ》を抱えた恰好で、明子はじっとしていた。

「心配するな。多分、もう撃っちゃこない」

「あたしが、狙われたの？」

「俺さ」

自分が狙われた、と感じるなにかが、明子にあるのか、と私はふと思った。やはり、重原和夫との関係なのか。

「もう一度、紅茶を飲み直そう。グラン・キームンのフラワリー・オレンジ・ペコとマーテルのハーフ・アンド・ハーフだ」

かすかに、明子が頷いた。

チャイムが鳴った。私は明子にむかって頷き、玄関へ行ってドアを開けた。

「魚眼から覗《のぞ》きもせず、チェーンもかけてない。いきなり開けて、ズドンと来たらどうする気ですか？」

坂井が、携帯電話をぶらさげて立っていた。ひとりだけだ。連れている若い者は、下で待たせているのだろう。

「チャイムを鳴らして、いきなりズドンと来ると思うか？」

「そりゃそうですが。心理的に、要心してるかどうかってのは、大事ですよ」

「要心するところじゃ、要心してるさ」

坂井は、リビングに入り、壁や絨毯《じゅうたん》の上を点検した。壁の板に、小さな弾丸が突き刺さっていたようだ。坂井は窓の射入孔と壁の着弾位置から、狙撃場所のおよその見当をつけたようだ。

「ここに立ってたんですか、社長?」

「ああ。なにか感じた。それで跳んだ。立ったままなら、胸の真中だな」

「腕に自信のあるスナイパーだったんでしょう。二二口径のロングライフルですよ。ただ、舟は浜に乗りあげていたでしょうね」

私のマンションの下には、ほんのちょっとだが砂浜がある。そこにボートの舳先《へさき》を嚙《か》ませれば、それほど揺れに邪魔されることなく狙える。撃ってすぐ、暗い海上にボートを押し出せば、逃げるのも難しくない。

「弾道には、かなりの角度が付いてます」

「見りゃ、わかるさ」

「船外機付きのボートで、近づく時も逃げる時もオールを使ったんでしょう。沖でエンジンをかけりゃ、あまり音はしません」

風は、陸から海にむかって吹いている。夜間はそうなのだ。大抵の音は、海上に拡散していく。

「坂井にも、紅茶を淹れてやれ。ただし、グラン・キームンのフラワリー・オレンジ・ペコだけだぞ」

リビングに顔を出した明子に、私は言った。

「なんだか知らないけど、甘ったるそうな感じがしますね」

肩を竦《すく》めて、坂井が言った。

23　おふくろ

スーツラックを、フェラーリに放《ほう》りこんだ。

車を街の中央にむける。まず『タラント』で昼食だった。坂井は先に来ていた。

「今日一日は、俺を尾行《つ》《け》るな、坂井」

「尾行《つけ》るなんて。だけど、狙撃《そげき》されたのはきのうの晩ですからね」

マンションを出たところから、バイクが二台、見え隠れしていた。

「俺が、言ってるんだ。そしてこういうことは、いつも言うことじゃない」

坂井が、私を見据えている。よく喋《しゃべ》ることを除けば、この男は藤木に似てきた。

「なにを、やる気です？」

「俺は俺で、やることがある。高岸だけを使う」

「高岸の役、俺か下村じゃいけませんか？」

「駄目だな」

「わかりました。何時になったら、社長を捜しはじめていいですか？」

「いつもの通り、店へ行く」

坂井が頷《うなず》く。それ以上の話はせず、カプチーノだけで坂井は席を立った。

私は『タラント』を出ると、車を走らせてシティホテルの前を通りすぎ、キドニーの事務所の前まで行った。

「よう、キドニー」

入口の女の事務員が声をかける前に、私は奥のドアを開いていた。

キドニーは、本棚にむけていた椅子《いす》を、ゆっくりと回した。人工透析を受けたばかりなのか、すっきりした表情をしている。

「狙撃されたそうだが、いろいろと入り組んで、どうなってきたのか俺には見通せなくなった」

「どう入り組もうと、辿《たど》っていけばひとりに行き着くさ」

「羨《うらや》ましいな、その単純な頭が」

キドニーは、デスクのパイプをくわえ、マッチで火をつけた。甘い匂《にお》いが、部屋を満たしはじめる。私も、煙草《たばこ》をくわえた。

「おまえも気をつけろ、キドニー。いつまでも、美竜会の札を握っているだけじゃ、安全とはかぎらんぜ」

キドニーは、美竜会のトップから幹部連中の弱味を、しっかり握っていた。それが明らかになれば、ほとんど全部の幹部が十年から三、四年は食らいこむという。自分が死んだ時もそれが明らかになるようにしているので、キドニーを殺そうという動きに対して、美竜会は守らないまでも知らせることぐらいはするらしい。

もっともキドニーは、美竜会をただ脅しているだけではなく、組員の弁護も引受けているのだ。そうやって、うまくバランスをとっている。美竜会は、この街で大きくも小さくもならなかった。そこそこのダニは飼っておいた方がいいという考えは、私も同じだった。

「危ないと言えば、おまえが俺のところに出入りしたりする方が、俺にとっちゃずっと危ない。ついでに殺されかねんからな」

「すぐに出ていくさ」

「そうしてくれ」

「村尾有祐が、いまどうしているか知ってるか？」

「村尾？」

「まだ、政治的な野心は持ってるのか？」

「二度、知事選に落ちて、すっかり去勢されたってとこだな」

「そうでもないらしい」

「美竜会との繋《つな》がりは、いまのところなさそうだが」

「そんなヘマはやらんだろう」

「なるほどな。頭に入れておこう」

キドニーが、濃い煙を吐いた。私は内ポケットから、封筒をひとつ出した。

「こいつを、任せたい」

パイプをくわえたまま、キドニーは封筒に手をのばした。

「岬の土地か」

「むこうの狙《ねら》いが、三か所に絞られてるのは見えてきた」

「まあな。そのひとつをおまえが押さえてると、むこうも気づいてるかもしれん」

「まだだろう。とにかく不意を衝《つ》いて、三か所とも一度に押さえるつもりだった。目下のところ、駅裏の立野の土地が問題だと考えているはずだ」

「それで、どうしろというんだ？」

「まだ登記が済んでない。機を見て、登記してくれ。持主が俺だってことを、むこうに教えてやる」

「どういう機だ？」

「おまえが、そう思った機でいい」

「わかった」

キドニーが、濃い煙を二度吐いた。私はクリスタルグラスの灰皿で煙草を消し、腰をあげた。キドニーがまた、本棚の方をむいた。

「今度ばかりは、大河内に隙《すき》がない。入閣のために隙を作らないようにしたというより、この件に関してそっちを衝かれないようにしてる、という気がする」

「本腰だな」

「今までだって、本腰を入れたつもりはあるのさ。今度だけは、本腰なんてもんじゃない。将来の夢を賭《か》けて、勝負に出てきてる」

　私はキドニーの背中にちょっと手を振り、部屋を出た。

　フェラーリを転がしていく。港のそばで、高岸を拾いあげた。下村からなにか言われでもしたのか、高岸は緊張していた。

「突っ走るからな。見てろ」

　四車線の産業道路へ出ると、シフトダウンして踏みこみ、トラックを縫うようにして追い越していった。加速で、高岸の背中はシートに押しつけられているようだ。百六十。百七十。いくら四車線とはいえ、無茶なスピードだった。それでも、スロットルを閉じはしなかった。自然吸気のエンジンが、ターボとは違う咆哮《ほうこう》をあげる。トレーラーの尻《しり》が眼前に迫る。フルブレーキ。二段落し、二速で左からトレーラーを抜く。何度か、クラクションを浴びた。

「すげえ」

　産業道路を走り抜けた時、高岸がようやく声を洩《も》らした。額の汗を拭《ぬぐ》っている。

「どうなっちゃうかと思いました」

「尾行《つけ》てきたやつがいたとしても、いまので大きく引き離した。無意味に飛ばしたわけじゃない」

山道にかかった。私は脇道《わきみち》に車を入れた。

「そこの奥です」

高岸が言う。灌木《かんぼく》の陰に、白いサニーがうずくまっていた。運転席に、男がひとりいる。その男は、ハンドルに手をかけたまま、動こうとしない。命じた通り、適当なマネキンを手に入れたようだ。私は上着を脱ぎ、スーツラックをさげてサニーに移った。

高岸が、マネキンをフェラーリのそばに運び、私の上着を着せて助手席に乗せた。私は、別な上着とトレンチを着こんだ。

行けと合図すると、高岸は慎重に三度切り返してフェラーリの方向を変え、走り去った。煙草を一本喫《す》ってから、私も車を出した。

山道を登っていく。三十分ほどで、小さな村の入口に着いた。

私は車をそこに置き、歩いて重原家を捜した。すぐに見つかった。長い土塀があり、大きな門構えがあった。建物だけは、白い瀟洒《しょうしゃ》なもので、屋根には風見鶏《かざみどり》まで付いている。チャイムを押した。

出てきたのは、五十をいくつか越えたように見える肥《ふと》った女だった。家の造りとはおよそ似つかわしくない、野暮ったい服を着ていて、左右が違う厚手の毛糸の靴下を履いていた。

「重原しずさん？」

女は、私に胡乱《うろん》げな眼《め》をむけただけで、返事をしなかった。

「N市でちょっとした会社をやってる、川中って者ですがね」

「土地なら、売る気はないね」

「伊佐川上流の、山林のことですな。先祖伝来の土地だから、売る気はないってわけですか？」

「なぜ売らないか、あんたに説明することはないね。あの土地は売ろうにも売れないように、権利証からなにから、あるところに預けてあるよ」

「息子さんは、売る気らしい」

「だからさ。このごろの土地の買収はえげつないんでね。なにかの間違いで売ることになっちゃ困るから、売れないようにしてあるんだよ」

「息子さんが、勝手に売っちまいそうな雲行なのか」

「和夫といくらつるんだって、無駄だね」

「だけど、かわいいんだろう、息子が？」

「和夫を楯《たて》にとって、土地を売れと言ったって、あたしは売らないよ。そんなふうなことを、しそうな連中だよ、あんたたちは。そして、あたしは負けるかもしれない。肉親の情に動かされても、この五年間は絶対に売れないようにしたのは、自分が負けるのが怕《こわ》いからだよ。だから、諦《あきら》めな」

重原しずが、どういう方法で土地を凍結させたのか、私には大して関心も起きなかった。こういう母親の息子、と重原和夫のことを思っただけだ。

「俺は、土地のことで来たんじゃないんだよ。息子さんには、大いに関係あることだが」

「じゃ、なんで」

「土地のことを、勝手に喋りはじめたのは、あんたの方さ。もちろん、このあたりを買収しようって動きがあるらしいことは知ってるが、俺の用件は、息子さんの婚約者のことでね」

「婚約者って、小川明子のことかい。あの女がなにやったたって、あたしは知りはしないよ。嫁でもなんでもないんだから」

「ということは、俺が貰《もら》ってもいいってことだね」

「おや」

「本人にも、いずれ直接訊《き》くつもりだが、いまのところ会わない方がいいって状況でね。だからおふくろさんの方に、一応訊いておこうと思った」

「悪い娘じゃないよ」

重原しずが、口もとに笑みを浮かべた。

「もともと和夫が、惚《ほ》れても手を出せないんで、あたしが家同士の交渉をしてやった。なかなかの娘だよ。だけど弟が悪いね」

「弟と結婚するわけじゃないだろう」

「駄目さ。金をたかるに決まってる。出来損いだ。いいところが、全部姉に行っちまってる。いつか、刑務所にでも入るだろうさ」

「しかし、明子の方は気に入ってる？」

「あんた、あの娘が欲しいと言わなかったのかい。どっちなんだ。欲しいのか、和夫と結婚させたいのか」

「欲しいね」

「勝手にするといいよ。和夫も出来損いのとこがあってね。大学まで出てるのに、東京の会社じゃもたずに、ここへ戻ってきた。ああいう娘は、和夫をもっと駄目にするよ。和夫が頼っちまうからね」

「俺が気になるのは、明子がおたくの息子に惚れてたのかどうかってことなんだ」

「気持はわかる。祖父《じい》さんがひとりいてね。あたしがそっちを落とした。祖父さんが頭を下げりゃ、いやとは言えない娘なんだ」

「わかった」

「夫婦なんてのは、無理にくっつけたあと、これが縁だと思い切れるようになったら、そここかたちにゃなるものなんだ」

「なんで、いまごろになって駄目だって言いはじめた？」

「いやな男だね、あんたも。和夫をもっと駄目にすると言ったじゃないか」

「それだけじゃ、ないだろう」

「それだけさ」

「まあ、無理に探ろうって気もない。一応は、仁義を通しといた方がいいと思っただけでね」

私は、ちょっと頭を下げた。

「大事にしてやんな」

背中に声がかけられた。

「あの娘は、いい娘だよ。あの娘は」

はっきりとは、意味がわからなかった。心に棘《とげ》のようなものだけが残った。それをふり払うように、私は村の入口に停《と》めた車の方へ急いだ。

24 そば屋

赤いフェラーリ。擦れ違った。助手席には私が乗っていた。

もうひとつ上流の村へ行って、フェラーリは戻ってくることになっている。重原家を訪ねたあと、さらに上流の村に足をのばしてから帰る。そう見えるはずだ。

私は、脇道に車を入れ、方向だけ変えた。待っていればいい。シートを倒し、ウインドーを降ろした。これで、道路を行く車の音は聞える。フェラーリのエンジン音なら、なおさらだ。

二十分ほど、そうやって待っていた。肚《はら》に響くようなエンジン音が聞えてきた。赤いフェラーリが道路を走っていく。

しばらく待った。フェラーリの次に現われたのは白い乗用車だったが、その車に私が感じるものはなにもなかった。それから、砂を積んだダンプ。そのダンプの後ろに、グレーのセドリックがいた。私は、ゆっくりと車を出した。

グレーのセドリックのミラーに入らないように、ちょっと距離をとって走った。

二十分ほど、山道が続いた。対向車はいたが、抜いていく車はいない。私は、高岸と打合わせていた通り、林道に入った。狭いが、簡易舗装は施されている。スピードをあげた。

前方で、フェラーリのクラクションが聞えた。追われ続けている、という合図だ。コーナーを、ドリフト気味に曲がっていった。グレーのセドリック。フェラーリとの距離は二、三十メートルだろう。踏みこんだ。私の姿を確認したのか、フェラーリが急制動をかけて停止した。グレーのセドリックも停る。私もブレーキを踏んだ。

二人、飛び出してくる。私も同時に飛び出した。ひとりが、私の方に銃口をむけている。私はトレンチのポケットから拳銃《けんじゅう》を抜き出すと、ためらわずに引金を絞った。私に銃をむけていた男が、仰むけに倒れた。

もうひとりは、フェラーリの助手席にライフルを突きつけている。その恰好《かっこう》のまま、立ち竦《すく》んでいた。助手席にはマネキンの私しかいないことに、気づいたのだろう。

「おまえらの負けだ」

拳銃をむけて、私は言った。

男は動かなかった。束《つか》の間《ま》、男との間の空気が張りつめた。

「負けたんだ。おまえは」

男が、首だけゆっくり動かして私の方を見た。銃を足もとに投げ出す。顔は私にむいたままで、口もとがかすかに笑っているように見えた。

「高岸、そいつの躰《からだ》を探れ」

フェラーリから飛び出した高岸が、男の全身を探った。小型の拳銃が一挺《ちょう》出てきたようだ。もうひとりは、倒れたまま弱々しく躰を動かしている。

「いつまでに、俺を殺せといわれてる？」

私は拳銃をトレンチのポケットに収《しま》い、路面に落ちたライフルを拾いあげた。

「できるかぎり、早い機会に」

男の声は落ち着いていた。私と、それほど変らない年齢だろう。もうひとりは、二十代の前半に見える。

「誰に、と訊いても言わないだろうな」

「これ以上は、なにも言えない」

「二度も失敗した。プロには許されないことじゃないのか。ここで口を固く閉ざしたとしても、誰も評価はしてくれんぜ」

「自分で、自分をどう思うかという問題だ」

「なるほどね」

私は、ライフルの銃口で男の鳩尾《みぞおち》を突いた。男がうずくまり、路面に両手をついた。ようやく、間欠的に息を洩らしはじめる。

銃床を、男の右手に叩《たた》きつけた。骨が砕ける、いやな感触が手に伝わってきた。それでも私はやめず、五度続けて叩きつけた。男は低い呻《うめ》きを洩らしたが、叫びはしなかった。見る間に蒼白《そうはく》になった顔には、大粒の脂汗が浮かんでいる。

「悪く思うな。何度も狙われたくないんでね」

躰を仰むけにした男が、右の手首を支えるように持って、大きく息を洩らした。右手の指は、不自然に垂れ下がり、中指からは血も滴っている。

「スナイパーとしては、もう使いものにはならん。繋がったとしても、微妙な指の動きなどできないだろうし」

「殺す気はないのか？」

「機械ってのは、動かなくすればそれでいい。若いのには、喋って貰うことがある。大して知っちゃいないだろうが」

「知ってることは、喋るはずだ。腕も未熟だし、俺のように毀《こわ》さないでくれ」

「将来性ありか。期待に沿えるかどうかは、わからんよ」

私は高岸に言い、若い男の躰を引き摺《ず》ってこさせた。弾は、肩から入っている。ハロー・ポイントのマグナム弾だが、鎖骨を砕いただけで背中に抜けていた。

「おい坊や、いつまで唸《うな》っていても、痛みがなくなるってわけじゃないぞ。痛いというのは意識があることで、耳も聞える。俺の質問に答えろ」

汗まみれの男の顔が、かすかに頷いた。もう、気力は萎《な》えてしまっているようだ。

「雇ったのは？」

「知らない。ほんとだ。そんなのは、知らない方がいい、と教えられた」

「なるほど。やつがおまえの師匠か。師匠の前では、喋りにくいだろうな」

「喋るよ。なんでも喋る。だから助けてくれ。俺は、死にたくない」

「この程度で死ねたら、楽なもんさ。ところで、おまえらには競争相手がいるな？」

「三人いる。刃物を使うやつらで、東京の政治団体から来てるという話だ」

「その三人は、一度俺を襲った。またいつか現われるだろう。別の連中のことさ」

「じゃ、あの二人だ」

「いるんだな。銃を使うのか？」

「いや、匕首《あいくち》だ。日本じゃ、銃を使った方が、警察《サツ》の追及も厳しい。ただ、二人のうちのひとりは、大怪我《おおけが》をしてる。折れた肋骨《ろっこつ》が、肺に刺さったんだ」

「中島《なかじま》」

うずくまった男が、たしなめるように言った。私は、若い男の肩に足をかけた。呻きがあがる。靴の先に少し力を加えた。呻きは叫びになった。

「会ったことがあるのか？」

「一度。一緒に仕事をしろと言われた。もうひとりの方の怪我が、大したことがないんで。断ったよ。小野寺《おのでら》さんが」

うずくまった男の名前が、小野寺なのだろう。名前など、どうでもいいことだった。

「どこで会い、誰に一緒に仕事をしろと言われた？」

「河村《かわむら》さんだ。東京で不動産屋をしてる」

「河村の上にいるのは？」

「誰も、上にはいない」

もう一度、私は肩の傷口を踏みつけた。

「いるさ」

中島と呼ばれた若い男は、弱々しく躰をのたうたせた。小野寺は、諦めてしまっているようだ。こちらに眼をむけようともしない。

「河村を使ってるやつが、この街にいるはずだ」

「知らない」

「使ってるやつがいることも、知らないのか？」

「そんな人間がいるだろう、とは思ってた」

嘘《うそ》ではなさそうだった。河村というのは、香取と二人で街の周辺の買収工作をしている男だが、香取のように熱海まで来るということもないようだ。

「河村は、いまどこだ？」

「東京だよ」

「おまえら、きのう俺の家を狙撃して、今日は車を襲った。急ぎすぎてないか？」

「河村さんがこの街に来るまでに、殺しておけと言われてる。時間がなかった」

「河村は、いつこの街へ来る？」

「明日」

香取より、いくらか大物なのかもしれない。村尾有祐と接触する可能性もあった。

直接の雇主が河村だということを、中島はもう喋ってしまっていた。これ以上は、なにも訊き出せないだろう。知っているとしたら小野寺の方だが、多分、死ぬまでなにも喋らないはずだ。

試してみようという気も、起きなかった。

「銃を集めろ、高岸」

高岸が、弾《はじ》かれたように駈《か》け回りはじめた。ライフルが一挺と拳銃が二挺。車の中のアタッシェケースには、予備の弾丸もあった。

「フェラーリに載せておけ。それから、マネキンはしばらくそのままだ」

「こいつらは？」

「自分たちで、どうにかするだろう。病院に行くとか、お互いに治療し合うとか」

「始末しないんですか？」

私は、ちょっと高岸の顔に眼をくれた。高岸は、老人のような仕草で顎《あご》を撫《な》でていた。

「ガキが、俺に指図するのか」

「そんな。ただ、こいつらを放っておくと、また社長を狙ったりするかもしれません」

「狙いたきゃ、狙わせておけばいい。人間なんてのは、死ぬ時は死ぬ。あんな男でも死ぬのか、と思いたくなるようなやつでも、死ぬよ」

「確かに、そうでした」

高岸は秋山のことを思い出しているようだったが、私は何人もの顔を浮かべて言ったのだった。

助手席にもうひとりの私を乗せて、高岸がフェラーリを転がしていく。峠の途中のそば屋で、私は車を停めた。ここは、藤木が時々来ていたそば屋だ。

「ここで時間を潰《つぶ》していけば、ちょうどよさそうだ」

ちょうどいいのは私がドライ・マティニーをやるための時間で、高岸の出勤時間はそれより一時間は早い。

私から離れるな、と下村に言い含められているのだろう。なにも言わず、高岸は店に入ってきた。

「さっきの二人が、気になるのか、高岸?」

「まあ、どうしただろうとは思いますが、それより社長に早く帰って貰いたいですよ。坂井さんに、電話でも入れておきましょうか」

「必要ない」

私が帰らないかぎり、坂井は自分のところの若い者を動かしはしないだろう。明日までは、あまり大きな動きを相手に見せたくはなかった。

ビールとそば。これも、藤木がよくやっていたことだ。藤木はなんでも食ったが、ほんとうはそばのようなものが好きだった。ああいう男が、そばが好きだったというのが、いまではちょっとおかしいような気がする。

「俺が拳銃を持っていたんで、びっくりしたろう。高岸？」

「正直言って、刃物で襲ってくると思ってました。その時の覚悟はしてましたが、ライフルを見た時は、これは危《やば》いと思いましたよ」

「手が汚れてる。だから、ためらいもなく引金を引ける。引金を引くのは指じゃなく、心なんだからな」

「なにが言いたいんですか、社長？」

「汚れているのは、俺だけじゃない。坂井の手も下村の手も、汚れているよ。だが、おまえの手は雪みたいに白いぜ」

「俺だって、いつかは」

「勘違いするな。汚れなきゃ、それにこしたことはない、と言ってるんだ」

「汚れてますよ、俺の手も。社長を刺そうとしたじゃないですか」

「あんなかすり傷で、手が汚れたとでも思うのか？」

「社長は要するに、俺にあまり首を突っこませたくないんでしょう？」

高岸は、運ばれてきたざるそばを啜《すす》りこんだ。私はビールを飲んでいた。煙草に火をつける。店の外を、何台かの車が行き交ったが、客は入ってこなかった。

「社長も、歳《とし》を取りましたよね」

「なんだと」

「坂井さんと下村さんが、そう喋っているのを耳に挟んだんです。俺は、若いころの社長を知ってるわけじゃないですから。でも、俺は美竜会の鉄砲玉までやったんですよ。手が汚れてるとか汚れてないとか、そんなのはどうでもいいような気もしますが」

「わかった」

私は苦笑して、ビールを流しこんだ。高岸はそばを啜り続けている。

25 湯気

十一時半に、店に顔を出した。

キドニーがカウンターにいて、沢村がピアノを弾いていた。キドニーは相変らず、舐《な》めることしかしないジャック・ダニエルをショットグラスで置いている。

「よう、キドニー」

私の声に、キドニーはちょっと肩を動かしただけだった。沢村の曲は『サマー・タイム』だ。

坂井が、グレンモランジのカスクストレングスを私の前に置いた。このウイスキーは六十度以上あって、坂井はその時の私の顔色を見てこいつを出したりすることがある。

私はショットグラスをちょっと振り、マッチでカスクストレングスに火をつけた。青い、小さな炎が次第に大きくなってくる。

一分ばかり、私はその炎を見つめていた。それから、掌《てのひら》でショットグラスを塞《ふさ》ぎ、火を消した。独特の香りが、周囲に漂いはじめる。

「最近、お気に入りのウイスキーです」

坂井が、キドニーに言っていた。私はショットグラスをひと息で呷《あお》った。

「相変らず、キザな飲み方だ」

「こうやると、香りがいい。おまえのパイプ煙草と同じさ」

「俺のパイプや遠山先生の葉巻には、年季ってやつがある」

キドニーは、パイプを出そうとはしなかった。

ピアノを終えた沢村が、カウンターの方へやってきた。坂井が手品のようにスノースタイルのグラスを作ると、ソルティ・ドッグを注ぎこんだ。

「やっぱり、いい音を出すようになってますね。川中に言ったのが間違いで、はじめから俺に訊くべきでしたよ」

「川中さんは、鋭いものを持っている。私はそう思ってるよ」

「それを眠らせた。いや、鈍らせた。人の心の襞《ひだ》なんてものが、邪魔としか思えない男なんです」

「二人に言えることだな、それは。鈍らせようとしている。それでも鈍ってはいかない。

そういうものさ」

沢村は、ソルティ・ドッグをふた口で空けた。

私は、もう一杯カスクストレングスを注がせた。火をつける。

「燃えるウイスキーか。きれいなものだね」

「こいつは燃えやすいんですよ。樽出《たるだ》しそのままで、余計なものが混じってないから」

青い炎。キドニーの痩《や》せた手がのびてきて、グラスを塞いだ。

「俺は好きになれない。人のいないところで、勝手に愉《たの》しめよ、川中」

沢村が、低い笑い声を洩らした。

女の子たちはそれぞれ帰りはじめ、店の中は静かになっている。私は、二杯目のカスクストレングスを飲み干した。バーボンのように、のどを灼《や》く快感はない。代りに、なにか強烈なものが胃に飛びこんできた、という感じがある。香りや味は、なかなかのものだった。

「ピアノ線というのは、弾く人間によって変ってくるものですか、沢村さん」

キドニーが言った。このところ、キドニーはよくピアノを聴くためだけにやってくるらしい。

「なんとも言えないな。ピアノは、全部でひとつの生き物だから」

「そんなものですか」

「楽器は、みんなそうだろう」

沢村が腰をあげた。

最後の客が帰り、店の中は気が抜けたようになっている。

「おまえがあそこを所有していること、早く明らかにした方がいいかもしれんな。動きが急になりそうな気配がある」

河村が東京から乗りこんでくる。岬の土地を、いよいよ買い取ろうと動きはじめるためなのかもしれない。いまのところ、別荘地の四区画だけを、私が持っていることになっているはずだ。

「おまえに、任せたことだ」

「わかってる」

「いまのところ、俺たちは後手に回っちゃいない。そんな気がする。岬を押さえてるだけでも、相手の首根っ子を押さえてるようなもんだろう」

「楽観的過ぎるな」

「いいんだ、俺はそれで」

キドニーが肩を竦めた。坂井のところに客が来たらしく、裏から外へ出て行き、しばらくして戻ってきた。その間に、キドニーは帰っていた。

「明日のことは、心配しないでください」

麻の布でグラスを磨きながら、坂井が言った。下村がやってきて、私の背後に立った。白い手袋を、右手でいじり回している。

「言いたいことがあるんなら、言え」

「それじゃ」

下村が口を開いた。

「今日みたいな真似《まね》は」

「ちょっと待て。俺が今日やったことについて、説教なんか聞きたくない」

「俺や坂井は、なんのためにいるんですか、社長？」

「俺の、友だちとしている」

「戦争で、司令官が兵隊と同じだと前へ出ていったら、戦争にもなにもならないと思いますよ」

「口うるさいやつらだよ、まったく」

「藤木さんは、社長がなに考えてるかよくわかって、いつも先回りしてやっちまった。俺や下村は、そこまで気が利きやしません。それでも、二人揃《そろ》えば、そこそこの仕事はできると思うんですがね」

坂井は、キュッ、キュッと音をたててグラスを磨きながら喋っていた。私が煙草をくわえると、すかさずジッポを出してくる。

「いい友だちを持った、と俺は思ってる。それは、望んで得られるようなものでもない。そういう点から、俺は幸福な人間とも言える。しかし、いい友だちだからこそ、亡くすとつらい、というところもあるな。はじめから、そういう人間がまわりにいなけりゃ、俺はひとりで暴れて死ねばいいんだ。それは、おまえらも同じだな」

「相手は、社長を狙ってるんですよ。俺や坂井を狙ってるわけじゃありません」

「そうだな」

「言っても無駄だと思うことを、一応は言ってみようという歳になったんですかね、俺たちは」

「お互いさまだな」

「三人のうちの誰かが死んだら、残りの二人が一生を賭けても殺した相手を見つけ出すだろう。そして殺すだろう。俺は下村と違って、そういう関係が嫌いじゃないんですがね。でも、いつも思うんですよ。死んでしまう誰かってのは、社長じゃない。社長であっちゃいけないってね」

「俺に、またなにか押し被《かぶ》せる気か」

「今日のことはともかくとして、ひとりで躰を張るような真似は、やめてください」

下村が言った。私は煙草を揉《も》み消した。

「おまえらの、気持はわかった」

私は腰をあげ、トレンチを肩にかけると外へ出た。フェラーリには、相変らずもうひとりの私が助手席にいた。

高岸が飛んできて、ドアを開けた。

「どやされたか、下村に？」

「いえ。だけど、全部説明はしました。笑ってましたよ。笑ってから、ちょっと暗い顔になって考えこんで。俺は、どやされたりはしませんでした」

「そうか」

「マンションまで、俺は後ろを走っていきますんで」

「わかった」

私はフェラーリに乗りこみ、エンジンをかけた。叶が死んでからも坂井がいつもこのフェラーリをかわいがっていた。さすがに、エンジンの機嫌が悪くなったことはない。

私のマンションまで、ひと息で走りきり、地下駐車場に滑りこんだ。

マンションの中まで、高岸はついてきた。

「社長のガードを、俺は下村さんに頼んだんですよ。どうしてもやりたいって。弾が飛んできたら俺が当たるから、と言ったら許してくれました」

「それでいいのか、おまえ？」

「正直なところ、ほんとに弾が飛んできて、当たれるかどうかわかりません。ただ、そのつもりでいます」

「なぜ？」

「社長を好きなんです。死なせたくない、と思ってます。自分が死んでも」

エレベーターを降り、部屋のドアの前まで付いてきて、高岸は頭を下げた。

ドアを開けると、明子が立っていて、私のトレンチを受け取った。

「なんの真似だ？」

部屋へ入ってきた明子に、私は言った。

「お召し替えを手伝おうと思って」

「なぜ？」

「耐えられなくなったわ」

「なにが？」

「女がそばにいるのに、手も出さずに待っている男の役を、あなたにやらせることが」

「確かに、柄じゃない」

私は脱いだ上着を放り出し、明子の小さな躰を抱き寄せた。

「待って」

「こうなれば、もう待てんな」

「あたしがどんな女なのか、よく聞いてから、抱くか抱かないか決めて」

「それじゃ、おまえの方がいやがる。おまえが喋るかぎり、俺も自分について喋るしかないだろう。聞いたら、おまえの方がいやになるよ」

「でも」

「だから、どうでもいい。過去なんてのは、その程度でいいんだ」

明子が、私を見上げていた。腕には、まだ力が籠《こ》められていて、私の躰を押しのけようとしている。その腕から、少しずつ力が失《う》せていった。

「わかったわ」

「そうか。じゃ、普通の手順を踏もう。俺はシャワーを使ってくるよ」

明子が頷いた。

私は裸になり、バスルームに飛びこんだ。

熱い湯を全身に浴びる。なにか蘇《よみがえ》ってきそうなものがある。それがなにかを、湯の音が消していた。バスルームのドアが開いた。湯気のむこうに、明子が裸で立っていた。

私は両手を拡《ひろ》げた。明子が、バスルームの中に踏みこんできた。後手にドアを閉める。湯気がたちまち濃密になった。

私の腕の中に、明子が凭《もた》れかかってくる。私は両腕で明子を抱きしめていた。濡《ぬ》れた明子の髪が、額に貼《は》りついている。それを、私は指でかきあげた。明子の顔も濡れていた。

「泣くなよ」

泣いているかどうかもわからぬまま、私は言った。

「バージンみたいに泣いて、俺を困らせたりするなよ」

他人のもののように、バスルームで声が響いた。明子の手が首に巻きつき、唇が押しつけられてきた。

私は、湯気のむこうにあるものを、なんとなく見ようとしながら、舌を絡ませた。

26　夜へ

百九十センチはありそうな、大男だった。肩幅も広く、骨格全体ががっしりしている感じだ。ただ、眼の光は強いものではなかった。視点がひとつに定まらない。

「途中で予定を変えて貰って、悪かったね、河村さん」

煙草をくわえ、私は言った。

新しい岸壁や倉庫やコンテナ置場が作られ、一番古い岸壁の倉庫は、ほとんど使われていないようなものだった。

「あんたは、専門家《プロ》を二組雇ったね？」

「専門家《プロ》とは？」

声がかすかにふるえている。

「刃物を使って仕事をする人間が二人、銃を使うのが二人」

「知らない」

「いいのか、そんなことを言って。ここは警察でも裁判所でもない。もう鉄骨まで錆《さ》びちまった、港の倉庫だよ」

「警察の厄介になりたいのか？」

「こんな野郎にかぎって、てめえが危《やば》くなりゃ、警察を呼べと喚《わめ》きはじめる」

私の後ろで、坂井が呟《つぶや》いた。

「人違いじゃないのか。私は、河村という東京から来た不動産屋だ。N市の土地が欲しいと思って、見にきた」

「俺は、川中っていう、酒場の親父《おやじ》だよ。二日続けて、専門家《プロ》に命を狙われた。それで、まあその決着をつけるべきだろう、と考えている」

「知らんよ」

「小野寺と中島という名前にも、心当たりはないのかね？」

「ない」

「二人は、あると言ってる」

「私は」

「あんたの意見は、どうでもいい、覚悟だけしてくれればいいんだ。一方的すぎると思うかもしれんが、俺はそういうやり方をとるように決めた」

「そんな」

「まったく、たまらんよな。しかし、いきなり専門家《プロ》に狙われるのも、結構、つらいもんだぜ。一歩間違えりゃ、あの世行きだ」

「川中さん、あんたとは、よく話合わなきゃならないと思ってた」

河村が、私の方に顔をむけた。相変らず、焦点は定まっていない。

「俺に、話合うことはなにもない。なにひとつないね。ただ、あんたから訊き出したいと思ってることはある」

「五十億という金が、動く話だが」

「この世の金が全部動いたとしても、俺には話合うことはない」

「じゃなにを？」

「訊くことに、答えてくれりゃいい」

「なにを、知りたいんだ？」

「あんたが雇った、二人の専門家《プロ》の話さ。刃物を使う連中の方だ。そいつら、十一月五日になにをやった？」

「知らんね、なんの話だ」

私は上着を脱ぎ、後ろに立っている坂井の方へ投げた。

「行くぜ」

「なんだね、いきなり」

「いまから、あんたと俺がやり合うのさ、一対一だ。後ろの二人は手を出すことはないから、心配しないでくれ。俺をぶちのめせば、あんたはここを出ていける」

「馬鹿な。そんな野蛮なことが」

「喋るのは、ここまでだ。あんたがむかってこなくても、俺はあんたをぶちのめす」

二歩、私は前に出た。河村の表情に怯《おび》えが走った。それは、私の嫌悪感を駆り立てるのに充分だった。拳《こぶし》を突き出す。河村が避《よ》けた。次の瞬間、河村の足が飛んできた。私はそれを肘《ひじ》で受けた。次に放ったワン・ツーは、きれいに河村の顔をとらえた。腰を落としかかった河村が、その姿勢のまま手を突き出してきた。かわした。

「折り合いをつけようじゃないか、川中さん。死んだ秋山のホテルは、慰謝料を上乗せして買い取ってもいいんだよ」

不意に私を黒い怒りが包みこんだ。怒っているのかどうかということすら、自分ではよくわからないほどだった。全身で、河村にぶつかっていた。

叫び声が聞えた。呻きも聞えた。両腕を押さえられて、私はようやく自分を取り戻した。両側から私を押さえているのは坂井と下村で、私は河村に馬乗りになり、髪を摑《つか》んで頭をコンクリートの床に叩きつけようとしていたようだった。

私は腰をあげた。

河村は倒れたまま、激しく胸板を上下させているだけだった。

「これ以上だと、死にますよ、こいつ」

下村の声には、私をいたわるような響きがあった。私は息をついた。拳に血が滲《にじ》んでいる。私は傷に口を付けて血を吸った。

「二人とも、外で待っててくれませんか？」

下村が言った。

「俺が、吐かせる。こいつの脳ミソから、すべてを叩き出してやる」

「社長より、俺の方が適任でしょう。社長は、殺してしまいかねないし。三十分で終りますから、待っててください。坂井、社長を外へ連れてってくれ」

「いいのか？」

「なにが？」

「おまえひとりに任せて」

「まあ、ここは俺だろう。それより、社長のそばにいてくれよ」

「わかった」

坂井が、私を促すように腕に手をかけてきた。私はそれを振り払い、ひとりで歩いて明るい波止場へ出た。

煙草をくわえる。すかさず、坂井のジッポが出てくる。

「つまらんな、坂井」

「なにがですか？」

「生き残るってことがさ」

「俺は時々、自分が藤木さんみたいになってるのを感じます。藤木さんの代りに生きてる。いや違うな。一緒に生きてる。それもちょっと違うけど、まあそんな感じなんです。社長が言う生き残るってこと、こんなことなんでしょうね」

倉庫の中は、しんとしていた。それでも下村は、必要なことのすべてを訊き出してくるだろう。自分のやり方を、あまり人に見せたがらない。それも下村らしかった。

「立野さんのスーパー、整地をはじめたんですね」

「それは知らなかった。むこうにとっちゃ、非常事態か。それで河村も東京から乗りこんできたんだな」

「社長は、死んでるはずだったんですよ、河村の心積りじゃ。社長を襲った二人は、どこかに消えたみたいですね」

「秋山を殺した二人のうち、ひとりは大した怪我でもないらしい。そのうち現われるかもしれんな」

「俺は、それを待ってるんですよ」

「殺す気か。やめておけ」

「俺が殺さなきゃ、社長か下村がやりますからね。もしかすると、土崎さんがやるかもしれない」

私は、煙草を海の方へ弾き飛ばした。

「立野が、ちょっと心配だな」

「うちの若いのを、二人ばかり付けてます。連絡はすぐとれるようにしてありますし」

私は、もう一本煙草をくわえた。

下村は、一時間ほど経《た》ってようやく出てきた。

「およそのことは、吐きましたよ」

額に薄く浮いた汗を、義手の手袋で拭いながら、下村が言った。

「五か所の土地を、なにがなんでも買い占めろ、という指令が出ているようです。どこから出ている指令か、河村もはっきりと摑んじゃいないようですが、そのための資金は潤沢なようです」

「五か所だと」

「例の三か所のほかに、秋山さんが買っていた土地が入ってます。最後の一カ所は、街の真中で、シティホテルも宇野さんの事務所があるビルも入っているみたいです」

「なんのためだ？」

「どうも、総合都市計画というようなものがあるみたいです。工場はこれ以上増やさず、国の機構をいくつかここへ移すんじゃないかと、河村は言ってました」

「大きな金が動くわけだ」

「一兆二千億。それがどれぐらいの額なのか、俺にはピンと来ませんが」

「俺もだ、下村。少なくとも、人間的なものを超えた額だな。それで、どこになにを造るのか、はっきりしてるのか？」

「さあ。岬の土地は、どうも発電所になるみたいです。原子力発電所か火力発電所かは、はっきりしませんでしたが」

「なぜ、この街なんだ、と言いたくもなるよな」

「大河内がいるからでしょう」

「河村は、はっきりとその名前を出したのか？」

「いえ。村尾有祐についちゃ、はっきり名前を口にしましたがね。それ以上のことについちゃなにも知りません。大河内にしろ、これまでいろいろあったんです。そう簡単に表に出てくることはないでしょう」

「わかった」

「河村は？」

坂井が訊いた。

「生きてるよ。一応はな」

「よし。おまえら二人で、河村を村尾有祐の屋敷に届けろ。もともと、そこへ行くはずだったんだろうし」

「社長、ひとつだけ訊いておきたいんですが、いいですか?」

坂井が、私の眼を見つめてきた。下村は、くわえた煙草に、マッチで器用に火をつけている。

「なんだ?」

「岬の土地は社長のものでしょう。駅裏には立野さんがスーパーを建てるし、伊佐川の上流は地主が絶対に売らないという話です。もうひとつの山林は、秋山さんが押さえていた。街の中の土地は、これからどうにでもやりようがある」

「つまり、大河内の目算は、最初からすべてはずれている、ということだな」

「それを大河内にわからせれば、ある程度のところで話合いはつく、と思うんですが」

「ある程度か」

「それで、一時的にはこの街の混乱は防げます。社長に、それをやる気があるのかどうかだけ、訊いておこうと思いまして」

「ない」

「そうですか」

「不満か？　ここで俺が、すべてを肚に収めて、大河内と握手をした方がいいと言うのか？」

「いや」

坂井がにやりと笑った。

「そんな方法もある。それが社長の頭にあるのかどうか、確かめたかっただけです」

「あったら、どうする気だ？」

「社長は、いろいろ大きなことも考えなくちゃならないでしょう。もうそういう立場なんだという気もしますし。だけど、俺と下村には、やるべきことが別にあります」

「つまり、おまえらだけで、あの怪物と闘おうと話合ったってわけだ」

「まあ、そうです」

「俺を見くびるな、二人とも。俺に較《くら》べればおまえらはまだガキさ。俺なしであの怪物とやり合おうってのは、十年早い」

「ガキですか」

「まだケツの青いガキさ。二度と、俺にそんなことを訊こうと思うな」

下村が、口もとだけで笑った。いつも浮かべる皮肉に満ちた笑みではなく、思わず笑ってしまったという感じだった。

「わかりました。河村を、村尾のところへ届けてきます」

坂井が言い、下村と二人で倉庫に入っていった。出てきた河村は、自分の足で歩いていた。私に殴られたところ以外に、新しい傷があるようには見えなかった。

下村が、どういう方法を使うのか、私は知らない。坂井でさえ、知らないのかもしれない。下村は、それをことさら人に知らせるような人間ではなかった。ただ確かなことは、下村と一時間二人きりでむかい合った男が、恐怖の虜《とりこ》になっているということだ。何日もその恐怖から立ち直れず、場合によっては、人格がすっかり変ってしまっていることもある。

「社長は？」

黒いスカイラインに乗りこみながら、坂井が言った。

「いつもの通りさ。夕方には、店に出る」

スカイラインのドアが閉じられ、走り去った。

私はフェラーリに乗りこみ、駅の方にむかった。途中から、白いサニーが付いてくる。高岸は、尾行の仕方などまだ未熟だ。見つけてくれ、というような走り方だった。

私は、駅裏の立野の土地が整地されているのを、しばらく車の中から見ていた。立野の姿はなかった。

それから、しばらく山の中を走り回り、高岸に運転の練習をさせてやった。

暗くなってから、街に戻った。

いつものように、店に出た。変ったところはどこにもない。私はいつものように、坂井がシェイクしたドライ・マティニーを飲み、十分ほどで腰をあげた。部屋へ帰ろうという気分になっていた。

27 大根

村尾有祐から、連絡が入った。

私は店のカウンターで、シェイクしたドライ・マティニーを空けようとしているところだった。私が確実につかまえられる場所と時間を選んで、連絡してきたようだ。

「買収の動きもなく、殺伐《さつばつ》なことも起きなくなった、と思ったところだったのにな」

私は苦笑して、下村からコードレスホーンを受け取った。

村尾とは、面識がある。二度知事選に落ちたが、それまでは二期知事をつとめたのだ。痩せた老人で、かなり悪辣《あくらつ》な方法で知事選を闘った。なりふり構わぬというやり方が、選挙民の反撥《はんぱつ》を招いたのだ、と新聞で非難されていた。

「川中です」

「久しぶりだな」

「そうですな。最近は新聞でもとんとお見かけしませんので、悠々自適とばかり思ってましたが、そうでもなさそうなんで、びっくりしてますよ」

「まだ、老いぼれるには早い」

「しかしもう、七十を過ぎたんじゃありませんでしたか?」

「八十までは、現役でいるつもりだ。もっとも野心などなくなって、この地域のためになればいい、と思ってるだけだが」

「村尾さん」

私は灰皿に置いた煙草をとって、一度煙を吐いた。

「その地域の中に、N市は含まれていないでしょうね。念のために確認しておきますが」

「相変らず、辛辣《しんらつ》な男だ」

村尾の、嗄《しわが》れた笑声が聞えた。

「実は、君に会いたくてな。シティホテルにいるんだが」

「御用件は?」

「いろいろ誤解があるらしいんで、それを解いておきたい」

「俺はなにひとつ、誤解しちゃいません。誤解するようなことは、なにも起きてない」

「とにかく、すぐに会いたい」

「やめた方がいい」

会えばあんたをひねり殺すかもしれない、という言葉を私は呑《の》みこんだ。煙を吐き、灰を灰皿に落とす。

「私が、そこに会いに行こう」

「営業中ですよ、いまから来られたんじゃ」

「じゃ、悪いが御足労を願いたい。シティホテルの特別室だ」

村尾が、部屋番号を言った。

「強引ですな」

「強引にやらなきゃ、いまの君に会えそうもないんでね。じゃ三十分後だ、待ってるよ」

電話が切れた。

私は煙草を揉み消し、ちょっと首を動かした。会った方がいいのかどうか、微妙なところだ。話の内容はわかっているが、どうやってそれを持ちかけてくるかは関心があった。

「会いに行くんですか?」

下村が言った。

「あれをくれ、一杯。カスクストレングス」

坂井が、私の前にショットグラスを置き、ウイスキーを注いだ。私はそれに、デュポンで火をつけた。青い炎が頼りなげに表面を動き回り、それから大きくなった。燃えるウイスキーは、これぐらいのものだ。炎は、かなり大きくなる。

コースターをショットグラスに載せて、火を消した。ひと息で呷る。腰をあげた。

「行くんですか？」

「高岸を連れていく」

「坂井のとこのを、五人ばかり付けます」

「必要ない。相手は爺《じい》さんだ」

「社長が殺されると心配してるわけじゃありませんよ。社長が爺さんを殺しちまったら、冗談にもなりませんからね」

下村が言い、外へ出ていった。

私はトレンチを羽織り、坂井にちょっと手を挙げると、外へ出た。沢村は、とうとうピアノの前に姿を現わさなかった。

「なんとなく、ピアノでも聴きたい心境だったんだがな」

車の前で呟いた。下村が、私の顔を覗《のぞ》きこむ。

「時として感傷的になる人間を、おまえは軽蔑《けいべつ》しそうだな、下村」

「軽蔑はしません。自分がそうならないようにしているだけでね。助手席に乗ってください。運転は坂井がやります」

フェラーリの助手席には、相変らず私のジャケットを着た、マネキンが乗っている。高岸が、裏の路地から黒いスカイラインを出してきた。

私は大人しく助手席に乗りこんだ。シティホテルまでなら、歩いても大した距離ではない。いざという時に、車があった方がいい、と下村は判断したのだろう。

「待っててください」

すぐにシティホテルに着いたが、高岸はひとりで降りていった。二十メートルほど後方に、エンジンをかけたままのバイクが五台ほどいる。

五分ほどで、高岸は出てきて、助手席のドアを開けた。ロビーでもエレベーターの中でも、高岸は私から離れようとしない。よほど強く、下村に言い含められているに違いなかった。

特別室。ドアは開いたままだった。

出迎えたのは、昔から村尾の秘書をやっていたという男だ。

リビングに通された。村尾が立ちあがり、握手を求めてきたが、それに気づかないふりをして、私はソファに腰を降ろした。

「一杯、やるかね？」

「グレンモランジのカスクストレングスがあれば」

「なんだね、それは？」

「ないでしょうね。俺は、あんた方が絶対に持ってないものを、求めているんですよ。だから、取引などはもともと成立しない」

高岸は、私の背後に立っていた。これも、下村から言われたことだろう。

「君にとって、悪い話じゃないはずだ」

「だから、はじめから取引は成立しないと言ってるでしょう」

「わからんね、なぜ君が頑固になるのか」

「その歳になって、まだ金が欲しいですか、村尾さん？」

「この街を、発展させたいという気持があるだけだよ」

「ほかの街にしてくれませんか。この街は、もう充分発展しましたよ」

「港がある。土地もまだ余っている」

「うんざりだな、そういう話は。それだけなら、俺は帰らせて貰いますよ」

村尾が腕を組んだ。じっと私に目をむけてくる。

「最後のチャンスだ。今度の選挙で落ちれば、もう知事の椅子に座ることもないだろう。君を説得できれば、保守党は全面的に私をバックアップしてくれると言ってる」

私は煙草をくわえた。自分を抑えるためだった。

「次の選挙では、必ず勝てる。保守党は、私に勝たせなければならなくなるんだ。その鍵《かぎ》が君さ」

「そんな政治ごっこは、地獄でやれ、老いぼれ」

私の声に驚いたのか、村尾の躰が椅子の上で跳ねた。

「おまえらのような馬鹿が、日本で政治をやっていられるのも、平和だからだ。しかし、この街はいまこの瞬間から、平和ではなくなる。このホテルを出るな、村尾。出てきたら、墓場へ行くのが何年か早くなるぞ」

「私は平和的な話合いをだな」

「黙れ」

肚の底から出した声だった。私の背後で、高岸が緊張するのがわかった。

「俺がおまえに会いに来たのは、やっていることをすぐやめろ、と警告するためだ。この街の利権からは、すべて手を引け。おまえらは、本気で俺を怒らせた。高《たか》が酒場の親父だが、おまえらとはいつでも刺し違えることができる。忘れるな、村尾。俺はもう、人間的な方法で闘おうなんて気持も捨てた。おまえらと同じやり方で、徹底的に闘ってやる。眠る前に、眼を醒《さま》す時があるように、祈っていろ。だがな、眼を醒しても、俺はおまえの後ろに立っているぞ」

村尾が、蒼白な顔でふり返った。秘書が飛びこんできた。二人とも、言葉を失っているようだ。私は腰をあげた。

「すごい声で怒鳴る、ラグビー部の監督がいました」

廊下に出ると、高岸が小声で言った。

「身が竦んだもんです。あの声より、すごかったですよ」

「のどが痛くなった」

「でしょうね」

高岸が笑った。

玄関には、黒いスカイラインが駐《と》められたままだった。二人が車のそばに立っていて、私に軽く頭を下げると、バイクの方へ戻っていった。

「店へ？」

「いや。大声を出したら、腹が減った。どこかにめしを食いに行こう」

「イタリア料理ですか？」

「あれは、昼めしだ。どこかの赤提灯《あかちょうちん》でいい」

「わかりました」

高岸が車を出した。

海沿いの道へ出、それから港へむかっていく。屋台に毛の生えたような店の前で、高岸は車を停めた。

「あら、旦那《だんな》。久しぶりじゃない」

店に入ると、女が声をかけてきた。もう五十を過ぎているだろうが、まだ色香は濃く残っていて、本気で口説いている男が何人かいた。

「知ってるんですか、社長？」

「おまえの何倍、この街に住んでると思ってるんだ。この姐《ねえ》さんは、昔は熱海の売れっ子芸者だったそうだ。それから誰かに落籍《ひか》されて、いまはなぜかこの店をやってる」

「いやだ、旦那。いま時、落籍されるなんて死語ですよ。男に眼がくらんで、引退しただけです。その男に死なれてから、もう芸者に戻るのも馬鹿馬鹿しくなって」

「つまり、そういうことだ」

カウンターの椅子は、五つしかない。私は一番端に腰を降ろした。

「高岸くんも、ビールでいい？」

「俺は、コップに半分。今夜は、社長の運転手だって、下村さんに言われてるから」

「旦那の運転手じゃ、酔うわけにはいかないね」

女は、私にグラスを出してビールを注ぎ、高岸の前にはお茶を置いた。

「でも旦那、あたしが昔熱海にいたって、どうして知ってるんです？」

「自分で言ったよ。もう、一年も前だ。酔っ払って、散々俺に絡んだ。もっとも、送ろうというと断られたがね」

「そうだったんだ」

坂井や下村も、時々この店に来ているはずだ。港の界隈《かいわい》だけで、こんな店が二十軒以上あった。どの店にも、一度は入ったことがある。美竜会にカスリを取られない分だけ、どこも勘定が安かった。

鰈《かれい》の煮つけが出てきた。このあたりの店では、自分で註文《ちゅうもん》を出すことを、私はしなかった。出されたものを食べる。それが正解だと、いつのころからかわかったのだ。

　高岸が席をはずした。下村に連絡に行くのだとはわかったが、私はなにも言わなかった。心配されるだけ、私という人間もまだ捨てたものではないのかもしれない。

「川中の旦那だから言っちまいますけどね」

　女が、煮物をいじっていた箸《はし》を止めた。

「あたしが男と暮してるって噂《うわさ》が立ってんですよ」

「ほう。それはいいじゃないか」

「噂じゃありません」

「なおさらいいな」

「どこかで旦那が聞かれたとしても、いやな気もなさらないでしょうけど、隠しててほかで知られるより、自分の口から言っといたほうがいいような気がして」

「ありがとうよ」

「熱海であたしを落籍せた人、死んじゃいないんですよ。あたしは、その人と暮してるんです。家族と縁を切りましてね。それから一年後ぐらいには、病気で倒れたんです」

「そのあたりでいいよ、もう」

「病気は、よくなってきてるんですよ。散歩なんかしてますしね。幸い、手はなんでもないもんだから、封筒の宛名《あてな》書きなんかを仕事にしてます。ほら、パーティなんかの招待状で、宛名を筆で書いてあるのがあるでしょう。書道がうまいんですよ」

「昔は、大きな仕事をした人なんだろう?」

「そりゃ、もう。その仕事も息子さんに譲って、もう一回人生やり直すかって時に、病気ですからね。それで、あたしがここをはじめたってわけです。七十六だし、無理はさせられません」

「七十六か」

怒鳴りつけたばかりの村尾有祐は、確か七十二、三のはずだった。

「いいね」

「なにがですか?」

「そういう人生も。あんたの男は、運がいいよ」

「そう思ってくださいますか」

女が笑った。笑いながら、小鉢になにか盛っている。

「はい、これサービス」

大根の煮つけだった。

下村への報告が長引いているのか、高岸はまだ戻ってこなかった。

28　街の子守唄《こもりうた》

風は冷たかった。

それでも陽溜《ひだま》りで風を避けていると、セーターでは汗ばんでくるほどだ。

私はテラスの陽溜りに移したテーブルで、紅茶を飲みながら、ぼんやりと海を見つめていた。グラン・キームンのフラワリー・オレンジ・ペコとマーテルの、ハーフ・アンド・ハーフ。私と明子の間では、コルドン・ペコで通じるようになっていた。

昼食を終えたばかりだ。テラスでの昼食など、以前は考えたことがなかった。テラスでは、海を眺め、波の音に耳を傾ける。そうするものだ、と決めていた。昼食は、街へ出てイタリア料理だ。

明子は、料理が好きだった。料理だけでなく、家事はすべて好きらしく、私の下着まで洗濯して、家政婦の仕事をなくしてしまうのだった。それでも、すべてを完全にやって、家政婦がやることがなにもなくなってしまう、ということはなく、家政婦のプロ意識を満足させるなにかを、必ず残しておくようだ。

家政婦は、はじめ明子をお嬢さんと呼び、それから小川さんになり、いまでは明子さんと呼んでいる。奥様と呼んでいいのか、と一度訊かれたことがあるが、結婚はしていないとだけ、私は答えた。

海を眺めながらコルドン・ペコの香りに酔っていると、こういう生活がずっと続くのではないか、とふと思いたくなってくる。穏やかで、なにかを諦めてしまっているが、一日に何度かは満ち足りた気分になれる生活。

夢ではない、という気はする。しかし、男と女について、自分はほんとうにはわかっていないのだ、という思いもしばしばこみあげてくる。

「もう部屋へ入ったらどう。コルドン・ペコ、それで三杯目よ」

「いいんだ。この飲物にも、この陽溜りにも、人生がある」

三杯目のコルドン・ペコを持ってきた明子が、肩を竦める。

私に付き合うにはセーターだけでは足りないと判断したらしく、セーターの上に私のガウンを着こんでいた。

「この間、あなたが言ったことを考えてみたんだけど」

明子が、コルドン・ペコを啜りながら言う。マーテルのコルドンブルーを少量だけ入れたものだが、それもコルドン・ペコと呼んでいいと私は認めていた。

「あたしはもっと、自分のことをあなたに語らなければならないって気がするの」

「俺が、知りたいと思った時でいい。いまは、このままでいいんだ」

仕事をやりたいのなら、デザイナーの仕事をいくつか作ってやろう、と私は明子に言っていた。色彩のセンスなど悪くないので、インテリアをやらせてみたら面白い、と遠山にも言われていた。

「仕事をさせる人間については、もっとよく知るものよ」

「俺の仕事ならな。これは、おまえが自分のためにやる仕事さ」

「でも、あたしひとりの能力じゃできないわ。あなたの話は、あなたの保護のもとで仕事をやっていくってことだから」

「固苦しく考えるな」

「そうね。しばらくは、そうする。あなたはいま、別の煩《わずらわ》しい問題を抱えてるみたいだし、遠山先生が、アートディレクションの仕事をひとつ紹介してくださったわ。秋山さんが、ホテル・キーラーゴの総合的なパンフレットも作りたいとおっしゃってるし。しばらくは、その二つをやってみる。それがきちんとできないようじゃ、あなたが作ってくれると言った仕事なんて、できるわけないし」

「わかった」

三杯目のコルドン・ペコは、香りも味もよくわからなかった。気にいったからといって、飲みすぎるのはいいことではない。

「外に出るのが、まだ怕《こわ》いみたいだな？」

「ホテル・キーラーゴと、遠山先生のお宅にはよくお邪魔してるんだけど」

「フェラーリを使え。あれには、助手席に人形が乗ってて、まるで俺を乗せているように見えるはずだ」

「あんな車、とても」

言って、明子がおかしそうに笑った。

「この間、地下駐車場でね、思わず声をかけちゃったの。あなたが、車の中でぼんやりしてると思ったの」

明子の笑顔が、ちょっと曇った。

「でも、もしかすると、いまのあたしの状態って、こんなものかもしれないと思った。人形に恋してるみたいな、あってはならないことをやっているみたいな」

「なんとなく、わかる。俺も、いまみたいな時間が、ほんとうにあるのかどうか、疑ってみたりすることがある」

「おかしいわ、ほんとに。なんだか、とってもおかしい」

「なにが?」

「あなたと、あたし」

「まったくだ」

私は、煙草をくわえて火をつけようとした。風で、デュポンはうまく点火しなかった。明子の掌が、風を遮るようにライターを覆った。一度で着火した。

「惜しいことをした」

「なに？」

「遠山先生がおまえを描《か》いた絵、俺が買っておけばよかったよ。秋山の女房に、うまい具合にしてやられた」

「してやられたなんて」

「いや、なにかあってあれが見たくなった時、あいつはいろいろと俺に恩を着せるに違いない」

「あなたには、あたしがいます。そりゃ、芸術家の感性で表現されたものじゃないけど、コルドン・ペコを心をこめて淹《い》れてあげられるし、多分、なにかを少しだけ癒《いや》してあげることもできるって気がする」

「抱きたくなれば、抱くこともできるしな」

三杯目の、コルドン・ペコを空けた。

海鳥が、テラスのすぐそばまで滑空してきて、離れていった。ちょっと様子を見にきたという感じだ。

「入ろうか」

言うと、明子が頷いた。

私が部屋を出たのは、夕方の六時だった。

いつものように、まず店に顔を出した。私より先に、キドニーが来ていた。沢村がピアノを弾いていることは、店の入口でわかっていた。

カウンターの私の席。坂井が、鮮やかな手つきで、シェーカーを振る。

「いろいろ、活躍してるらしいな、川中」

「おまえは、東京だったのか？」

「この一週間で、三往復はした」

ドライ・マティニーを、ふた口で飲み干した。キドニーが、パイプをくわえる。沢村がやっているのは、『瞳は君ゆえに』だった。軽いテンポで、悪くない。

「いやな感じは、まだあるのか、キドニー？」

「あるね」

「俺には、よくわからなくなった。なにか近づいてくる、という感じはあるが」

「真田栄一郎についちゃ、おまえもつかんでるな？」

「大阪から来た、香取という不動産屋が吐いたよ。それから河村という東京の不動産屋。この二人は、真田栄一郎と、なにか繋がりは持っていると思う」

「香取も河村も、それからM鉄工所の清田も、全部おまえが潰したそうだな。単純なやつは、単純なやり方しか思いつかないのは、当然といえば当然か」

「俺はわかったのさ。いくら潰しても、次から次に現われてくるが、潰さないよりはましだってな。そのうち、御本尊が現われないともかぎらん」

パイプ煙草の香りが、私の全身を包みはじめた。

「俺は、東京で真田栄一郎に会ってきたよ。この街における、国家的なプロジェクトについて、正直に話してくれた。勿論《もちろん》まだ計画の段階にすぎないわけだが、実現性は高いそうだ」

「どんなプロジェクトであろうと、薄汚れていることに変りはない」

「なかなかのものさ」

「カスクストレングス」

私が言うと、坂井は素速く私の前にショットグラスを置いた。注がれた液体に、私は火をつけた。青い炎が次第に大きくなってくる。キドニーが眼をくれた。

「人間は、誰でもどこか薄汚れている」

キドニーが言った。

「どういう意味だ？」

「このプロジェクトが、ほかの街を舞台にやられるのなら、見事なものに見えたかもしれん。未来都市ってやつだな」

「その場にいる人間にとっちゃ、甘いことばかりじゃないな」

「何年か先から、十年間にわたるプロジェクトがはじまるそうだ。工場はいまの数で押さえる。港は、すでに適正規模に拡げられている。少なくとも六社、多ければ十数社の、製造業ならびに流通業の、本社機能をこの街に移転させる。中央の省庁も、いくつか部分的に機能をこちらへ移す。大学を二つ造り、ひとつは医科大学にする。大規模な、住宅地の開発、ゴルフ場の建設、火力発電所。そして東京とこの街を一時間で結ぶ、高速道路の建設。一兆二千億を超えるプロジェクトが、国と県と市で行われる」

「そりゃ、大変なもんだ」

「国の予算はそれだけでも、実際に動く金はその倍になるだろう」

「俺には、友だちひとりの命の方が大事だ」

私は、ショットグラスにコースターを載せて、青い炎を消した。しばらく、パイプ煙草の香りを押しのけはじめた、ウイスキーの香りを愉しんだ。

「これからが大事なところだが、プロジェクト進行の十年間、一定程度以上の政治資金を、大河内は定期的に獲得する。それで、金についてはあまり無理をせず、十年の間に政権の座に着く。この街さえ犠牲にすれば、大河内は清廉潔白を売り物にした宰相になれるってわけだ」

「まやかしだな」

「政治というのは、そういうもんさ」

「滑稽《こっけい》だと思わんか、キドニー。そんな大きなプロジェクトを、酒場の親父や、ローカルな弁護士や、ホテルの主人や、スーパーの経営者に邪魔されて、プロの殺し屋を送ってきたりする。どこか、喜劇だな」

「実際に、弾が飛んでくる。それが劇場の喜劇とは違うところさ」

カスクストレングスを、私はひと息で呷った。六十度を超えているのに、それほど強いという感じはしない。

「とにかく、大河内は必死だ。大河内を後ろで支えている、保守党の長老もいる」

「そんなことが、通るのか」

「通すのさ。たとえ人を殺しても。それが、権力亡者のやり方ってやつだ」

ピアノが終り、沢村がカウンターにやってきた。最後の曲は、『サマー・タイム』だったようだ。キドニーが、坂井にちょっと合図を送った。坂井の手の中で、手品のようにグラスが回り、スノースタイルになった。

「俺は、眠る気はありませんよ、沢村さん」

「君を眠らせようと思ったわけじゃないさ、キドニー。大袈裟《おおげさ》だが、私はこの街に眠って欲しいと思ったよ。どうも、なにか切迫しているような気がしてね」

ソルティ・ドッグ。沢村はふた口でそれを空け、ちょっと笑って腰をあげた。

「おまえを、最初に襲った三人は、戻ってきているだろうな。清田に代る人間として、M鉄工所に誰かが出向してくるはずだし。おまえを狙撃した二人は、消えた。秋山を殺した二人のうちのひとりも、やはり戻ってきている」

「そんなことを、おまえが分析して、どうする気だ？」

「プロは四人だ、とおまえに教えてやってるんだ。わかっているだけのプロだが」

「美竜会がいる」

「それは、除外しろ。俺はずっと、幹部連中と話合ってきた。この街のトラブルに首を突っこみ、おまえと対立して、いままでいいことがあったかとな。静観する方がいい、という結論を、連中は出した。おまえが死んでから、この街の利権に手を出しても、充分間に合うとな。だから、美竜会は除外だ」

キドニーが言うなら間違いはないことだろう。美竜会も、少しは利口に立ち回ろうと考えはじめたということか。

「相手の姿は、いつだってはっきり見えているにこしたことはないからな」

「わかった」

「俺も、表面上は静観だよ、川中。東京から、週刊誌と新聞の記者を二人連れてきてる」

「わかった。おまえに、暴れてもらおうなんて思っちゃいない」

「真田栄一郎だ、川中。こいつをなんとかしないかぎり、大河内はずっとヴェールのむこうさ。真田は、K商事との結びつきで、いろんなものを動かしている。M鉄工所も、真田の線だと俺は見ている」

「村尾有祐は？」

「潰せる機会があったら、潰しておけ。知事という餌《えさ》をぶらさげられたら、あの爺さんはかなりのことをやるだろうしな」

「これで、終るのか、キドニー？」

「人間の欲ってやつに、限界があればな」

「絶望的なことを言ってくれるじゃないか」

「人間が、嫌いになりそうだよ、俺は」

キドニーは、人間嫌いというわけではなかった。皮肉な眼で人間を見る。そういう癖を持っているだけだ。

「いろんなやつらが、この街で儲《もう》けようとしてきた。どれも、うまく行かなかった。そして現われたのが、大河内だ。あの男は、この街で果たされることのなかった、野望の象徴のようなものなんだろう」

「それでも、人間さ。ぶった切れば、血が流れる人間だよ。俺は、そう思うことにしたんだ、キドニー。相手が人間である以上、闘う方法は必ずある」

「おまえの性格が、俺は羨ましい」

「よせよ。いつものように、単純な馬鹿野郎だと言ってくれ」

キドニーが肩を竦め、腰をあげた。

そろそろ、女の子たちが出勤してくる時間になっている。奥の控室の方から、笑声が洩れてきたりしていた。

下村が、いつもの足どりで店内を一巡した。それが終ると、開店なのだ。

「坂井、おまえのとこの連中を集めると、全部で何人ぐらいになる？」

「散らばってるのも含めれば、五十人から六十人の間ってとこでしょう。まともな仕事に就いてるのを除いて、少々危《やば》い真似ならするっていうのがです」

「美竜会と変らんな」

その五、六十人は、坂井がまとめていなければ、美竜会に行った可能性もあるだろう。そう考えれば、坂井はこの街で大変なことをやってきたと言っていい。

「すまん、いざという時は、力を貸してくれ」

「やめてくださいよ、社長。俺は、社長にそんなことを言わせるような男ですか？」

「このところ、俺は自分が変ったような気がしていてな」

煙草をくわえると、坂井がジッポの火を出した。

「どんなふうだかわからんが、確かに変りはじめたような気がする」

「どこも」

坂井は、ジッポの蓋《ふた》を開閉して、何度か冴《さ》えた音を出した。

「どこも変っちゃいませんよ、社長は。もう若くはないのかな、と思うことはありますがね」

「そうか」

苦笑して、私は腰をあげた。

29　夜明け

電話が鳴ったのは、深夜だった。

「いやな話で、悪いがね」

ドクの声だ。誰かやられたのか、ととっさに私は考えた。

「立野が、ここにいる」

「生きてるのか？」

「本人は、しゃんとしてるよ。ひとり担いできた。どうも、おまえを袋叩《ふくろだた》きにした三人のうちのひとりらしいんだな」

「どこだ？」

「俺のとこさ。死にかかってる」

「行くよ、すぐに」

私は、ベッドから這《は》い出し、服を着こんだ。

「出かけるの？」

「ちょっとな」

「そう。見送らないわ。いつもと違うこと、あまりしたくないから」

明子はベッドの中だった。

トレンチを摑《つか》み、部屋を飛び出した。駐車場に降りて、フェラーリのエンジンをかける。水温があがるのを待つ間、なにが起きたのか私は考えていた。

なんとか、水温計が動きはじめた。

海沿いを突っ走り、街へ入り、ドクの診療所のあるビルの近くで停《と》めた。階段を駈《か》けあがっていく。

「生きてるよ、まだ」

私の顔を見て、ドクが言った。立野は、ドクの椅子《いす》に腰を降ろしていた。怪我《けが》をしている様子はない。

「確かに、こいつは俺を襲った三人組のひとりだな。立野がやったのか？」

「いや。実は気になるんで、建築現場を見に行ってるんだ。ここのところ、毎晩さ。なにも起きなかったが、車がやってきて、こいつが放《ほう》り出された。俺は、資材のかげに隠れて見ていたがね。こいつは立ちあがったが、三歩ばかり歩くと、また倒れた。車は、どこかに行っちまったよ。資材の間に駐《と》めておいた俺の車には、気づかなかったみたいだ」

「仲間割れかな」

「にしても、もうちょっとましな方法があるような気がする」

「とにかく、あの場所で人が死んでたとなりゃ、スーパーとして適当じゃないってことになる。それを狙《ねら》ったんだろう」

「大したことじゃない。人は、いずれ忘れるさ。仲間割れなら、徹底的にやりそうなもんだが、どうも中途半端だ」

「それで、ドク、傷は？」

「躰《からだ》の表面の滅多切り。これは出血が多いが、致命傷にはならない。健康な人間なら、じっとしてりゃ血は止まる。つまり、その程度の、切る側にためらいがあったような傷だ。ただ、腹に容赦のないやつがひとつある。内臓を抉《えぐ》ってるね。時間をかけて、苦しませながらくたばらせる。そういう刺し方だ」

「わからんな。それで、こいつは喋《しゃべ》れるのかい？」

「なにか、言ってた。ここへ運ぶまで、呟《つぶや》くようになにか言ってた」

「少しでも、思い出せ、立野」

「新しいやつら。これは聞きとれたな。あとは、よくわからなかった。俺の判断じゃ、まだ助かるはずだった。だから、急いだ」

「駄目なのか？」

「もうそろそろだ。たっぷりと苦しんだが」

ドクが言った。男の腕には、点滴の針が突き刺さっている。

「これは、警察に届けざるをえないんだろう、ドク？」

「死ねばな。そしてこいつは、十分以内に死ぬ」

「疑われるのは、立野か。なにしろ、夜中にああいう場所だ。とにかく、キドニーに相談しろ、立野。あいつがうまくやってくれるはずだ」

「わかった」

「続けるのか、スーパーの建設？」

「やめる理由は、なにもない」

「まあ、立野が疑われるのは、長くて一日だろう。スーパーの建設現場に流れた血の量なんかを検証すれば、あそこで刺されたんじゃないことはわかる」

男が、身動《みじろ》ぎをした。それから呻《うめ》き、それが叫び声のようになり、死んでいった。

午前五時に、私は電話でキドニーを叩き起こし、事情を説明した。

それから、坂井にも電話を入れた。

ドクが警察に届けたのは、午前五時半で、私はその時、もう海沿いの道を、『レナ』の方へ走っていた。『レナ』の前を通りすぎる。すぐに、岬の根もとの坂だった。登り、下っていく。海水浴場。それから崖《がけ》になった岩場。そこで車を停めた。

夜が明けようとしていた。

私はキドニーの岩に腰を降ろし、次第に明るくなってくる海を見ていた。岩に当たった波が、白く砕けていく。海鳥が啼《な》きはじめた。この時間の海は、見つめているとなぜか切ないような気分になってくる。

背後に、気配があった。

私は腰をあげ、ゆっくりとふり返った。エンジン音で気づかれないように、車を遠いところに停めてきたのだろう。二人とも、かすかに息を弾ませていた。三人組のうちの、二人だ。

「仲間割れか、おまえら。ひとりは死んだ」

私は二、三歩、二人の方に近づいた。殺気が、二人の躰から滲《にじ》み出してきた。

「よせよ」

「てめえを殺さなきゃ、俺たちの立つ瀬はねえんだよ」

「無駄さ」

二人が、刃物を抜いた。刃が、朝の光を照り返して、鏡のように光った。滲み出した殺気が、それ以上強くなる気配はない。

「三人で殺せなかったのに、二人で俺を殺せると思ってるのか？」

「うるせえ」

「匕首《あいくち》を捨てろ。その方がいい」

ひとりが、飛びかかってこようとした。私は、トレンチのポケットから、拳銃《けんじゅう》を引き抜いた。男の動きが止まる。

「時代遅れの殺し屋にゃ、ちょっと刺激が強すぎる道具かな、これは」

「待てよ」

ひとりが言った。もうひとりも、不安そうに仲間に眼《め》をむけた。

二人同時に、身を翻し、駈け出していく。それを遮るように、バイクが六台飛び出してきた。中央に坂井がいて、ヘルメットをとった。

立ち竦《すく》んだ二人の腿《もも》を狙って、私は二発撃った。二人が、前のめりに倒れる。

明子を襲ったのも、この男たちだった。その思いが、不意に私の中で脹《ふく》れあがった。引金を絞ろうとした私の手を、重いものが押さえた。下村の義手だ。

「気持はわかります。だけど、こいつらには訊《き》かなきゃならないことがありますから」

私は、拳銃を下げ、撃鉄を降ろした。

「おまえに、任せる。吐けるだけのものを、吐き出させろ」

黙って、下村が頷《うなず》いた。

二人が、キドニーの岩の方へ連れていかれ、私は車の方へ行った。

「立野さんは、参考人扱いですが、逮捕はされないみたいです」

坂井が、そばへ来て言った。ほかの五台のバイクは、姿を消した。

「社長をずっと見張ってましたよ、あの二人。夜中からです。もうひとりの仲間をやったの、あいつらじゃありませんね」

「俺を殺すにしちゃ、迫力にも欠けてた」

三十分ほどで、下村が戻ってきた。

「新しく、東京から五人来たそうです。三人は、社長を殺すのを失敗した責任を問われたみたいですね。殺さなけりゃ、その新しい連中に殺される。つまり、鉄砲玉にされたってとこですね。殺されたひとりは、あの二人の見ている前で切り刻まれたそうです」

「それで？」

「新しい五人の、最初の仕事がこれだったわけです」

「どうも、腑《ふ》に落ちんな」

「俺もそうですが、やつらは知ってることは吐いたはずですよ。M鉄工所の工場長に代って、東京から誰か来たみたいですが、その男とは、やつら会ってません」

「俺を狙うにしちゃ、ちょっとばかりお粗末じゃないか。坂井のとこの連中が、ひと晩じゅう俺のマンションを張ってたのを、知らなかったとしてもだ」

「社長、気がついてたんですか？」

「いや。ただ、おまえや坂井がやりそうなことは、なんとなく見当がつく」

下村が苦笑を洩《も》らした。

私は、フェラーリに乗りこんだ。

「どちらへ？」

「どうも、気になる。俺は一応、部屋に帰ることにするよ」

「あの二人は、坂井のとこの連中が病院にでも放りこんできます。怪我は大したことがありませんから」

私は、フェラーリを出した。

海沿いの道を、マンションまで突っ走る。

チャイムを鳴らしても、明子は出てこなかった。鍵《かぎ》でドアを開ける。

私が出かけた時のままの部屋があった。ただ、寝室のベッドに、明子の姿はない。

リビングのテーブルの上に、メモがあった。弘樹が来たので、ちょっと外で話をしてくる、と書いてあった。つまり、いま弟と外で会っているということなのか。なぜ、部屋に入れなかったのか。

どう見ても、部屋の中で乱暴なことが行われた気配はない。メモまで残っているのだ。

それでも、気になった。

坂井の車に、電話を入れた。

「安見が、いないらしいんです。さっき、奥さんが気づいたみたいです」

坂井の声には、切迫した気配がある。

30　待つ

ホテル・キーラーゴに集まった。

安見は、早朝補習に出かけたが、欠席の知らせが入って、菜摘は変事《へんじ》に気づいたらしい。一緒に受験勉強をはじめた二十人ほどが、自主的に学校に集まり、それに英語の教師が顔を出すというようなものだった。寝過したと思った友人が、電話をしてきたのだ。

「うまく、隙《すき》を衝《つ》かれたか」

明子の場合も、私を誘い出し、私のマンションの見張りの連中もそれに付いていった。まったく無防備の状態だった。

「こんなこともある、と頭に入れておくべきだった。いや、一応は入っていたが、どこかで高をくくっていたんだな」

「仕方がありませんよ、社長。あらゆる事態を想定したら、この街を捨てるのが一番安全という結論しか出ません」

坂井の喋り方も、呟くようだった。

「一番汚ない手を使ってきた、ということですね」

「じっくりと作戦を練った、という感じだな。いまいましいが、してやられた」

「ただ、安見と明子さんは、それぞれ別のところじゃないかと思うんですよ。まとまった集団は、新しい五人というだけでしょう。これまでも、別の動きはなかったし」

「ヘッドは、ひとつさ。見事に時間が一致してる。同時に進行させるのが、やつらにとっちゃベストだったんだ。片方だけじゃ、もう一方の警戒が厳しくなる、と考えたんだろう。実行グループは違っても、上で指揮してるのはひとりだな」

私は煙草《たばこ》に火をつけた。相手がどう出てくるか、待つしかなかった。

一回目の電話があったのは、九時を過ぎてからだった。菜摘が出た。すぐに、受話器を置く。菜摘が私に眼をくれた。

「娘と交換だ。そう言っただけで切れたわ」

「やはり、土地か」

安見と、秋山が買っていた土地の交換。それだけと言ってきたわけではなく、明子と岬の土地の交換という意味も含まれているのだろう。

「とにかく、うちの連中を全員動員してます。情報網にも回してありますから」

坂井が集めている連中は、毎年どこかに就職していく。自動車工場だったり、普通の会社だったり、飲食店だったりするが、半分以上はこの街に留《とど》まっているという。いわばOBと言ってもいい連中が、百人ぐらいにはなるのではないか、と私は思っていた。その連中は、坂井の情報網になっている。

「待つしかないわね」

菜摘は、化粧もしていなかった。どこか疲れた感じが、肌の表面に浮き出している。秋山が死んでから、まだそれほど時間は経《た》っていないのだ。

十時ごろ、キドニーが現われた。

「立野の方は、終った。やつは、自分がこの事件の契機を作ったんじゃないかと、ひどく考えこんでたよ」

キドニーが、パイプの煙を撒《ま》き散らしはじめた。

「こうなると、美竜会に関係させなかったのが、裏目に出たな。あいつらに適当にやらせた方が、尻尾《しっぽ》は摑みやすかった」

つまり、プロが隙を見せずに動いている。そう考えると、二人を助け出す方法もかなり限られたものになるだろう。

「下村は？」

「高岸を連れて、走り回ってますよ。時々、俺に連絡をくれることになってます」

「ひとりだけで、突っ走らせるな。いざとなると、あいつはおまえよりずっと無茶をやる。なにかあったら、必ず報告させろ」

「報告はしてきますよ。だけど、あいつはやろうと思ったら、やるでしょう。俺には、止められません。多分、社長にも」

「これ以上、誰も死なせたくはない」

「その気持は、俺も変りません」

煙草でも喫《す》うしかなかった。もう、散々コーヒーは飲んだ。

次の電話は、十一時だった。

菜摘が出て、すぐに私に受話器を差し出す。

「川中さんだね」

ああ、と私は短く答えた。

「あんたが、大きな流れに逆らおうとばかりするから、こうなってる。それはわかってるね。われわれは、土地が欲しいんだ」

「わかってる」

「譲って貰《もら》えるかな?」

「考えてみよう」

「ふん、そんな答か。切るよ」

電話が切れた。

「新しいことは、なにもなかった」

受話器を置いて、私は言った。

「土地と命を交換するということだな」

キドニーが言った。

「どうするんだ。そろそろ、態度を決めた方がいい」

「土地は、渡す」

「そうか」

「笑いたきゃ、笑え」

「なぜ？」

「負けだとわかってても、そうするしかない。俺はそうだ。土地を抱いたまま、この腐った街と心中しようとは思わん。俺が賭《か》けられるのは、自分の命までだ」

「安心したよ、川中。ここで土地は手放さんと言えば、おまえも連中と同じだ」

キドニーが、またパイプに火を入れた。

坂井のところには、頻繁に電話が入っている。坂井はそれをメモに書きこんでいた。この街の、考えられる場所をひとつずつ潰《つぶ》していくつもりなのか。気の遠くなるような話だ。

しかし、方法が別にあるとは思えなかった。

不意に、私は紅茶が飲みたくなった。それも、コルドン・ペコを。それを頭から消そうとすると、明子の顔が浮かび、ベッドでの姿態が浮かんだ。

私は、腕を組んでうつむいた。待つしかない、と自分に言い聞かせる。

「川中、俺は、おまえに土地の権利証を返さないぞ」

「どういう意味だ、キドニー？」

「つまり、土地を渡したいが、俺に権利証は預けてあって、返そうとしない。そういうことにするんだ。連中は、ほんとうかどうか確かめようとするだろう。ほんとうとわかれば、俺との交渉になる。俺は、弱味を握られちゃいない。交渉は時間がかけられるし、いいところに落とせるかもしれん。勿論《もちろん》、二人の命と土地を交換するという前提の上でだ」

「待てよ、キドニー。おまえが襲われる可能性があるぞ」

「そうやって、時間を稼ぐ。それで、いくらかこっちには余裕ができる。このままじゃ、完敗だ」

「完敗でもいい」

「ほんとに、いいのか。秋山が生きていても、やはり安見の命と土地は、較《くら》べられるものじゃないと考えるだろう。俺が、一番冷静に構えられる」

「やめろ、キドニー」

「そうか。そうだよな。悪かった」

キドニーは、いつになく率直だった。

「社長」

坂井が、部屋の隅から私を呼んだ。片手には携帯電話を握りしめている。

「下村と高岸が、どこかに走っていったそうです。かなり急いでたと言ってます。報告してくるぐらいだから、かなり異常な動きだったんじゃないでしょうか」

「あの二人、なにをやってた」

「街を走り回ってた、という報告は入ってましたが。この二時間、下村からの連絡はありません。こちらからかけても、自動車電話の電源を切ってるみたいで」

「追ってるのか?」

「手が足りません。下村だったんで、うちの連中も報告してきただけです」

「わかった」

キドニーは、パイプの煙を吐き続けていた。菜摘は、デスクの椅子で眼を閉じている。いたたまれなくなり、私は腰をあげた。それにタイミングを合わせるように、電話が鳴った。菜摘が素速く手をのばす。

「安見」

菜摘が叫んだ。二度続けて呼び、それから受話器を耳に押し当てたままうつむいた。

「安見の声よ。ひと言だけ。ママってね。それで、切れたわ」

私は、強く眼を閉じた。連中は、こちらの神経をさきに参らせようとしている。すぐにまた、電話が鳴った。とった受話器を耳に当て、菜摘はそれをすぐに私に差し出した。

「土地ぐらいくれてやる」

「弱気だね、川中さん。まあ、いい傾向だ。ただはじめに、街の中をバイクで走り回ってるやつらを、引きあげさせるんだ」

「わかった」

「また、電話をするよ」

切れた。私は、受話器をそっとフックにかけた。

「坂井、おまえのとこの連中を、引きあげさせろ」

「それを言ってきましたか。わかりました」

坂井が、携帯電話で指示を出した。

「全部が集まるまでに、十分はかかります」

「まったく、やりきれんな。殴り合いでもしていた方が、気が紛れる」

私はテーブルの脚を靴の先で蹴《け》った。

待ったが、それから電話は入らなかった。

キドニーが腰をあげ、部屋を出ていった。五分ほどして戻ってくると、同じ場所に、同じ恰好《かっこう》で腰を降ろし、パイプをくわえた。

「真田栄一郎が、M鉄工所にいるらしい。全体を指揮しているのは、あの男じゃないかな」

「それを、どこで仕入れた、キドニー？」

「山西という男が殺されてから、おまえは情報屋を使わなくなったろう、川中。あれは使いようだからな。俺が代りに使ってやった」

「真田のところに、動きは？」

「ない。M鉄工所の、応接室に陣取ってるだけだ。経営評論家が、地方の工場の見学に来たとでもいう感じだな」

「真田と、会おう」

「急ぐなよ。むこうがどこまでやる気か、よく見定めてからだ」

「どこまでとは？」

「おまえを、この世から消しちまう気でいるのかどうかさ。最終的に、やつらはそれを考えてると俺は思う」

「なら、殺させてみるさ」

「俺としちゃ、死ぬなら効果的に死んで貰いたいと思うね。犬死ってのは、はたに迷惑をかけるだけだ」

「なに言ってるのよ、二人とも」

　菜摘が声をあげる。

「わかったよ。どうやら、自分で考えているより、俺も苛《いら》ついているようだ。川中、いま行ったところで、真田は会いはしないだろう。それより、真田がM鉄工所に入ったことは知らない、というふうにしておいた方がいいと思う」

「そうだな。それが、賢明だろう」

私は煙草に火をつけた。

正午を過ぎても、電話は鳴らなかった。神経戦を続ける気らしい。明子の方は、まだまったく持ち出してきていない。

坂井の携帯電話が鳴った。

「ほんとか」

坂井が、私の方を見た。

「わかった。五台で後ろを固めろ」

「坂井くん、なにがあったの?」

電話を耳から離した坂井に、菜摘が訊いた。

「ここから十キロほどのところを、黒いスカイラインが突っ走ってます。ナンバーの確認はできてませんが、異常な走り方で、こっちへむかってます。しばらくしたら、うちの連中が追いつくでしょう」

「乗ってる人間は?」

「二人らしいとしか」

私は、部屋を出て玄関の方へ歩いていった。ホテル・キーラーゴのロビーは、いつもの通りだ。ドアボーイが、ほほえみを浮かべてドアを開けた。

大して待ちはしなかった。

黒いスカイライン。運転しているのは高岸で、助手席に安見がいた。

ドアが開き、安見が飛び出してくる。

「下村さんが。川中のおじさま、早く下村さんを助けに行って」

叫ぶように言う安見を、菜摘が抱きしめた。高岸を見る。頷いた。私はフェラーリに飛び乗り、エンジンをかけた。

黒いスカイラインは、坂井と運転を代ったようだ。

ホイルスピンの音をたてて、黒いスカイラインが突っ走っていく。私も、すぐにそれに続いた。

31

海沿いの道を、百五十キロで走った。コーナーはすべてパワードリフトで、対向車が三台ばかり堤防の方へ突っこんだが、坂井は構おうとしなかった。

途中から、山道に入った。

すでに、N市ではない。山間《やまあい》に、会社の寮らしい建物がいくつかあった。坂井は、相変らず、限界以上のスピードで走り続けている。フェラーリは、ドリフトのしっ放しだった。坂井が、左側の崖にテイルをぶっつけた。煙のように土が舞う。車は、すでに姿勢を立て直していた。

スカイラインが、ハザードを点滅させる。私はブレーキを踏みながら、二段一度に落とした。急停止する。

木立に囲まれた、会社の寮らしい建物だった。車を降り、門に飛びこんだところで、私は足を止めた。

玄関から、下村が出てきている。坂井が駈け寄り、倒れかかった下村の躰を抱きとめた。下村の全身から、力が抜けるのがわかった。

「おまえ、なんでひとりで突っこんだ？」

叫ぶように、坂井が言った。下村が、閉じていた眼を、かすかに開いた。

「悪かった。だけど、こんなところに団体で突っこめるかよ」

息が苦しそうだった。私は下村の頸動脈《けいどうみゃく》を指さきで触れた。弱々しい。

「安見は？」

「無事だ」

「よくやった、高岸」

「俺」

「きわどかったよな」

「喋るな、下村。高岸、ドクに電話を入れて、待機しているように言え」

「無駄です、社長。自分でわかりますよ。大して血は出てないけど、内臓はズタズタです。まあ、これだけやれりゃいいでしょう」

「足りない。おまえにゃ、もっとやって貰うことがある」

「とにかく、ドクに頼むことはありません。また、ひどい治療をされるからな」

「足一本ぐらい、覚悟しろ」

「勘弁してください。俺はただ、ゴミみたいなやつらの中でくたばりたくなかった。それで、仲間のところへ帰って死のうと思っただけなんです」

「死なんよ、おまえは」

「自分のこと、わかりますから。坂井にゃ悪いな。俺が死んじまうと、社長のお守《も》りはおまえひとりだ。二、三年で、高岸がひとり前になる。それまで、我慢しろ」

「下村、俺はな」

「いいよ。喋らせてくれ。俺は、仲間がいてよかったと思う。死ぬ時も、ひとりじゃないしな。社長のおかげですよ」

ゆっくりと下村が眼を閉じ、それからまたゆっくりと開いた。

私はもう、喋るなとは言わなかった。下村の躰の中が、次々に毀《こわ》れていく。それがはっきり感じられたからだ。

「俺みたいなひねくれ者は、社長のとこじゃなきゃ、とても勤まりませんでしたよ。生きたなって思いもあります。生ききったってね。仲間もいる。いまもこうして、仲間に抱かれてる」

「おまえ、なにかやり残したことは？」

「俺が死ぬって、わかったんですね、社長。俺がやり残したのは、社長に勝つことだけです。殴り合いとか、そんなんじゃなく。だけど、こうやって死ぬことで、もしかすると勝つことになるかもしれませんね」

「十年早いんだ、下村。おまえが俺に勝つには、十年足りなかったな」

「勝手に、そう思っててくださいよ」

「社長のお守り、俺が引受ける。俺は、おまえの青銅の手と、一度やり合ってみたかったよ」

「よしてくれ。これは仲間を殴るためのもんじゃない」

下村が、白い顔にかすかな笑みを浮かべた。躰が痙攣《けいれん》するのが、背中を支えた手に伝わってくる。下村と眼が合った。眼に下村はなにかをこめていた。長い間、見つめ合っていたような気がした。

「じゃ、俺」

呟くように、下村が言った。眼差《まなざ》しにこめられたものがなんであるのか、私は読みとろうとした。

すべての力が、下村の躰から消えた。

私は下村の躰を横たえ、もうなにも語らなくなった眼を閉じさせた。

高岸が泣きじゃくっている。

「呆気《あっけ》ないもんです。藤木さんといい、下村といい」

「そんなもんさ。そんなものであることを、下村はよく知ってた」

バイクが、次々に到着しはじめていた。

私は煙草に火をつけ、空を仰いだ。降り出しそうではないが、雲は厚い。そういう日だったことに、はじめて気づいた。

「運転しろ、高岸。帰るぞ」

「でも、下村さんが」

「もう死んだんだ。ここにあるのは、屍体《したい》だけさ。フェラーリの助手席の、人形と同じだよ。下村のことは、忘れるな。それだけでいいんだ」

かすかに、高岸が頷いた。

助手席の人形を投げ捨て、高岸が私の座る場所を作った。

車は一度切り返して方向を変え、山道を下っていった。

「泣くの、おかしいですか？」

何度も袖《そで》で涙を拭《ぬぐ》った高岸が、前をむいたまま言った。

「いや」

「社長は、泣かないんですね」

「泣き方を、忘れたよ」

私は煙草に火をつけた。海が見えてきた。沖に貨物船が一隻いる。すでに荒れはじめ、冬の気配が漂った海だった。

ホテル・キーラーゴ。

安見が、玄関で待っていた。私は黙って安見を見た。安見の眼に、涙が盛りあがってくる。安見が私の腕を摑み、額をぶっつけるような仕草をした。

社長室に行った。

私と安見の様子で、菜摘もキドニーも下村が駄目だったことを悟ったようだ。菜摘が、コーヒーを淹《い》れはじめた。『レナ』の時とは違って、ミルで豆を挽《ひ》くところからだ。

高岸が、部屋の隅の椅子に腰を降ろした。

「今度から、おまえはカウンターに入って、坂井の見習いをしろ、高岸」

「こんな日に、店をやるんですか？」

「こんな日だから、やるのさ。下村は、おまえでいいと言った」

「言いませんよ、そんなこと」

「よくやった。そう言ったのを、おまえ聞かなかったのか？」

「聞きましたが」

「それでいいんだ。藤木の時も、坂井はそうやってカウンターに入った」

「わかりました」

キドニーが、パイプの煙を吐いた。

明子についての情報は、なにもないのだろう。あれから、電話もなかったに違いない。

コーヒーの香りが漂ってきた。キドニーが灰を灰皿に落とし、パイプを収《しま》いこんだ。

「馬鹿な男ばっかり、ほんとに」

安見が、呟いた。私のそばに腰を降ろしたままだ。

コーヒーが配られた。砂糖とは別に、塩の皿がある。私はそこからひとつまみだけコーヒーに入れた。

「パパの飲み方だ、おじさまの」

「フロリダじゃ、こうやる。いや、ジャマイカだったかな。秋山が死んじまったんで、このやり方を俺が貰った」

菜摘が、黙って封筒を差し出した。土地の権利証らしい。明子との交換で、相手は岬の土地だけでなく、秋山が買っておいた土地も要求してくるかもしれない。それを考えてのことだろう。

「ありがとう」

「これぐらいしか、できないわ」

「キドニーに、預けておいてくれ。キドニーが、必要な時を判断する」

「待てよ」

「俺は、頭に血が昇ると思う。持ってない方がいい」

「明子さんは、おまえの」

「だからさ。だから、おまえに頼むんだ、キドニー」

「わかった」

キドニーは、それ以上なにも言わなかった。

坂井が戻ってきたのは、午後四時を回ったころだった。

「中で、村尾有祐が死んでました。外傷がないので、心臓発作かもしれません。胸を打って心臓を停めることができる、と下村が言ってたことがあるので、あるいはそれかもしれませんが」

「ほかには？」

「死んでいたのが、村尾も含めて五人。ほかに重傷を負った者が二人。いわゆる、殺しのプロじゃないと思います」

「なによ、あんたたち」

いきなり、安見が立ちあがった。

「なにが殺しのプロよ。映画を観《み》てるんじゃないのよ。なんだって、この街の男どもはこうなのよ。ちょっとは、デリカシーというものを持ったらどうよ。野蛮さを、まとめて海にでも捨ててくるといいわ」

菜摘が、安見の頰《ほお》を打った。まだ叫び続けようとしていた、安見の口が止まった。

「坂井くんが、いやここにいるみんなが、悲しんでないとでも思ってるの？」

菜摘の口調は、母親のものだった。

「ごめんなさい」

安見が言った。

「ほんとに、ごめんなさい。そんなこと言うつもりじゃなかった。喋ったのが、自分じゃないみたい」

「おまえだよ、安見。おまえがそう言った。当たり前のことを言ったんだ」

キドニーが、腰をあげて言った。

「おまえの言ったことは、間違ってない。ただ、言っていいことか悪いことか、考えていない。下村も坂井も、映画のアクションスターみたいなことを、やりたくてやってるんじゃない。ふだんは、二人ともおまえのいい兄貴だったじゃないか」

「うん」

「俺は、これから透析へ行く。予約した時間なんでね。おまえは付いてきて、俺を見てろ。そうやってでも、生きてる俺をな」

安見が、頷いた。

「川中、権利証は二通とも俺が預かっておく。使う時が来たら使うが、あまり使いたいとも思わんな」

キドニーが、安見を連れて出ていった。

「大丈夫だ。キドニーが落ち着かせてくれる。いまは、あいつが透析を受けてるのでも眺めていた方がいいだろう」

「そうね」

「宇野さんのシトロエンには、うちの連中が五人付いてます」

坂井が言った。菜摘が頷き、両手で顔を押さえた。相変らず、化粧はしていない。私は腰をあげた。

「ここで電話を待ったら、川中さん?」

「いや、やめておこう。安見が帰ってきた以上、俺はここへ近づかない方がいい」

「そう。ここにもし電話が入るようだったら、あたしが受けておくわ」

「頼む」

「明子さんを、あたしは好きよ。安見も」

私は頷き、部屋を出た。

川中エンタープライズの、本社に行くことにした。フェラーリは坂井が運転した。

「下村の野郎、勝手に運試しをしたんじゃないかと思います」

「そんなやつだよな」

「ツキはある。そう思ったでしょう。最後に、社長や俺と会えたんです」

「ふざけた野郎だ」

「まったくです」

それ以上、坂井は喋ろうとしなかった。

私は、左手に拡《ひろ》がる海に眼をやっていた。見馴《みな》れた海だ。この海から、いつも冬はやってきた。じっとそれを見つめている生活を、どれほどの時間、私は待ち続けてきたのだろうか。

「明子さんのこと、むこうは電話でなにか言ってきたんですか?」

「いや」

「電話は多分、あの寮からでしょう。K商事の寮で、真田という男とは、関《かかわ》りがあるんでしょう。下村は、M鉄工所の清田の線から、あそこを摑んだみたいなんです」

「明子は、違う場所か」

「生きてるのが、あの寮に二人残ってましたんでね。警察を呼ぶ前に締めあげたんですが、なにも知りませんでした」

「弟も、見つからんのか？」

「弟と、それから前の婚約者の重原和夫を捜させちゃいるんですが、もうひとつ網が絞りきれませんでね。なにか、糸口になるものがあればいいんですが」

「もう、夕方だな」

「殺すようなことは、ないですよ。ありえません。やつら、絶対に土地が必要なんですから」

街へ入っていた。

海辺を走っていた時のような冬の気配が、街にまではまだ流れてきていなかった。

32　西部劇

六時半に、店へ行った。

いつものように、坂井がシェーカーを振った。そばに、高岸が立っている。下村がいない。ずっと前からいなかった人間のように、店はいつも通り動いている。店は、それでいい。

沢村が出てきて、ピアノを弾きはじめた。この時間は、客のための演奏ではない。気がむいた時に、弾きたい曲を弾く。もっとも、客がいる時でも、それは変りはしないのだ。

いつの間にか、遠山も来ていた。私の隣りのスツールで、黙ってピアノに耳を傾けはじめる。『レフト・アローン』だった。ひとりきりで、行った。そういう意味だろう。

曲が終ると、沢村はカウンターへやってきた。私も遠山も、ソルティ・ドッグを一杯とは言わなかった。

「いいですか、俺からで？」

坂井が、遠慮がちに言った。

「君の奢《おご》りでやりたくて、ここに座っているんだよ」

「かしこまりました」

坂井が、鮮やかな手つきでソルティ・ドッグを作った。頷いたきり、沢村はひと息でそれを空けた。店が、再び静寂に包まれた。

沢村はなにも言わず、奥の控室へ入っていった。まだ女の子たちは出勤してきていないのか、笑う声も聞えない。

「遠山先生、なんにしましょうか？」

開店時間前なので、坂井の口調はいくらか砕けている。

「シングルモルトのスコッチを」

「コニャックではなく？」

「あれは、食後に葉巻とやるものだ」

「そうですか。グレンモランジのカスクストレングスがありますが」

「ほう、強烈なやつだな。一杯いただこう」

遠山が、カスクストレングスを飲みはじめても、私は飲みたいとは思わなかった。

「このところ、それが社長のお気に入りなんです」

「川中さんには、ぴったりの酒だという気がするね。これは、燃えるだろう？」

「燃えますよ」

遠山は、しばらく香りを嗅《か》ぐ仕草をし、それからほとんど頭を動かさず、手首を返すだけで口の中に放りこんだ。

電話はなかった。私がどこにいるかということぐらい、当然連中は摑んでいるはずだ。電話がないことに、なにか意味でもあるのか。すでに、十二時間は経っている。

坂井が、ボーイに呼ばれてカウンターを出ていった。

遠山が、音をたててカウンターにグラスを置いた。それほど大きな音ではない。それが妙に耳に残った。

「M鉄工所が、資材倉庫を建設中なのを知ってますか？」

「そこが、どうした？」

「きのうから、工事が中止されてるんです。そこに、どうも女がひとり監禁されている様子でしてね」

「確かか？」

「女がいることは、確かです。それが明子さんなのかどうかは、危険すぎて確かめられませんが、状況を考えたらそうとしか思えないんですが」

私は煙草をくわえた。M鉄工所の資材倉庫は、工場の敷地内ではなく、港の埠頭《ふとう》のそばにある。陸揚げした資材を保管しておくところだ。

「港というのがひっかかるな。誰かがいなくなった。まず捜すのは、あのあたりじゃないか？」

「しかし、人を隠すのに絶好の場所でもあります。ただ、俺の独断じゃ決めきれませんでした。もうちょっと様子を見るか、思いきって調べてみるか、社長の考えに従った方がいいと思いまして」

坂井が、私に預けようという気持は、よくわかった。確かなのは、私が決めるしかない、ということだ。下手をすれば、明子の命は危険に晒《さら》される。

「張ってるんだな？」

「一番近くが、二百メートルばかりのところの二人です。ほかに、点々と六人配置してあります」

「まだ、人が多い時間だ。やるにしても、もうちょっと様子を見よう」

「わかりました」

坂井が、カウンターのかげにしゃがみこんだ。携帯電話を店に持ちこみ、指示を出しているらしい。遠山は、いつの間にかいなくなっていた。

店に客が入りはじめた。私はボックスの方に背をむけたまま、カスクストレングスを舐《な》めていた。客に挨拶《あいさつ》するのは何年も前にやめてしまったので、私が経営者だと知らない客の方が多いだろう。ただ、女の子たちは緊張する。だから、営業時間中はあまり飲まないようにしていた。

かすかに、携帯電話が鳴る音が聞えた。物を捜すような恰好で、坂井がしゃがみこんだ。すぐに立ちあがり、カウンターに身を乗り出してくる。

「車が」

坂井の唇は、ほとんど動いていなかった。唇を動かさずに喋るのは刑務所で身につけた技で、こんな時に出るのは緊張しているからだ。

「ジャガーが、あのあたりをうろついてるってんですが」

「ジャガー？」

「なにかを、捜してるような感じだってんです」

「遠山先生は？」

「帰られましたよ」

「車、だったかな？」

「そういえば、キーはお持ちでした」

私は腰をあげた。坂井が、ボーイを呼んでいる。外に飛び出すと、フェラーリのエンジンをかけた。港にむかって、突っ走る。後ろから、黒いスカイラインも付いてきていた。

M鉄工所の資材倉庫。建設中で、まだブルーのシートがかけられていたはずだ。

港に入った。バイクが出てきて、前を遮った。

「あの倉庫の方へ、ジャガーが行きました。トレンチを着てる人が運転しているみたいですけど、顔は確かめられません」

頷き、車を出そうとした時、銃声が聞えた。四発、五発と重なっている。私は、ハンドルを握りしめていた。

車が近づいてきた。フェラーリのヘッドライトの中に浮かびあがったのは、濃紺のジャガーだ。

私は車から飛び出した。

遠山は撃たれていた。トレンチの胸のところが、赤く染まっている。それでも、私を見てかすかに笑った。

「罠《わな》だよ、川中さん。あそこにいるのは、明子さんじゃない」

喋り終えた時、口から泡の混じった血が噴き出してきた。

「喋らないで」

私は遠山の躰を、ジャガーの後部座席に移した。肩と腿にも、一発ずつ被弾しているようだ。

「高岸」

呼ぶと、高岸が飛んできた。

「フェラーリでドクをピックアップして、病院に連れてこい。遠山先生の状態を、車の中で説明するんだ」

私はジャガーに乗りこみ、発進させた。

自動車電話で、病院を呼んだ。宿直の看護婦の中に、山根知子がいた。

「遠山先生を連れていく。撃たれてるんだ」

「桜内を、一緒に」

「わかってる。高岸がピックアップしてくる。傷でひどいのは、胸だ。肺がやられていると思う。出血は口からだ。手術の用意をして待っててくれ」

「わかったわ」

電話を切った。ジャガーのフロントグラスにもひとつ穴があいていて、前方は見にくかった。

「罠だと、君に教えられてよかった」

「黙って。喋っちゃいけません。できるだけ、躰も動かさないように」

「いま言っておかないと、もう言えないような気がする」

どうしようもなかった。私の手はハンドルを握っていて、遠山の口を塞《ふさ》ぐことはできない。それに、遠山は死ぬことを覚悟しているような感じだった。

「歳甲斐《としがい》もなく、明子さんを好きになってね。しかし彼女は、君を好きだ。黙って見ていようと思った。私には、若い娘を愛する資格はないから」

「先生」

「いい娘だ。そして、明るくなった。君に、愛されてることがわかったからだろう」

喘《あえ》ぐような喋り方だった。血を吐いているような気配もある。

「頼みます、先生。もう喋らないでください」

「似合ってるよ。お互いが、お互いを必要としている。私には、そう思える」

ジャガーは百三十キロで突っ走っていた。ホテル・キーラーゴの明りのそばを通りすぎる。

「よかったよ。役に立てたかどうか、わからないがね。私は、これで、気が済んだ。エゴイストだな。君に、こんなに、迷惑をかけてる。心配するな、もう喋らんよ」

ようやく沖田蒲生記念病院の明りが見えてきた。

玄関に滑りこむ。遠山は、すぐに運び入れられた。

私は、玄関でドクを待った。五分と待たず、フェラーリ独特のエンジン音が聞えてきた。

高岸は、かなり飛ばしている。

「まだ、意識はあるか」

降りてくるなり、ドクが言った。

「ああ。さっきまで喋ってた」

「拳銃か？」

「ライフルの音はしなかったな」

ドクが、手術室の中に入っていった。

私と高岸は、外来待合室のベンチで待っていた。この病院も、ようやく入院の設備が整ってきた。スタッフも機器も一応揃《そろ》ったのだ。ここで下村も手首を切り落とした。

三十分ほどして、高岸の携帯電話が鳴った。坂井が持たせたらしい。出て、すぐに私に差し出す。

「倉庫にいた女ですが、明子さんじゃありません。二人ばかり捕まえて締めあげてみましたが、なにも知りません。東京から来たやつらでした。プロってわけじゃないですね。プロなら、顔を確かめるまで、撃ちはしないでしょう」

「わかった」

「遠山先生は？」

「手術中だ」

「しかしまた、なぜ？」

「いろいろあるさ」

「そうですね。でも今日はこれで二人目だ。怕《こわ》くなってきましたよ」

「遠山先生は、大丈夫だろう」

「なら、いいですが」

私は、携帯電話を高岸に返した。

看護婦が、廊下を走っていた。遠山がどうかしたというわけではないらしい。入院患者に異変があったのだろう。白衣の袖を通しながら、若い当直医も走っていった。

ようやく、ドクが出てきた。運びこんでから、一時間半は経っている。

「胸の弾は、二発だった。ハロー・ポイントの弾丸で、かなり肺の組織を毀《こわ》したな。あとはまあ、かすり傷程度だ。肺の弾を抜くのに、ちょっと手間どった」

「予後は？」

「手術したのが、俺だぜ。市内の病院に連れていっていたら、確実に死んでいたな。心臓のそばの弾には、触ることもできなかっただろうからな」

「よくやった」

「芸術家をひとり、死なせずに済んで、俺たちも日本の文化に貢献したってわけだ。輸血がもう少し遅れていたら、正直なところ危険だった。これは遠山先生の運だな」

煙草を出すと、ドクが一本とった。

「明子さんは？」

「まだだ」

「そうか。つらいところだな」

私は煙を吐き、ドクにちょっと手を挙げると、病院を出た。

遠山のジャガーを残していくことにし、高岸にフェラーリを運転させた。

「社長」

高岸が低い声で言った。

「この間、殺し屋が持ってた銃、フェラーリに積んでありますよね」

「なにをやろうというんだ？」

「一挺《ちょう》、俺にください。真田栄一郎とかいうのを、俺が殺してきます」

「蜂《はち》の巣にされるぞ」

「もともと、美竜会に鉄砲玉にされて、社長を殺すはずだったんです。死んでもいいですよ」

「死ぬだけだ。ただ死ぬだけだ。真田栄一郎を殺せはしないぞ」

「それでも、いいですよ」

「高岸、おまえ死なれた人間の気持が、少しはわかるだろう。おまえも、下村に死なれたんだからな。わかるなら、生きろ」

「くやしいじゃないですか。やつら、好き放題やりやがって」

「俺が言ってることが、わからんのか」

「わかります」

「これ以上、言うな」

「すみません」

「ホテル・キーラーゴに入れろ。考えてみたら、朝からなにも食ってない」

「俺もです」

ホテル・キーラーゴの明りは見えていた。道路を挟んでヨットハーバーがあり、私の『レナⅢ世』もそこに繋留《けいりゆう》してある。照明に包まれたホテルとヨットハーバーは、外国のように思えた。

一階のレストランで、スパゲティをかきこんだ。味はよくわからなかった。

「うちの娘、すっかり死生観を変えてしまったみたいだわ」

スーツを着た菜摘だった。

「宇野さんの透析を見せられたんじゃ、やっぱり生きることの意味を考え直すんでしょうね」

「遠山先生が、撃たれた」

「そう」

「ドクが手術をしたんで、大丈夫だろう」

「安見をやるわ。いろいろと御不自由でしょうから」

「助かるよ」

「この街は、いつまでも変らないのね。西部劇の街みたいよ。いつまでも変らないんだって、このごろわかってきたわ」

「変るよ」

「主人も、そう言ってたわ」

それだけ言うと、菜摘は社長室の方へ歩いていった。

33 後悔

いる場所がなかった。

店は混んでいるし、本社ではまだ何人かが残業をやっているし、どこかで酒を飲もうという気も起きなかった。

「社長が自閉症だって、高岸が心配してますよ」

フェラーリのシートを倒してぼんやりとしていると、ボータイに赤いベスト姿の坂井が乗りこんできた。

「仕事をしてろ、坂井」

「わかってます。煙草を一本だけ、喫《す》わせてください」

「俺のことより、高岸の心配をしてやれ。下村が死んだんで、頭のいろんな線が切れちまってる」

「切れたものは、戻りませんよ。俺がそうですから。あとは、こらえられるかどうかです。あいつは、下村を死なせちまったと思ってるんです」

「思うだろうな」

「だから、ひとりでこらえていればいい。それより、これだけ時間が経っても、むこうから連絡がないってことを俺なりに考えてみたんですが。重原和夫が関係してるんじゃないでしょうか。調べさせましたが、家には戻ってませんし。重原をとりこむことで、何年後かには、重原家の土地をものにできるかもしれない。安見と明子さんで、残りの二つもなんとかなる。三つ手に入れたとなると、街の中の土地とか、駅裏の立野さんの土地は、長期戦で構えればいい」

「なにが言いたい」

「頭の中の整理です」

「ひとりでやれ」

「重原を捜してもいいですか。明子さんより、そっちの方が早いような気がします」

「おまえが、わざわざ俺に断る理由は？」

「あまり言いたくありませんよ。考えたくもない」

「いいよ、重原を捜せ。明子がどうなっていようと、生きてさえいればいい」

坂井が、煙草を消した。ドアを開けて降りていく。

「そうだ、宇野さんが透析から戻ってきてますよ。今夜は、ずっと事務所にいるそうですから」

「キドニーと会ってどうする？」

「古い友だちがいる。こんな時は多分、悪いことじゃないような気がします」

坂井がドアを閉めた。

古い友だちがなんだ、という気分になった。私は十分ほど、その姿勢で動かなかった。

それから、上体を起こした。

キドニーの事務所の窓からは、明りが洩れていた。

「よう、キドニー」

私は事務所のドアを開け、声をかけた。

キドニーは、判例集らしい綴《と》じこみと格闘していた。顔をあげ、表情も変えず、またデスクに眼を落とした。

私は応接セットのソファに腰を降ろし、煙草をくわえた。コーヒーの香りが漂っている。事務員がいる方の流し台のコーヒーメーカーに、それほどまずくはなさそうなコーヒーがあった。キドニーの事務所のコーヒーは、普通の味覚の持主なら、まずくて飲めはしないのだ。わざとそんなコーヒーを出して、客の反応を愉《たの》しんでいるのだった。

「どういう風の吹き回しだ、このコーヒー？」

「当分、『レナ』のコーヒーにありつけそうもないからな」

私は、客用のカップにコーヒーを注ぎ、応接セットのテーブルに持っていった。

「棚に、貰い物のコニャックがある」

「いらんよ」

コルドン・ペコを、私は思い出した。

「遠山先生は、助かるそうだ」

「坂井から、聞いた。しかし遠山さんは、なぜあんなことをしたんだ？」

「明子を、好きだったそうだ」

「なるほどな。ホテル・キーラーゴの絵を見たよ。言われれば、わかるな。祈りのようなものが、感じられる絵だった。心の中にまだ生きている女と、彼女が重なったのかもしれん」

「俺を殺すための罠だった、と確認できただけでもいい、と言ってた」

「おまえなんかとくっつくより、遠山さんに愛された方が、彼女はずっと幸福だっただろうな」

「俺も、そう思う」

私は、コーヒーを啜《すす》った。

「それでも、彼女はおまえを好きになったか。彼女に対する気持を、表面に出すほど遠山さんも子供じゃないし」

「もうよせ。こうなっちまったんだ」

キドニーが、椅子の背凭《せもた》れに寄りかかり、躰をちょっと私の方へむけた。

「彼女は、自分のことを喋ったか、川中?」

「喋ろうとした。俺は聞かなかった」

「なぜ?」

「過去なんてものには、もううんざりだ」

「両親が、同時に死んでいる」

言って、キドニーはパイプに火を入れた。甘ったるい香りが、すぐに部屋を満たしはじめる。透析を済ませたばかりだからなのか、キドニーの表情はすっきりしていた。ただ、眼の光だけは憂鬱《ゆううつ》そうだ。

「母親が、眠っている父親を殺して自殺したんだ。四、五年前だったと思う。その時、彼女は東京にいたようだがね」

「だから、なんだというんだ？」

「過去はうんざりだと言っても、事実を知っていることは無駄じゃない。その事実に眼をつぶったまま、好きだなんて言うのもまやかしだという気がする」

「いずれは、俺に話したと思う。その前に癒《いや》しておかなきゃならないものが、あいつにはあった」

「わかるよ。だから俺が喋ってる。弁護士というのは、因果な商売でね。なにか事件が起きると、裁判が成立しない状況でも、いろいろとシミュレーションをやってみる。俺の頭の中じゃ、母親が生き残ったとしても、実刑判決は出なかったな。執行猶予が付いたと思うよ。こんなことを、おまえに喋っても無意味かもしれんが」

「聞いておいてよかった、と思うことがあるかもしれん」

「婚約者がいたな」

キドニーは、濃い煙を続けざまに二度吐いた。

「破談になったのは、弟に問題がありすぎたからだ。要するにチンピラだが、やくざ者につけこまれる隙は、いくらもあったみたいだ。それで、婚約者の母親が警戒したってとこだろう」

「弟が来たので、外で話してくる、というメモが部屋に残っていた」

「呼び出してくるように、誰かに頼まれた、ということも考えられる」

「どういう状況だったか、考えることに大した意味はない。弟の方も、骨なしのガキだが、姉思いではあった」

「わかった。これ以上の話は、やめにしておこう。確かに、意味はない」

「すまんな」

「なにが？」

「俺のことを気にして、わざわざ調べたんじゃないのか、おまえ」

「おまえの弱味のひとつでも、握れればと思ってな」

私は、カップに残っていたコーヒーを飲み干した。冷えていて、もう香りもなかった。キドニーが椅子から腰をあげ、コーヒーを運んできた。自分のカップに少しと、私のカップになみなみと注いだ。

「安見のやつ、俺の透析を見て、びっくりしていた。こうやって生きてる人間もいるってな。下村が死んだショックも、あれでいくらか遠くなっただろう」

「下村の腎臓《じんぞう》を、移植するという手があったな。手術はドクにやらせて」

「俺は、これでいい。死人の多い街だ。新鮮な腎臓も手に入れやすいだろうが、このままでいいんだよ。自分が生きてるってことが、おまえなんかよりずっとわかる」

「いつまでもってわけにも、いかないんだろう？」

「その時は、死ぬよ。生きれるかぎりこの躰で生きて、死ぬことにする」

キドニーが、コーヒーを啜った。コーヒーには利尿の成分があるというが、キドニーには関係ないのだろうか。

「長いな」

「俺たちがか？」

「おまえに対する思いは、自己嫌悪と同じだと考えることがよくある」

「人が、死にすぎた。一番先に死んでもいい、俺やおまえが生き残ってな。どういうことなんだ、とふと思ったりすることがある」

「悪運さ」

「どっちが、運がいいのかな。業が強すぎて死にきれない、と思うことがよくある」

「俺は、考えないようにした。藤木が死んだころから、そういうことは考えないように決めたんだ」

電話が鳴った。

キドニーが静かに立ちあがり、低い声で応答した。

「坂井だ。あいつも、少しずつ藤木に似てきた」

「つまり、俺にお節介を焼いてるわけか」

「俺とおまえにな」

救急車が、下の道路を走っていった。サイレンの音が遠ざかると、また静けさが部屋を包んだ。何本目かの煙草をくわえ、私はデュポンで火をつけた。

「何年前だったかな」

キドニーが、呟くように言う。

「忘れた」

「なにを?」

「なにもかもさ」

「老いぼれみたいなことを、言うなよ、川中」

「早く老いぼれたい。最近はよくそう思うことがある」

「釣りと音楽と読書の日々か。おまえには、読書はないか」

「釣りも音楽もいらん。勿論、読書もな。躰を暖められる、陽溜《ひだま》りがあればいい」

「そんなもんかな」

自分が老いた時のことなど、想像はできなかった。ただの飲んだくれかもしれないし、神経質で人嫌いの老人になっているかもしれない。

また、電話が鳴った。

キドニーの応対は、さっきと同じだったが、表情が私にもはっきりわかるほどに動いた。じっと聞き入っている。痩《や》せた背中。後姿を見ると、私はいつもそう思う。

受話器を置いても、キドニーはしばらく黙っていた。

「自殺だと思う」

「死んだのか、明子は？」

「シティホテルの、窓を破って飛び降りたそうだ。つい、十分ほど前のことだ」

「シティホテル」

「盲点だな。坂井の網にひっかかってこないはずだ」

「そうか。自分で、飛び降りたのか」

私を待っていただろうか。ふと、そう思った。待っていたはずだ。待ちきれず、絶望したのか。それとも、別の状況があったのか。

「詳しいことは、なにもわからん。坂井はもう行ってるはずだ。電話をくれたのは、声をかけてあった情報屋だった」

「虫が良すぎたよな」

私は呟いた。明子と二人で海を眺めながら暮す。所詮《しょせん》、私には夢以上のものではなかったのだ。私に、そういう暮しが許されるはずがなかったのだ。

どこかで、自分というものを見失っていた。簡単な、簡単過ぎる資格さえ、考えてみることがなかった。

苦い自嘲《じちょう》が、私の全身から滲み出してきた。私は煙草をくわえ、火をつけた。私と知り合うことがなければ、明子は死ぬこともなかったのではないのか。いまさら、考えてもどうしようもなかった。

「虫が、良すぎた」

「川中」

「なんと勝手な人間だ、といまは思うよ。自分を、忘れていた」

「おまえが、女に惚《ほ》れた。それが悪いと、俺は思わなかった。俺の気持は、いくらか楽になったほどだね。おまえと会うと、毒づいたりはしただろうが、いいことだとは思っていたような気がする」

「自分の資格にさえ、俺は気づかなかった。そしてまた、生き残った」

キドニーは、しばらく黙っていた。

私は、短くなるまで煙草を喫い、指さきが焼けていくのを感じても、灰皿で消さなかった。キドニーの華奢《きゃしゃ》な指がのびてきて、私の指さきの煙草をとった。

「察するよ」

「俺はいま、後悔している」

「もうよせ。おまえらしくない。いやだとは思うが、シティホテルには、行ってみた方がいい。なにもかも、すべて終わったってわけじゃないんだからな」

「ああ」

私は腰をあげた。

キドニーが先に立って、事務所のドアを開けた。

34 コルドン・ペコ

警察車が、十台ばかり出ていた。ロープを張って、群衆を整理している。私とキドニーは、群衆をかき分けるようにして、ホテルに入っていった。ロビーにも、刑事の姿がかなりあった。所轄署の一課が、総出してきたという感じだ。キドニーが、刑事のひとりをつかまえ、なにか訊《き》いた。

「まず、彼女に会おう」

「まだ、運び出されていないのか？」

「検屍《けんし》がまだらしくてな。野次馬を整理したりするのに、時間を食ったらしい。それに、警察本部からも、特機が出動してくるらしい。それも待たなきゃならんのだろう」

私は、明子が落ちたという裏庭の方へ回った。

明子は、毛布をかけられていた。地面に飛び散っているのは脳漿《のうしょう》だろう。踏まないように、と言っている刑事の声が聞えた。

明子のそばにしゃがみこみ、私は毛布を持ちあげた。明子は眼《め》を閉じ、白い顔をさらに白くしていた。口から血が流れているほかは、特に傷らしいものは見えない。

毛布をかけ直し、私は立ちあがった。

「虫のいい男さ、まったく」

「やめろ、川中。いま、自分を責めてどうなるんだ」

「部屋へ行くぜ、キドニー」

「二人ばかり、残ってるそうだ。部屋で腰を抜かして、動けないでいるらしい」

私は頷《うなず》き、ロビーに戻ってエレベーターに乗った。

特別室の前に、警官が二人立っていた。

部屋の中には、顔見知りの刑事がいる。秋山が殺された時も、現場にいた刑事だ。

「大騒動が、起きるような気がするんですがね、川中社長。もう起きてるのかな」

「どうだろうな」

「警察を嚙《か》ませたがらない。それが川中社長の悪い癖ですよ。われわれの一致点は、どこかにあるはずなのに」

「警察が怕《こわ》いとさ、川中は。ところで、残ってた二人ってのは？」

「ダイニングルームのテーブルで、事情聴取中だったけど、終ったみたいだな。まだぼんやりしてますよ。ひとりは婚約者で、もうひとりは弟だそうです」

「元の婚約者だよ。婚約はすでに解消されていた」

「そうなんですか、先生」

「本人が、婚約者だと言ったのか？」

刑事と喋《しゃべ》っているキドニーから離れ、私はダイニングルームに入っていった。大きなテーブルの上に、シャンデリアがぶらさがっている。その下に、小川弘樹ともうひとりが、並んでいた。私の顔を見て、小川弘樹が弾《はじ》かれたように立ちあがった。

「君が、重原和夫だな。川中だ。名前ぐらいは、そこの小僧に聞いてるだろう」

重原の顔も強張《こわば》った。

「川中さん、俺は」

「重原に頼まれて、明子を呼び出したのか？」

「俺に頼んだのは、M鉄工所の人ですよ。M鉄工所の人は、重原さんに頼まれたと言ってました。でも、川中さんのマンションを出ると、すぐに無理矢理車に押しこめられて」

私はズボンのポケットに手を入れた。手を出していたら、小川弘樹を絞め殺しかねない。

重原が、首を横に振った。弘樹の話を否定している、というわけではなさそうだ。なぜこんなことになったのだ、という表情だった。指さきは、小刻みにふるえている。

「こんなことになるとは、思わなかったんです。重原さんは昼すぎにここに来て、しばらく姉と話していました。婚約は継続中だと説得してたみたいです。だから、重原さんにも、責任はないんです」

「黙ってろ」

「俺は」

「これ以上、俺の前で喋ったら、その口を叩《たた》き潰《つぶ》す」

弘樹の顔が強張った。自分が、すさまじい殺気を放っているのだと、私ははじめて気づいた。私は、テーブルを挟んで重原とむかい合う恰好《かっこう》で、腰を降ろした。

「婚約は、解消されていた。違うか、重原？」

重原が、私を見つめてきた。

「おまえがいくら頼もうと、明子の気持は離れていた。頼める筋合いでもなかったはずだ。自分が、なにをやったか、いや、いかになにもやらなかったか、考えてみろ」

「ぼくには、やくざのような度胸はありません」

「度胸の問題じゃないのさ。明子より自分の方が大事だったってだけのことだ」

「そうかもしれません」

「だから明子は、おまえの婚約者として死んだんじゃない」

「あなたを好きだと、はっきり言いましたよ。あなたと、一緒に暮したいと。それ以外のことは考えられないと」

「そういうことなんだ」

「なぜです？」

「おまえは、おふくろのところに戻って、もう一度育て直して貰《もら》え。それでも、わかるまいな。ただ、そんな質問はしなくなるかもしれない。つまり、恥ってものだけは、知るようになる」

私は腰をあげた。ここにいなければならない意味は、なにも見つからなかった。

「川中さん」

弘樹が言う。

「この街を、うろつくな。どこかへ流れていけ。おまえのようなやつは、どこでも生きられる。ドブ泥さえあればな」

私は、明子が飛び降りた、寝室の窓のそばに立った。下は見ず、暗い虚空《こくう》に視線を投げた。コルドン・ペコ。不意に、また飲みたくなった。

キドニーがそばへ来た。

「お前の店で、飲もうか？」

私は、肩を竦《すく》めて見せた。看板まで、もう時間はあまりない。

私が部屋から出たところを狙《ねら》って、弘樹が明子を誘い出した。それから先は、強引に事が運ばれている。このホテルの特別室の寝室に明子を閉じこめ、重原和夫を連れてきた。重原ははじめ、熱心に明子を説得していたらしい。その説得には、弘樹も加わったようだ。何時間説得しても駄目で、連中は別なやり方を取るように、重原を煽《あお》った。重原が決心して寝室に入って、十二、三分後に、明子はテーブルを叩きつけて割った窓から、飛び降りた。

連中は慌てて引き揚げ、残ったのが重原と弘樹だ。

連中の狙いは、ほぼわかった。思っていた通り、岬の土地と、重原家の土地の両方を、明子を手中にすることで獲得できると考えていたのだ。

私とキドニーは、ようやく県警本部から人が到着した現場を離れ、歩いて店へむかった。人通りが絶えてしまう時間ではない。

店にも、客がまだ二組残っていた。

私とキドニーはカウンターに腰を降ろしたが、坂井の姿も高岸の姿も見えなかった。バーテンが、私の顔を見て緊張しただけだ。

私は、カスクストレングスを飲んでいた。キドニーはいつもジャック・ダニエルだが、舐《な》めると言った方がいいだろう。

「あの二人が、罪に問われるかどうか、難しいところだ。警察は、もう少し締めあげる気らしいが。裁判で否認されたら、覆しようがないところがある」

「いずれにしても、大した罪にはならないだろうな。俺は、どうでもいいが」

ひと組の客が帰り、店の中は静かになった。すでに看板の時間だ。だからといって、客に帰れとは言わない。女の子たちは十一時半ごろから帰りはじめ、看板には誰もいなくなる。それでもまだ、しばらく飲み続ける客はいた。

沢村が出てきた。

帰り仕度をしているわけではなく、ピアノを弾きに出てきたようだ。

軽いジャズを、二曲ばかり弾いた。それから『サマー・タイム』だった。

「沢村さん、また子守唄《こもりうた》を弾きはじめた」

「おまえを眠らせたいわけじゃなさそうだ。また街を眠らせたいのさ」

「らしいね。しかし、この演奏はいい」

弾き終えた時、二人だけ残っていた客も帰っていた。

「ソルティ・ドッグはいらんよ、川中さん」

「そうですか」

カウンターに坂井がいないので、どうしてもとは勧めなかった。

「遠山さんまで、大怪我《おおけが》をしたそうだね」

「愛想《あいそ》がつきましたか、この街に」

「私も、ずいぶん荒っぽい騒動を起こしたんでね」

「遠山先生は、ドクがちゃんと手術しました。命の心配はありません」

「あの人も、自分の人生を面倒に考える人だからね。死のうという気になったんだろう。自殺というんじゃなくね。これからまた、描《か》く絵が変ってくるだろう。芸術家というのは、貪欲《どんよく》なものなんだ。なにがあろうと、それを自分の作品に昇華させてしまう」

「沢村先生も？」

「私は、芸術家じゃない。ただのピアノ弾きだよ」

「芸術家ですよ、立派な」

キドニーが言った。

「二人が、こうやって飲んでいるというのは、めずらしいんじゃないのかね？」

「俺とキドニーは、不仲だと思われていましてね」

「似すぎているからかな」

「俺には、ちゃんと腎臓《じんぞう》が二つありますよ」

「その代り、なにか別のものをなくしてる」

「そう見えますか？」

「あんただけじゃないよ、川中さん。この街の連中は、私も含めてだが、なにかなくしている。それを取り戻そうとして、いつもあがいてるのさ」

「そうかもしれませんね」

「私は、そろそろ失礼しよう。聴きたい曲があったら、言ってくれないか」

「もう一度、同じものを。小川明子という女が、よく眠れるように」

言ったのは、キドニーだった。沢村が頷き、カウンターのスツールから腰をあげた。

曲が流れはじめる。それは沢村が弾くのではなく、ピアノから聞えてくるものでもないような気がした。やさしげで、静かで、そして悲しかった。コルドン・ペコが飲みたい、と私はまた思った。コルドン・ペコを飲むことは、多分、一生ないだろう。

私は眼を閉じた。どんな表情の明子の顔も、浮かんではこなかった。むなしさのようなものが、重く、大きくなっただけだ。

曲が終り、なにもなかったように沢村が出ていった。

「やっぱり、芸術家だ」

キドニーが、パイプに火を入れながら言った。

「男の心の襞《ひだ》を、実によく知ってる」

パイプ煙草《たばこ》の甘い香りが、私の全身を包みこみはじめた。それも、やはり心の襞に分け入ってくるような香りだった。

35 鬼

タクシーを拾ったキドニーと店の前で別れ、私はひとりで歩いていった。

フェラーリは、キドニーの事務所の前だ。そこへ行くには、シティホテルのそばを通らなければならなかった。

まだ、人が多かった。警察車も引き揚げてはいない。それでも、明子の屍体《したい》はもうそこにはないだろう。

早足でシティホテルの前を通りすぎ、フェラーリに乗りこむとエンジンをかけた。どこへ行こうか、しばらく迷った。部屋へ帰ろうという気が、どうしても起きてこない。

港の方へ、私は車をむけた。

赤提灯《あかちょうちん》に入っていく。店を閉めるところで、あら旦那《だんな》、と女は戸惑った表情をした。

「悪かったな。ほかを捜そう」

「いいんですよ。ただ、出せるものがあまりなくて」

「残りもので、充分だよ」

このあたりの赤提灯は、ほぼ十二時には閉ってしまう。粘っていた客がいたから、まだ閉めていなかったのだろう。

ビールを出すと、女はガスに火を入れた。

「御主人が、待ってるだろう?」

「主人じゃありませんよ。あたしを落籍《ひか》せた男だって言ったでしょう」

「なんと呼べばいいか、わからなくてな」

「そうですよね。まあ、主人と言っていいようなもんです。このごろは、すっかり焼餅焼《やきもちや》きになって、帰りが遅いと苛々《いらいら》してるんです。男ってのはみんなそうだわ」

「じゃ、俺が粘るのは、迷惑な話だ」

「いいんですよ。それに旦那とだったら、焼かれてもみたいわ。なにもないのに焼かれるというの、はじめはよくても、うるさくなってくるもんでしてね」

「まあ、ビール一本で退散しよう」

「ほんとにいいんですよ」

女が、小鉢に盛った野菜の煮ものを出した。

「車から降りてきた時、旦那はひどい顔をしてましたよ。迷子の子供みたいに。どこへ行ったらいいかわからないって顔をね」

「迷子になったらしいんだ、どうも」

私は芋に箸《はし》をつけた。女は、それ以上あまり喋ろうともしなかった。

三十分ほどで、私はそこを出た。

尾行《つけ》られている。車のドアを開けるまでに、その感覚が強くなった。私はフェラーリに乗りこみ、そのまま埠頭《ふとう》の鼻まで走った。古い方の埠頭で、砂利運搬船が一隻繋《つな》がれているだけだった。

車を降り、煙草をくわえて埠頭の鼻に立った。船から、人の気配は伝わってこない。大して待たなかった。

闇《やみ》から湧《わ》き出したように、人影がひとつ現われ、ちょっと離れたところに立った。ほかに仲間がいるのかどうか、よくわからなかった。闇に立ち尽す男の全身からは、殺気が迸《ほとばし》っている。

「ひとりか？」

「ひとりじゃ悪いのかよ」

声の感じでは、まだ三十になっていないように思える。小柄な男だが、隙《すき》はなかった。私はトレンチのポケットの中で、拳銃《けんじゅう》を握りしめていた。

「俺は、銃は使わねえんだけどな、川中さん。秋山さんとも匕首《あいくち》一本でやり合ったよ」

「なるほど。おまえが秋山をやった片割れか。次には、俺を狙えと言われたわけだな」

「誰にも、なにも言われちゃいねえよ。俺の仕事は、この街にはもうなさそうなんだ。そんな時、車を見かけた。あんたの首は、金になるからね」

「二人で、やっと秋山を倒した。ひとりで、俺を倒せるのか？」

「やってみなきゃ、わからねえさ」

「捨鉢になった殺し屋か。まあいいだろう。殺してみろ」

「あんた、拳銃を持ってるよな」

「おまえみたいな屑《くず》を相手に、そんなもんはいらんね」

私は、トレンチを脱ぎ捨てた。

「素手だぞ、殺し屋。俺に突きかかってくる度胸はあるか?」

男の眼が、闇の中で白い光を放った。次の瞬間には、白い光が襲ってきた。よく見えていた。擦れ違いながら、突き出された男の手首を摑《つか》んだ。なにかが、胸のあたりを掠《かす》めた。左手にも、小型のナイフを持っている。ただ、切り裂かれたのは、ジャケットの袖《そで》だけだ。一度手首を引き、放した瞬間に蹴《け》りあげた。男の躰《からだ》が、二つに折れそうになった。不意に、どうにもならない感情が、私を襲ってきた。躰が、自然に動いていた。ぶつかる。刃物が私の躰に入ろうが、そんなことは構わないという気分だった。男の匕首が、私の左腕を掠ったが、男は私の膝《ひざ》と肘《ひじ》を受けて腰を落としていた。顎《あご》を蹴りあげ、仰むけに倒れたところを、さらに蹴った。

それからどうしたか、よく憶《おぼ》えていなかった。気づくと、ボロ布のようになった男を、私は蹴りつけていた。もう、男の両手に刃物はなかった。

興奮してはいなかった。むしろ、切ないような気分だ。それでも、私の躰は男にむかって動いていた。男が叫び声をあげる。容赦はしなかった。立って逃げようとする男の髪を摑み、私は体重を乗せたパンチを、ゆっくりと、確かめるように、男の顔の真中に打ちこんだ。四度、五度と打ちこむ。男が膝を折った。蹴り倒した。

躰の動きは速いのかもしれない。しかし、意識は緩慢《かんまん》だった。自分はこの男を、間違いなく殺すだろう、とぼんやりと考えていただけだ。

もうひとつ、人影が近づいてきた。まったく動かなくなった男の脇腹《わきばら》を、勢いをつけて蹴りつけた。肋骨《ろっこつ》はすでに折れていて、靴のさきが男の脇腹に食いこんでいった。

「社長、もういいでしょう。そいつ、半分死んでますよ」

近づいてきた人影は、高岸だった。

私は煙草に火をつけ、男の顔を踏みつけた。反応はない。煙草の火を首筋に押し当てても、躰はまったく動かなかった。

「こいつ、プロですよ。まるで人形でもぶん殴るみたいに、殴るんですね。びっくりしました」

「おまえ、俺をガードしろと坂井に言われてるんだろう」

「ええ」

「見てただけか」

自分でも不思議なほど、呼吸も乱れていなかった。

「社長は、拳銃を使うだろうと思ってました。途中から、使わないってわかりましたが、怖《こわ》くて近づけないんですよ。まるで鬼みたいでしたから」

「鬼？」

「ここで出ていかなきゃ、こいつを殺しちまう。そう思ったんで、声をかけたんです」

高岸は、黒っぽいコートを着ているので、いっそう闇に紛れて見えた。

「鬼か」

「こいつが、秋山さんを殺《や》ったなんて、信じられませんね。まるで子供と大人でしたよ」

「かなりの腕さ。匕首は、見せるためのもので、もう一本ナイフを持ってる。うまいもんだったよ」

「俺、出てくるべきだったんでしょうね。坂井さんにどやされるな」

「出てきたら、おまえも鬼に食われてたかもしれんぞ」

「まったくです。途中で、足が竦んじまいましたから」

「現われ方は、サマになってたよ、高岸」

私は、フェラーリに乗りこむと、エンジンをかけた。高岸が助手席に乗りこんでくる。

「俺、社長をちゃんと部屋にお連れしろと、坂井さんに言われてるんですが」

「やけに、下手に出るじゃないか、高岸」

「そうしていいのかどうか、迷ってるんですよ。坂井さんも、社長を見たら、迷うだろうと思います、多分」

「そんなにひどいか、俺は？」

「なんと言ったらいいのか、よくわかりませんが、ちょっとはっとするような感じはあります」

私は車を出した。

「あいつ、どうしますか？」

「放《ほ》っとけばいい。それとも、おまえが面倒をみてやるか？」

「社長に、付いていきますよ」

「部屋へ帰るよ、俺は。そして一杯やる。おまえも付き合え」

ひとりで部屋へ帰るのを怕がっていたらしい、と私は思った。なんとなく、新しい発見でもしたような気分になった。だからといって、心は動かなかった。どうでもいい自分を、もうひとり発見したようなものだ。

すぐに、マンションに着いた。

地下駐車場、エレベーター、部屋。

私は、リビングのカーテンを開け放った。部屋は掃除がしてあり、少なくともリビングに、明子の気配はほとんど残っていなかった。家政婦が来たのだ。

「高岸、そこのキャビネットに酒がある。好きなものを出して飲んでろ」

私はシャワーを使い、バスローブを羽織った。バスルームの掃除も、きちんとしてある。家政婦は、久しぶりに働きどころを見つけたのだろう。

リビングで、高岸は私が集めたジャズのレコードを見ていた。半分以上は、沢村を雇うころに集めたものだ。沢村は、熱海のホテルでピアノを弾いていた。何度か、スカウトに出かけていった。ジャズの話をしなければならないだろう、と思って集めたレコードだった。

結局沢村は、ほとんど私とジャズの話はしなかった。

「おまえ、そこにあるウイスキーで、水割りを作ってみろ。氷は、キッチンの冷蔵庫のものでいい。冷蔵庫の中には、ミネラルウォーターがある」

「水割りですか？」

「それぐらいの練習は、下村にさせられたろう。あいつは、いずれおまえをバーテンにしたがっていたからな」

「冷蔵庫の中のもので、つまみも作っていいですか？」

「ほう」

「庖丁《ほうちょう》も使えるようになれ、と下村さんによく言われました」

私はリビングのソファで躰をのばし、煙草をくわえた。

二日か三日で、この部屋に残っている明子の気配は消えてしまうだろう。そういうものだった。たとえことさら明子の気配を残そうとしたところで、それは生きたものではなくなってしまっている。

窓ガラスに、私の姿が映っていた。

電話が鳴った。私の電話ではなく、高岸がテーブルに置いた携帯電話だった。

「俺だ」

坂井の声だった。

「どうだ、そっちは？」

「あ、社長だったんですか」

明子が死んだという情報が入って、坂井が最初にやったのは、M鉄工所にいるという真田栄一郎を襲うことだったのだろう。襲えない理由が、なくなったのだ。知らせを聞いた真田も、すぐ場所を移動したに違いない。だから、これだけ時間がかかっている。

「申しわけありません」

「なにが？」

「明子さんがシティホテルだってのは、完全に見落としていました。俺の責任です」

「仕方がないさ。むこうも、それを狙っていたんだ」

「反省してます。俺はまだガキです」

「真田栄一郎は、どうしてる？」

「逃げまくってますが、追いつめます。プロが五人混じってるって話なんで、少しずつ網を絞ってます。これ以上、怪我人はひとりも出しません」

「そう願いたいもんだ」

「ひとり、はぐれたのがいます。秋山さんをやった二人組のひとりですが、社長を狙う可能性はありますから」

「もう会った。二、三か月は、庖丁も使えないだろうな」

「そうでしたか」

「無理はするな、坂井」

「俺は大丈夫です。俺より、社長は」

「心配するな。いま、高岸と一杯やろうってとこさ」

「また電話します」

私は携帯電話をテーブルに戻した。

高岸が、片手のトレイに野菜とチーズとグラスを載せてきた。ミネラルウォーターと氷はもう一方の手に持っている。

「水割りを馬鹿にするな、と下村さんによく言われました。坂井さんから、古いシェーカーをひとつ貰いましたので、それに石を入れてシェイクの練習はします」

高岸の水割りは、ちょっと濃すぎるような感じだった。五、六滴、ウイスキーが多い。

そんなことを言う気にもなれず、私は黙って口に運んだ。

36 砂

夜が明けると、私はテラスに出た。

高岸は、駐車場のフェラーリの中で眠っているはずだ。坂井に、そうしろと言われているのだろう。まったく面倒な連中だった。

私はテラスで少し躰を動かし、すぐに部屋に入った。霧のような雨が降ってきたのだ。三時間ほどは眠っただろうか。夢は見なかった。浅い眠りの中で、私はたえず自分を呼ぶ声を聞いていたような気がした。誰の声かはわからず、どこから呼びかけているのかもわからなかった。

熱い湯を、長い時間浴びた。髭《ひげ》を当たり、髪も洗った。

それから私は、霧雨の中でかすんで見える、冬の海に眼をむけた。季節はまだ秋でも、海は冬の色をしているのだ。毎年、私はリビングの椅子《いす》から、冬の海を見続けてきた。いつもひとりで、それは今年も変らない。

坂井から電話があったのは、十一時を回ったころだ。

「やつら、小さなビルに立て籠《こも》ってます。全部で九人ですが、一時間ほど前から、なんとなく度胸を据えたような感じで」

「どこだ？」

「それが、N市に戻ってきちまったんです。どうも、動きがいまひとつ腑《ふ》に落ちないんですよ」

「追いこんできたわけじゃないんだな？」

「分断しようと思ってましたから、それほど厳しく追い立てちゃいません。車四台なんですが、二台は東京へむかえたはずなんです。俺は、真田の乗った車だけをなんとかしようと思ってましたから。一度東京にむかいかけた二台が、無理をして戻ってきたんですよ」

「ひっかかるな。真田を護衛しようと思ってるなら、東京へむかう動きは見せなかったはずだ」

「ビルに入ってから、ちょうど一時間ですよ。三吉町の、倉庫みたいなビルで、車は一階の駐車場に入って、シャッターを降ろしてます。こっちへ来ますか？」

「いや、ここで様子を見よう。N市に戻ってきたというのも、おかしな動きだ」

「俺も、一応攻撃は控えさせています。発煙筒を十本も放《ほう》りこめば、いぶし出せるとは思うんですが」

「消防車が来るぞ。下手をすると、警察も来るかもしれん。騒ぎの中心を、そこにしておこうという感じがあるな」

「でしょう」

「おまえは、しばらくそこにいろ。気になることがあるんで、俺は動いてみる。移動は全部フェラーリだ。なにかあったら、そっちへ連絡してくれ」

「どう、動くんですか?」

「それは気にするな。プロが混じってるんだろう。気を抜くと、反撃を食うかもしれないぞ」

「わかりました。高岸は、そばに置いておいてください」

電話を切ると、私は続けざまに煙草を二本喫《す》った。頭を回転させる。なにか、いやな感じだった。見落としているものがあって、それがいま、危険なほどに脹《ふく》らもうとしている。そういう感じが拭《ぬぐ》いきれないのだ。

明子が死に、安見は戻ってきた。いま、相手には切札になるものは、なにもないはずだ。普通に考えれば、一旦《いったん》勝負を打ち切るところだろう。それが、N市から逃げ出した連中が、また舞い戻ってきた。なにかを、やろうとしているのだ。しかし、なにができるというのか。

三本目の煙草に火をつけかけ、途中でやめて私は電話に手をのばした。

キドニーは、事務所にも自宅にもいなかった。車は、電波が届かないか、電源が切ってあるかだという。

私はセーターを着こみ、トレンチを摑んで部屋を出た。

高岸は、フェラーリの中にいた。

「出せ」

私が言うのと同時に、エンジンがかかった。

すぐに発進した。暖機が充分でなければ、エンストを起こす可能性がある。それを言おうとして、水温計がすでに動いていることに気づいた。

「車を暖めながら、待ってたのか？」

「この車のことについちゃ、坂井さんに細かく言われてますから」

「立野は、スーパーの工事現場に来ているかな？」

「多分。毎日、欠かさず来ているという話でしたから。行くのは、あそこですね？」

「飛ばせ」

高岸は、運転が格段にうまくなっていた。すぐに、ドリフトもできるようになるだろう。

余計な質問はせずに、高岸は運転に集中している。街へ入ると、めまぐるしく車線変更しながら、先行車を抜いていった。クラクションを浴びせられても、高岸には動じた気配はない。

すぐに、駅裏に出た。

フェラーリのエンジン音を聞きつけたのか、立野がトラックのかげから姿を現わすのが見えた。まだ基礎工事の段階で、ブルドーザーが動いている。

「やあ」

車を降りた私に、立野が言った。

「俺が、余計なことをしなけりゃ、あんなことも起きなかったのに」

「あれが駄目でも、ほかの方法で来ただろう。同じだったと思う」

「自殺じゃないな。殺されたんだ、あれは。俺はそう思いますよ、川中さん。警察だってそこから追及していくべきだ」

「いまは、言うな。それより立野、おまえの土地の権利証は？」

「ありますよ。取引は終了してるんだから」

「どこに？」

「宇野さんに預けてあります」

「キドニーか、やっぱり」

「あれが、どうかしたんですか？」

「まだ、わからんよ」

訝《いぶか》しそうな表情をした立野に軽く手を挙げ、私はフェラーリに戻った。

走りながら、思いつくところへ電話をかけていった。どこにも、キドニーは立ち寄っていなかった。

「くそっ、時間がないな」

私は坂井を呼び出した。

「えっ、宇野さんのシトロエンをですか？」

「そうだ。そこはそこで、やつらを閉じこめておけ。五人でいいから、シトロエンを捜しに出すんだ。いますぐだぞ」

「しかし、なぜ？」

「立野も、土地の権利証をキドニーに預けている。いいか、三つの土地の権利証を、キドニーは持っているんだ」

「すると、宇野さんは、ひとりで大河内に会おうとしてると」

「真田がN市へ戻ってきて、こっちの眼をひきつける。なんのためだと思う。大河内がキドニーと安全に会えるためだ、とは考えられないか」

「宇野さんは大河内と会って、なにをやろうってんです？」

「大河内を殺すのさ」

一瞬、坂井が息を呑《の》む気配が伝わってきた。

「この街の騒動の元兇《げんきょう》は、大河内だ。そして今度こそ、大河内は本気だ。現職の閣僚である大河内を、ＳＰもつけずにひそかに呼び出す方法は？」

「権利証を餌《えさ》にするんですか？」

「それだけだな。それが確実な話だったら、大河内は乗ってくるだろう。しかし、取引のためとはかぎらん。キドニーを殺して手に入れる。そうも考えられる。いずれにしろ、取引は成立しない。俺は、キドニーという男をよく知ってる。自分のことのように、よくわかる。これは、キドニーが死ぬか、大河内が死ぬか、どちらかなんだ」

「わかりました。すぐ五人出します。五人でいいんですか？」

「こちらが気づいたとわかれば、真田は別な動きをするだろう」

「そうですね。とにかく、そっちへはどんなことでも連絡させることにします」

電話を切った。

キドニーは、大河内と確実に会うために、いくつもの面倒な条件をつけているだろう。大河内の方も、そうに違いない。つまり、二人が会うまでには、かなりの時間と手間が必要ということになる。それだけが頼みだった。

そしてキドニーは、私にだけわかる足跡を、なにか残していないだろうか。私に、私ひとりにだけわかる足跡なら、残しているという気がする。私がそれに気づくかどうか、賭《か》けるような気分でだ。

「まったく、キドニーブローだけじゃなく、アッパーでも一発食らわしておくんだった」

「えっ、宇野さんのキドニーブローって、社長がやったんですか？」

「なんだと」

「ごついキドニーブローを食らって腎臓がこうなったんだと、宇野さん言ってました」

「あれは、車がぶつかったのさ」

「そうでしょう。人間のパンチで、あんなになるわけがない」

「そんなことはどうでもいいから、急げ」

「しかし、さっきから同じ場所を回ってるんですよ」

「よし、『レナ』だ。あそこへ行ってみろ」

フェラーリが方向を変えた。『レナ』へ到着するまで、私とキドニーの共通の場所を、私は考え続けた。いろいろな思いが、頭の中で交錯する。そのくせ、具体的なものはなにひとつとして浮かんでこないのだった。

すぐに、『レナ』に到着した。

私をここへ、最初に連れてきたのは、キドニーだった。なかなか腕のいいバーテンがいる、と教えてくれたのだ。建物は朽ちかかった木造の二階屋で、バーテンがひとりだけいる店だった。そのバーテンが、藤木だった。

やがて私は『レナ』を自分のものにした。そのままバーとして営業をし、最後に雇っていたのが、菜摘だった。菜摘が秋山と結婚する時、ほとんど祝儀のようにして、この店を売った。秋山は、風の強さを考慮して、平屋の鉄筋コンクリートに建て直し、菜摘にコーヒー屋をやらせはじめたのだ。

私は、『レナ』の入口に座りこんだ。

私とキドニーの間に、屈折した心情が入りこんできたのは、もう十年も前のことだ。同じ女を、愛した。その女は、私の弟の妻だった。そして、私の弟も妻も、死んだ。あれから、私とキドニーは、なにかあるといがみ合い、お互いに軽蔑《けいべつ》し合い、はたで見ると不仲としか思えないような付き合いをするようになったのだった。

「社長」

高岸が私を呼んだ。

「坂井さんから、電話です」

私は、『レナ』のドアに寄りかかっていた躰を起こした。

「八人、出してます。いまのところ、シトロエンを見たって話は入ってきていません」

「俺の方もだ。なにも、思いつかん」

「引き続き、捜します。俺は、ここを離れません。やつらはやっぱり、腰を据えて俺たちをここに引きつけているんだと思います」

電話を切った時、不意にひとつの場所が浮かんできた。

「突っ走れ、高岸」

「どこへです？」

「真直《まっす》ぐだ」

朝のうちの霧雨がまた降りはじめ、高岸はワイパーでフロントスクリーンを一度拭った。すぐに、岬の根もとの坂にさしかかった。

「急ぐんだよ、高岸」

「これ以上は」

確かに、限界のスピードだった。私は、焦って取り乱しているようだ。煙草に火をつけた。海水浴場に沿った場所のきついコーナーで、後輪が横に滑った。本能的に、高岸はカウンターを当て、なんとかそこを凌《しの》いだ。

「路面が濡《ぬ》れてます」

「わかってる。いまのでいいんだ」

高岸の額には、汗の粒が浮いていた。

「慌てると、見えるものも見えなくなる」

「気をつけます」

自分に言い聞かせた私の言葉に、高岸が反応した。

「これから先に、きついコーナーはない。三速のスロットルワークだけで行け」

「はい」

また、登りになった。それから平坦《へいたん》になる。

「二速に落とせ。そこの脇道のところで停《と》めろ」

キドニーの土地の入口で、海に面した崖《がけ》のところに、キドニーの岩がある。

私は車を降り、脇道の轍《わだち》を調べた。

シトロエンのものらしい轍が、くっきりと残っている。しかしそれが、今日のものなのかどうかは、わからなかった。

走った。キドニーの岩。

老境に入ったらここに家を建て、椅子のようになったその岩に腰を降ろして、海を眺めて過すのだ、とキドニーは言っていた。

私と同じようなことを、キドニーは考えていたと言っていい。

キドニーの岩。腰を降ろすところに、私はふだんないものを見つけた。砂が、盛りあげてある。明らかに、手で作ったもので、ピラミッドのようなかたちだった。

「あの野郎、こんな真似《まね》を」

呟《つぶや》いた。腹が立ったが、しかし場所はわかった。

フェラーリに駈《か》け戻る。

「真直ぐだ。突っ走れ」

ホイルスピンの音をたてて、フェラーリが飛び出した。

「なにか、わかったんですか？」

「多分な。俺に電話の一本も寄越せばいいものを、やっぱりあいつはひねくれていやがる。

アッパーを一発かましてやるぞ」

フェラーリは、コーナーの多い道を、百キロ以上で突っ走っていた。尻《しり》が滑るたびに、高岸がカウンターを当て、スロットルを開閉する。いつの間にか、パワードリフトを完璧《かんぺき》にこなしていた。

「社長」

きついコーナーを抜けた時、高岸が叫ぶように言った。

「坂井さんに」

「わかってる」

私は電話に手をのばした。

「俺だ、坂井」

「見つかりましたか？」

「いまむかっているところだ。そこには、やつらが動けない程度の人数を残して、浜岡《はまおか》へ来い」

「浜岡？」

「原発があるところだ。発電所のむこうに、落差の激しい砂丘がある」

「わかりました。社長、俺を待ってくれませんか？」

「いや、これでも間に合わないかもしれないと、俺はいやな気分になってる。キドニーや俺がやられたとしても、すぐにおまえが来てくれるなら、大河内を逃がさずに済むかもしれん」

「待ってください。待つんです」

「駄目だ」

電話を切った。

私の弟や、弟の妻が死んだ事件の決着は、浜岡の砂丘でついた。考えてみれば、あのころからN市では殺伐な事件が、しばしば起きるようになったのだ。

あの時、キドニーはいなかった。腕を撃たれて、入院していたのだ。

ほんとうなら、自分はあそこにいるべきだった。死ぬにしろ生きるにしろ、あの闘いを闘っておくべきだった。そういうキドニーの思いをこめたものが、あの砂だったのだ。

わかる。わかりすぎるほどわかる。しかし私に、私にだけは、それを語ってもよかったのだ。

眼を閉じた。

高岸の掌《てのひら》が、コーナーのたびにステアリングを擦る音がした。

37　砂の海

発電所が見えてきた。

まるでレースのように、走ってきた。見る見る発電所が近づいてきた。それを過ぎれば、すぐに砂丘だ。

「いたっ」

高岸が叫ぶ。ブルーのシトロエンCXパラス。しかし、キドニーの姿は見えない。

車を降り、フェラーリに積んであった銃器を降ろした。

砂の上に、一直線に足跡が続いている。銃声が聞えた。一発、しばらく間を置いて、また一発。音は小さく、すぐに海に吸いこまれていくようだった。

撃ち合いをやっている。少なくとも、キドニーはまだ死んでいない。

私は走りはじめた。ライフルと拳銃を持った高岸が、私と並んで走ってくる。

砂丘が続いた。急な斜面は登りにくく、降りる時は、ほとんど転がり落ちていた。高岸の呼吸が弾んでいる。それだけが、妙にはっきりと聞えた。

さらに二つ、砂丘を越えた。また銃声がした。ライフルだ。それほど遠くない。走った。力のかぎり、走り続けた。高岸が遅れはじめた。

前方の砂丘に、不意に人影が現われた。キドニーだった。キドニーも、はっきりと私の姿を認めたようだ。

キドニーと私の間には、まだ砂丘が二つあった。渾身《こんしん》の力をふり絞って、私はそこを駈け登り、降りた。キドニーが倒れていた。

キドニーのそばに倒れこみ、私は大きく息をついた。しばらく遅れて、高岸が駈け降りてくる。

「上で見張れ、高岸。相手が現われたら、とにかくぶっ放すんだ」

「はい」

「当てなくてもいい。乱射もするな。そして、相手に全身を見せるな。俺たちは、まだ見られちゃいない。キドニーひとりだと、しばらくは思わせておきたい」

「わかりました」

高岸が、斜面を這《は》いあがっていく。

「ふん、こんな時に、冷静に作戦を立てるのか。こんなことに馴《な》れきってるな、川中」

「黙ってろ、ここは法廷じゃない」

私は、キドニーの躰を点検した。腰骨の少し上に一発食らっている。弾は抜けていた。

「俺はもう駄目だろう、川中」

「笑わせるな。おまえが食らってるのは、とっくに死んじまってる腎臓さ。まったく、勝手な真似をしやがって」

「俺のメッセージ、ちゃんと伝わったじゃないか。予想した通り遅いな。おまえの取柄は、やっぱり体力だけだ」

「拳銃を持ってるな。どうやって手に入れたんだ？」

「俺が、美竜会の顧問弁護士を、なぜやってると思う。いつでもこういうおもちゃを手に入れて、おまえに一発食らわしてやるためなんだぜ」

きわどい賭けを、キドニーはやったのだろう。実際、きわど過ぎた。キドニーが、ひとりで大河内とやり合おうとしていると、私が思いつかない可能性の方が高いはずだ。それでも、賭けた。賭けることで、キドニーは自分のなにを確かめようとしたのか。

「何人だ、相手は？」

「大河内のほかに、二人。実際、否定し難い信憑性《しんぴょうせい》がある話だったんで、俺の条件をある程度は呑んだな。俺は、一対一で会う条件を出したんだが、十人は連れてくると踏んでたんだ」

「目立ち過ぎるさ」

「そうだな」

「二人のうちのひとりぐらいは、もう倒した、と言うんじゃあるまいな」

「こういうのは、やはり野蛮人の武器だ。俺のように、脳で勝負している人間には、合わんね」

「じゃ、まだ三人なんだな。それで、土地の権利証は？」

「胸の内ポケットに、コピーが入ってる」

「本物は？」

「確認に来た弁護士に、しっかりと確認させてやった。それでお役ごめんだ。焼却したよ」

「燃やした？」

「なけりゃ、奪《と》られる心配はない。多分、再登記の手続ができるはずだ。時間がなくて、法令を調べることはできなかったが、三つとも売買契約書はあるだろうからな」

「俺たちが死んでも、土地は大河内の手には入らないな？」

「そのために、燃やしたんだ」

高岸が一発撃った。

「さて、どうやるかだ」

私は、トレンチのポケットから、コルト・パイソンを抜き出し、装塡《そうてん》を確かめた。

「よし、おまえは、高岸と並んで砂丘の頂上に伏せてろ。相手の姿が見えたら撃つ。いいな」

「まだ、俺をこき使うのか。大河内を、ここまで引っ張り出したんだぜ。ひと晩じゅう、いろんな交渉をして、眠ってもいない」

「贅沢《ぜいたく》を言うな」

キドニーの腕を支え、斜面を登らせた。それだけでも、キドニーはひどく苦しそうだった。

「俺は、迂回《うかい》する。それまで相手を引きつけるのが、おまえらの役目だ」

「川中」

行こうとした私を、キドニーが呼びとめた。

「俺は、ここでやりたかった」

「わかるよ」

「ほんとうは、ひとりきりでな」

「強がりは言うな」

私はちょっと笑い、砂丘の裾《すそ》を巻くようにして移動した。

銃声が交錯した。弾だけはたっぷりあるらしく、キドニーが派手にぶっ放している。相手は二か所からだ。

大河内は焦っている。権利証が本物だと確かめた以上、即座にそれを奪うことしか考えなかったに違いない。

こうやって、大河内が、ほとんど単独に近いかたちで出てくることなど、もうないだろう。キドニーとの間の話に、どれほどの信憑性を認めたかがわかる。

ようやく、真横あたりまで回ってきた。

近づいて行きながら、後ろへ回る方法を私はとった。また、キドニーが派手にぶっ放した。高岸は、散発的に撃っている。

応戦の一挺《ちよう》はライフルで、一挺は拳銃だった。大河内が撃っているのかどうかは、わからない。二人の背後に身を潜めている可能性が、一番高いはずだと私は判断した。

判断した時、私は動きはじめていた。砂丘をひとつ越える。もうひとつ。それを越えたところに、三人はいるはずだ。

トレンチを脱いだ。霧雨が、本降りに近くなっていることに、私ははじめて気づいた。濡れた顔を拭い、二度大きく息を吸った。

斜面を、駈けあがる。

見えた。三人。大河内。ひとりだけうずくまるようにしているのが、間違いなく大河内だ。引金を絞った。大河内の躰が、はねた。その躰にむかって、私は全弾を撃ちこんだ。気づくと、斜面を転げ落ちていた。しかし、銃弾は追ってこなかった。六発、装塡し直した。

待つ。どれほどの時間なのか。雨が、セーターから、下着まで濡らした。砂に落ちる雨は、音さえたてない。波の音が、聞えてくるだけだ。

私は躰を起こした。

肩と腿《もも》にかすり傷を受けていることに、はじめて気づいた。この程度だと、ドクは麻酔もせずに縫うだろう。ふと、そう思った。

　ゆっくりと、斜面を登った。撃鉄を起こし、それから跳んだ。両手で、拳銃を構える。銃口のさきには、屍体がひとつあるだけだった。顔から胸にかけて、血で赤く染まっている。そばに行くまでもなく、大河内は死んでいた。

　銃を降ろした。むかい側の砂丘で、高岸が立ちあがるのが見えた。走ってくる。

「社長」

「やったよ。キドニーは？」

「大丈夫です」

「そうか。お互いに、死にきれない者同士ってわけか」

　高岸に支えられ、私は斜面を降り、登ってキドニーのそばへ行った。

　キドニーは、うつぶせに倒れていた。

「ここで死ぬか、キドニー？」

「死んでいたな、俺ひとりじゃ」

「死んだのは、大河内さ」

「ふん。こうやって、また俺たちは生き続けていくのか」

「らしいな」

　名状《めいじょう》し難い感情に、私は襲われた。地球そのものを消してしまいたい、というような感情だった。憎悪や怒りとは違うし、諦念《ていねん》とも違っていた。しばらくすると、その感情は曖《あい》昧《まい》なものになった。

「勝ったのか、川中?」

「こんなので、勝ったと言うのか?」

「まったくだ」

「俺たちが、生き続けなきゃならんというだけの話だな」

「それも、お互いに顔《ツラ》をつき合わせながらだ。考えても、うんざりする」

「行こうか、キドニー」

私は、キドニーの躰を担ぎあげた。

「社長、俺が」

「いいんだ。こいつは、俺の人生のお荷物なんだ」

「お互いさまさ」

私の肩の上で、キドニーが言った。

遠くから、バイクの音が近づいてきた。一台だけだ。レース並みに、坂井は飛ばしてきたのだろう。

なにも、終ってはいなかった。

砂に足をとられながら、私は歩きはじめた。

本書は平成五年六月に刊行された角川文庫を底本としました。

ハルキ文庫

き3-32

ふたたびの、荒野《こうや》 ブラディ・ドール⑩

著者 北方謙三《きたかたけんぞう》

2018年3月18日第一刷発行

発行者 角川春樹

発行所 株式会社角川春樹事務所
〒102-0074 東京都千代田区九段南2-1-30 イタリア文化会館

電話 03(3263)5247(編集)
03(3263)5881(営業)

印刷・製本 中央精版印刷株式会社

フォーマット・デザイン 芦澤泰偉
表紙イラストレーション 門坂 流

ISBN978-4-7584-4152-0 C0193 ©2018 Kenzô Kitakata Printed in Japan
http://www.kadokawaharuki.co.jp/[営業]
fanmail@kadokawaharuki.co.jp[編集] ご意見・ご感想をお寄せください。